KB108991

생애를 마친 앵거치

아우렐리우, 고가현실

대산청소년문학상
수상 작품집
29

설탕 없는 엿가게

이수아, 김가인 외

민음사

작품집을 펴내며

　코로나19가 지속되는 어려운 환경 속에서 스물아홉 번째 대산청소년문학상 수상 작품집 『설탕으로 만든 영구치』를 세상에 내놓습니다. 일상 회복의 기대보다는 팬데믹 장기화의 우려가 큰 상황임에도 꿋꿋이 문학에 대한 꿈을 이어 가고 있는 우리 청소년들이 그 어느 때보다도 대견하고 자랑스럽습니다. 여러분의 이야기들을 마주하는 설렘이 올해도 예전의 일상처럼 찾아왔다는 사실에 참으로 고마운 마음이 듭니다.

　올해도 작년에 이어 대산청소년문학상의 오랜 전통인 '청소년 문예캠프'를 온라인으로 개최했습니다. 어느덧 우리 모두는 디지털이라는 시대의 변화에 익숙해져 온라인 문예캠프가 크게 낯설지 않았습니다. 컴퓨터 화면을 통해 한자리에 모였고, 심사위원과 절정문학회 선배들이 함께 문학에 대해 이야기하는 진지한 시간을 가졌습니다. 화면 속에 모자이크로 모여든 참가자들의 모습은 여름 계성원에서 보던 풍경과는 사뭇 달랐지만, 청소년 문사들의 반짝이는 열정은 화면을 통해서도 충분히 느낄 수 있었습니다.

그렇게 모자이크로 모인 작품들이 한 권의 책으로 완성되었습니다. 이번 작품집에는 우리 주변의 곳곳에 가닿아 있는 우리 청소년들의 관심사와 문제의식이 담겼습니다. 가족 간의 미묘한 갈등을 다룬 작품부터 가해자와 피해자의 위치가 뒤바뀌는 지점을 날카롭게 포착한 작품까지, 청소년들이 다루는 세계는 다양한 모습으로 그려졌습니다. 아름답지만은 않지만 섬세한 희망이 묻어나는 작품들은 우리 청소년들이 세상을 바라보는 시선이 어떠한가를 보여 줍니다. 이 작품집을 통해 자신과 타인에 대한 관심과 세상에 대한 기대를 시와 소설로 드러낸 우리 청소년들의 이야기에 귀 기울여 보시기 바랍니다.

일상이 멈추고 교류가 단절되어 많은 것이 불가능해 보이던 팬데믹 속에서도 대산문화재단은 자신의 갈 길을 씩씩하게 걸어가고 있는 우리 청소년들이 그 꿈을 이루는 데 도움이 되고자 청소년 육성 및 문화 교육에 노력을 아끼지 않고 있습니다. 서울시립 청소년문화교류센터를 통해 청소년들의 진로 고민을 도와줄 '진로여행의 밤', 세계 여러 나라의 문화를 이해하는 '미지, 판을 잇다'와 '미지 스튜디오' 등을 온라인 프로그램으로 시행했으며 '교보인문학석강', '교보인문기행' 등의 영상물을 제작하여 학교 현장에서 경험하기 어려운 지식과 간접 체험의 기회를 제공했습니다. 이 밖에도 청년으로 성장한 여러분과 함께할 '절정문학회', '대산대학문학상'과 '대학생아시아대장정' 등의 프로그램도 진행하고 있습니다. 디지털 변환의 시대를 맞아 새롭게 전개될 재단의 여러 사업들에도 많은 관심과 참여를 부탁드립니다.

마지막으로 온라인으로 진행되는 익숙지 않은 환경 속에서 최선을 다해 심사와 문학 수업을 해 주신 일곱 분의 심사위원 선생님께 진심으로 감사를 드립니다. 더불어 작품집의 출판을 위해 수고를 아끼지 않으신 민음사와 관계자 여러분께도 감사드립니다.

대산문화재단 이사장

신창재

차례

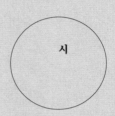

시

소설

시

시 부문 심사평

　대산청소년문학상이 29회를 맞았다. 전통과 권위도 그렇거니와 응모작들의 수준을 보면 청소년들이 도전하는 우리나라 최고의 문학 행사라 할 만하다. 올해에도 높은 수준의 작품들을 심사하면서 심사위원들은 기쁘고도 힘든 시간을 가졌다. 언어를 다루는 솜씨뿐만 아니라 그 언어 속에 녹아 들어간 마음의 순도를 가늠하는 일은 심사위원들이 감당해야 할 일이었다. 더구나 엇비슷한 수준의 작품들을 놓고는 오래 토론을 거치기도 했다.

　우선, 중등부와 고등부로 나누어 심사를 진행했다. 본심에 오를 대상작들을 예심에서 가렸다. 중등부의 경우, 모두 8명의 응모작들이 선정되었고, 고등부에서는 24명의 작품이 본선에 올랐다. 본심에 오른 학생들은 백일장을 통해 창작 능력을 한 번 더 증빙해야 했다. 각자의 응모작 5편과 백일장 작품 1편을 모두 고려해서 최종 순위를 정했다.

　시 쓰기의 취향에 따라 주제와 형식이 다르기는 했지만 심사위원들은 취향에 관계없이 작품의 완성도를 생각했다. 그러나 사실, 심사란 작품 속의 흠결을 찾아내는 일이기도 하다. 곡진한 마음을 잘 드러내기 위해 표현은 덜 진부해야 하고, 덜 산만해야 하며, 덜 헐거워야 할 뿐 아니라 덜 가식적이어야 한다. 새로운 언어와 그 언어의 형식을 찾되 그것이 마음에 가장 잘 달라붙는 것들이어야 한다. 쉽지 않은 일이다.

중등부 백일장 시제는 'ㅂ의 세계'였다. 만만하지 않은 시제였으나 다들 한정된 시간 내에 최선의 작품을 써냈다. 그중에서 배준하의 「비읍의 사랑 방식」은 남다른 상상력과 안정된 구성, 자연스러운 문장이 돋보였다. 다른 경쟁작들이 대체로 비읍으로 시작하는 용어들을 활용했다면 「비읍의 사랑 방식」은 비읍의 형상을 인간의 마음에 빗댄 것이 신선했다. 특히, 비읍의 세계에서는 차오르는 것을 사랑하고 만다는 결구는 시상의 전개를 장악하는 힘이 있었다. 또한 배준하의 수상작 「겁쟁이와 제사상의 숭늉」은 매우 독특한 경험의 통찰을 구체적인 묘사로 잘 구현했다. 어린 화자가 성인의 세계로 진입하는 이니시에이션 모티프를 시적으로 잘 보여 주었다. 금상을 받은 이유다.

이번 고등부 백일장의 시제는 '웹소설', '속속들이', '심하지 않은'이었고 참가자들은 이 세 가지 표현을 변형 없이 활용하여 시를 써야 했다. 각각의 표현을 어색하지 않게 문장 속에 녹여 내는 것은 쉽지 않았고 서로 무관한 세 가지 요소를 단일한 주제 속에서 자연스럽게 이어 가야 하는 것은 더욱 쉽지 않았다. 작년보다 조금 더 어려웠지만 다들 짧은 시간 안에 놀라운 작품들을 지었다.

금상을 받은 이수아의 「히치하이킹」은 탁월했다. 심사위원들의 의견이 일치했다. 산문시였음에도 문장이 들뜨지 않았고 맥락도 거칠거나 느슨해지지 않아서 긴장감을 잃지 않았다. 대체로 한 정된 시간에 써야 하는 백일장 작품이 오랜 시간 다듬은 응모작에 비해 완성도가 떨어지기 십상이지만 「히치하이킹」은 예외적이었 다. 비 오는 날, 용달 트럭을 히치하이킹해서 타고 가는 너와 나의 상황을 범상치 않은 상상력 위에서 경쾌하게 전개했다. 느낌이나 사유의 정체가 조금 더 노련하게 배치가 되지 못한 아쉬움이 있기 는 하지만 그럼에도 자유롭고도 부드러운 상황의 전환이 특별했 다. 이와 같은 시상 전개의 역동성은 이 시의 큰 매력이다. 이 매 력은 응모작에서도 발견할 수 있다. 당선작 「투명」에서는 짧고 명 쾌한 문장들이 빠르게 이어지면서 강렬하고 선명한 분위기를 형 성했다. 사소한 연결 고리를 활용해 국면을 전환하는 능력도 남달 랐다. 문장을 힘 있게 다루면서도 특정 상황을 연출해 시적 화자 의 쓸쓸한 내면을 드러내는 역량이 뛰어났다. 축하한다.

이 지면에서 그 이외의 수상작들을 언급하지 못해서 미안한 마 음이다. 다행스럽게도, 합평을 통해 스스로의 작품을 돌아볼 기회 가 있었으므로 상을 탄 학생이나 그러지 못한 학생들은 그 시간의 대화를 항상 유념하면 좋겠다. 다만, 몇 가지의 당부를 덧붙여 본다. 중등부의 경우, 자칫하면 동시의 상상력이 묻어 나온다거나 성인 시 를 어색하게 따라하는 경우를 경계하기를 바란다. 이들은 어쩌면 시 쓰기의 출발선에 있다고 할 수 있다. 자신의 경험을 성실하고도 깊 게 관찰할 때 좋은 표현을 얻을 수 있다는 것을 잊지 않았으면 한다.

문제는 고등부다. 이들은 오랫동안 습작 훈련을 해 온 듯하다. 기성 시들의 표현 기법들을 습득해서 능란하게 언어를 다루는 이 들이 많았다. 놀랍기도 하지만 걱정이 되기도 한다. 고등부의 학 생들은 대체로 주제 전략보다는 표현 전략에 치중하는 편이다. 특정한 이야기를 만들거나 상황을 연출하는 산문시의 경향이 우세했다. 이질적인 어휘, 뒤틀린 문장, 비약적인 문맥 등을 잘 구사했다. 그래도 시는 어쨌거나 마음에 가장 가까운 언어를 찾는 언어 예술이다. 자칫하면 기술만 남고 마음이 빠진 시가 될 수 있다는 사실을 항상 잊지 않기를 권한다. 시를 쓰기로 작정했다면 오래 좋은 시를 써야 하기 때문이다.

심사위원들은 이번 문학상의 작품들을 읽으며 즐겁기도 했지만 또한 많이 놀랐다고 고백한다. 수상자들에게는 축하를 보낸다. 사소한 차이로 수상하지 못한 이들에게는 격려와 더 나은 미래를 선물하고 싶다. 전염병이 만연한 상황에서 애쓴 우리 모두에게 박수를 보낸다.

심사위원 심재휘·이영주·황인찬

투명

안양예술고등학교 1
이수아

맑은 밤이 이어진다 당신은 젖은 머리 아래에 수건을 놓고 눕는다 새우잠을 잔다 선풍기가 달달거리며 돌아간다 베개를 끌어안고 당신에게 느리게 말한다

어젯밤에 우리 바닷가에 있었지 발을 담그고 당신을 지켜봤어 물 아래서 빛이 울렁거렸어 당신은 저 멀리로 뛰어 들어갔어 자두를 가지고 헤엄쳐 나왔어 모래 위에 누워 젖은 몸이 마르기를 기다렸어 풀벌레 소리가 들렸어 어디선가 할머니 등나무 어항을 봤어 두드릴 때마다 쨍쨍 소리를 냈어 지난여름 그 안에 자두 열매를 한가득 담아 뒀던 게 생각나 잠깐 기다려 다시 어딘가에서 자두 열매를 찾아올 거야

하얀 치마를 휘날리며 들어간 가게에서 특이한 무늬의 원피스를 산다 관광 온 사람들은 무엇도 먹지 않고 매표소를 찾는다 관광객들을 흉내 내며 수족관에 간다 입구에서 물고기들을 바라본다 벽에 자두는 여기에 없다고 쓴다 캐리어를 끌고 피아노 학원에 간다 하얀 건반에 그려진 손가락을 발견한다 검은 건반에 섬을 그린다 피아노 머리 위에 놓인 수조에 동전을 넣는다 공원으로 향한

다 할머니 무릎에 누워 있던 벤치에 앉는다 이웃집 창틀에 놓인 물병을 본다 해가 밝으면 이 여행은 끝난다 바다로 가야지 시간이 없어 시간은 왜 없더라 자두, 자두 열매를 찾아야지 바다 열차를 타고

헤맨다 모든 곳이 모든 곳의 바깥이다 걸어왔던 곳을 되돌아 걷는다 빗방울이 떨어진다 치마 끝이 젖는다 삼십 년 된 사랑 노래를 들으면서 뛰어간다 어항 물에 자두를 담아 둔 것은 잊는다 모래 위에 투명한 잠을 그려 두고 떠난다 비밀은 적고 칠하지 않는다

히치하이킹

안양예술고등학교 1
이수아

처음 듣는 나라에서 우리는 소리 없이 인사한다 이렇게 떠나기를 오랫동안 기다렸습니다 비가 거세게 내리지만 오렌지 드레스가 눈에 띄어서 금방 차가 잡힐 겁니다 엄지손가락을 치켜들고 용달 트럭을 세운다 운전석에 사람이 없다 너는 원하지 않았지만 운전수가 된다 물건을 배달하는 역할은 아니다 안전벨트를 당기면 물방울이 머리 위로 쏟아진다 여기 앉았던 사람 좌석을 뒤로 젖히고 길게 누워 있었네요 세계 지도가 있는데 블라인드가 있어서 알아볼 수 없네요 사랑한다는 말을 많이도 썼네요 젖은 몸이었는지 물 발자국이 여기저기 남아 있네요 습기 찬 창문에 물류 창고 재고가 표시되어 있네요 차가운 살 하나 서늘한 살 하나 가장 긴 손가락으로 적었네요 눈썰미가 좋아 속속들이 단서가 모이네요 그러니까 이 사람 입 냄새가 심하지 않은 이곳 인디언이었네요 입에서 올리브 냄새가 조금 풍겼겠네요 너는 올리브에게 동화되어서 곧장 차에서 내려 버리고 싶다고 말한다 따끔거리는 피부를 쓸어내린다 전방에 별장이 있습니다 그 앞에 서 있는 것은 야자수이거나 아몬드 혹은 오렌지 나무입니다 너는 창문을 열고 몸을 끄집어

내 확인한다 머릿수가 많은 걸 보니 나무는 아니다 웹소설을 쓰겠
다고 바바리코트를 입겠다고 나무가 되게 해 달라고 떼를 쓰는 소
년들이라고 속삭인다 네 말대로라면 저건 우리가 녹색 어디 밭에
누워 있는 형상이다 우리는 두 명이지만 유리에 비쳐서 창문을 넘
으면 열두 명으로 남는다 지나가는 곳마다 있고 차 안에는 없다
너는 차 안에 있는 것처럼 사방에 서서 도로를 정비한다 노면에
쏟아지는 가로등 불빛을 치운다 카세트테이프 판매상의 수레를
당긴다 길게 세워진 고깔을 걷어 낸다 면사포 망사로 된 거리로
들어가는 길목에서 멈춰 선다 여기서부터는 걸어가야겠네요 오는
길에 치웠던 짐들이 여기까지 떠밀려 왔네요 몰랐겠지만 지금 당
신 입에서는 올리브 냄새가 나네요 말하는 네 입에서는 싱싱하고
검은 기름이 혀를 타고 흘러내린다

정글짐의 법칙

삼성여자고등학교 3
강난영

비슷한 마음을 가진 사람들만 정글짐을 줄기차게 올랐다. 오를 수 없는 곳까지 오르려는 마음은 항상 달기 마련이었다. 내가 오르면 네가 떨어질 수밖에 없다는 것을 알았다. 너는 앞으로도 몇 번이나 손등을 내줄 것이다. 우리는 오르는 것만 배웠으니까. 정상을 앞둔 우리는 치열했다. 운동화 속을 굴러다니는 모래알만큼. 잔뜩 달아올랐던 모래알이 식은 후 홀로 정글짐 꼭대기에서 바라본 세상이 너무 커서 누가 남아 있는 줄도 모르고 울었다. 우리는 허공을 밟았다. 발 디딜 밑이 보이지 않아 네 손을 밟고 내 손을 밟히기를 반복했다. 밟을 수 있는 밑이 보일 쯤에도 내려오는 내 내 발을 헛디디며 한동안 발을 절었다. 네게 열아홉 내내 밟혔던 손등은 감추고, 내가 열아홉의 끝자락에서 헛디뎠던 발은 드러내고 싶었다. 집으로 돌아가려다 여전히 정글짐 꼭대기에 남아 있는 널 봤다. 땅을 향해 잔뜩 굽은 등은 어느 때보다도 작았다. 늘 뼈대만 남아 있는 정글짐. 힘없이 흔들리는 발끝이 중심을 못 잡고 추락할 것 같았지만, 내가 남아 있는 줄도 모르고 우는 누군가 있었다.

가든

고양예술고등학교 2
조서현

나는 교실 한가운데 놓인 로즈메리를 바라본다 커튼이 작게 흔들린다 어떤 향도 느껴지지 않는다 나는 화분 주위를 뛰어다니기 시작한다 와이셔츠 카라 위로 땀이 떨어진다 로즈메리 잎이 조금씩 흔들린다 앞문과 뒷문은 굳게 잠겨 있다 나는 아무도 없다는 사실을 알고도 주위를 살핀다 나는 화분을 들고 사물함 앞에 선다 아이들은 한 번쯤 저마다의 로즈메리를 사물함 안에 넣어 보았을 것이다 나는 문이 활짝 열린 사물함 속에 화분을 넣고 숨을 끝까지 들이쉰다 의자가 삐걱거린다 나는 로즈메리 잎을 손으로 훑고서 주먹을 얼굴 앞에 펼쳐 놓는다 흩어지지 않은 향들이 손금 사이에 남아 있다 화분을 들고 교실 한가운데에 선다 커튼이 흔들린다 땀이 흐르고 삐걱이는 의자는 어느새 음악 같다 나는 화분을 놓친다 이제야 햇빛에 부서졌던 아이들의 모습이 다시 보인다 눈이 부시다

삼림화

고양예술고등학교 2
김정운

거실 티비에서 영화가 나오고 있다 나는 저 영화를 두어 번 보았다 숲이 사람을 잡아먹는 영화였지 아니다 사람이 숲을 잡아먹었던가 그런데 사람이 숲을 감당할 수 있을까

그건 뭐가 들었는지 모를 양동이를 안고 외줄을 건너는 기분

듣고 있지? 마저 얘기해 줄게 하얀 원피스를 입은 사람이 숲속으로 들어갔어 그 안을 헤매며 숲을 생각하게 되고, 숲이 자신인 것처럼, 숲이 탄생하던 순간과 숲이 증발하는 과정까지 이해하게 된다 확실히 외로울 것이다

혼자만 알아듣는 비유가 있다는 건 안타까운 일

머리 안쪽에서 나무가 자라고 있다는 걸 엊그제 깨달았다
사과라는 단어가 떠오르지 않아

나는 네 이름을 숲에서 잃고 돌아오겠지만

무엇을 보고 있냐는 너의 말에
아무것도 그리지 못한 채로 시들게 되겠지만

거실에서
하얀 원피스를 입은 나를 보았다
따라가다 보면 숲과 거실을 혼동하게 되고

영화 속에서 숲은 하나의 은유이다

몇십 번이나 영화가 반복되는데도 아무도 채널을 돌리지 않
았다
나는 네게 이 영화를 처음 본다고 말한다

포만의 접시

한솔고등학교 3
손혜원

모두의 앞에 접시가 하나씩 놓여 있다
난 나의 접시를 만지작거렸다
오늘도 접시를 몇 개나 깨뜨렸고

물을 담은 접시는 너무 투명하다
아무것도 들어 있지 않은 것 같고
담긴 음식은 시간이 지나면 썩어 간다
나의 접시엔 냄새가 섞이지 않길 바랐다
접시가 가득 차 있는 사람들을 보면
알 수 없는 감정이 든다
나도 접시 가득 깨끗한 마음을 담아 볼 수 있을까

라디오를 틀어 보면 익숙한 소리가 들려온다
사람의 목소리다, 난 허공에 손을 뻗어 본다
만져지지 않는 것들을 담을 수 있을까
다시 접시가 바닥에서 깨져 버렸다

난 새로운 접시를 손에 든다
나의 접시만이 텅 비어 있다
다른 사람들은 접시에 무언가를 가득 담아 앉아 있고

나의 접시가 가득 채워지면
닫아 두었던 창문을 열 수 있을까
사람의 목소리를 듣지만 않고
나도 말을 건네 볼 수 있을까
가득 찬 접시가 많이 쌓이고 나서
깨진 접시들을 치워 보자

접시를 더 깨끗이 닦았다
물로 씻은 손수건으로, 윤기가 난다
많은 것들을 더 잘 담을 수 있도록
속에 있던 공허함이 떨어지는 그릇의 소리처럼 흔들거린다
라디오를 틀었다, 눈을 감고 기다려 보았다

저수지 출신 아마추어 선수

포항동성고등학교 3
우채민

우리는 알몸으로 물에 빠지기 좋아했다
심장마비는 오면 안 되지
발끝부터 천천히 담그도록 해
세상은 이끼가 낀 것처럼 얼룩져 있었다
잔물결 너머로는 햇빛만 보이는데

우리는 헤엄치기를 포기한 수영 선수들
코에서는 자꾸만 공기 방울이 올라왔다
가슴팍이 헐떡거리지 않는 넌 이미 죽었니
물은 편했다
숨의 여부를 손가락 없이도 알 수 있었다

나는 너를 껴안고 가슴을 맞대지
우리가 움직일 때마다
저수지의 가장자리에선 살얼음이 생겼다

나는 힘껏 다리를 움직였다
살얼음이 생긴 곳까지는 가야 하지 않겠니
그럼에도 우리는 계속 가라앉고

정신 차려 봐 우리 여기서 살아야 할지도 몰라
눈앞은 이미 흐릿했다 보이지 않는 것들이 많아졌다
물은 가만히 있지 않았다
작은 바람에도 울렁거렸지, 우리처럼
프로와 아마추어는 한 끗 차이
코치님의 말대로 단단한 종아리를 가질 필요성이 있다고 생각
했다

깊이 잠길수록 햇빛이 들어오는 양은 적어졌다
흰동가리는 따뜻한 곳에서만 산대
물은 고여 있고 흙냄새가 났다
우린 빛이 들어오지 않은 곳까지 가라앉았다

우리는 그렇다면 뭐가 될 수 있을까
목이 자꾸만 가려운 게 지느러미가 돋아나는 것 같았다

해변에서의 식사

고양예술고등학교 3
정혜빈

산책길에서 레몬 나무를 보았고. 더 가다가 해변이 숨겨 주는 오두막을 보았다. 사라지는 모래알과 이름을 모두 파도의 탓이라고 하며. 아무도 만나지 않는 산책을 한다.

아침밥을 먹다 보면 오늘이 며칠인지 궁금해져. 나무를 쌓아 올린 오두막은 시원했지만 금방 습해졌다. 공기가 물이 된 것 같다. 그 와중에 너는 호흡을 배웠지. 폐가 아가미로 변할 때까지. 공기를 녹여 먹어 보았어. 들숨 날숨마다 들어오는 이상한 공기 방울이 우리의 호흡을 만들어. 맛을 볼수록 사라지는 또 다른 맛에 대해. 저 너머를 바라보려 할수록 발바닥 밑이 궁금해지는 것과 비슷할지도 모른다. 이 씁쓸한 냄새는 레몬일 거야. 파도가 텅 빈 조개껍질을 안고 밀려오는 것처럼. 신맛은 가끔 쓴맛을 내기도 해서. 우리는 찾을 수 없는 것을 보곤 한다. 지도에 표시되지 않은 수많은 집과 사라진 이웃들처럼.

잠이 들면 꿈에 네가 나왔다. 커다란 지느러미를 감추기 위해 처음 본 단어를 제멋대로 꺼냈다. 너의 그림자는 달빛에 따라 길어졌다가 짧아졌고 나는 불법 침입한 꿈에서 주인 행세를 했다. 배부르냐고 물으면 너는 보글보글. 이상하게도 모든 소리는 글로 적을 수 있었다. 어떤 생각을 하고 있느냐고 물었고 너는 레몬을 상상했을지도 모른다. 상상한 대로 느껴지는 맛과 생각하면 사라지는 맛들이 공존한다. 우리의 기억은 서로 다른 방식으로 각인된다. 모두 같은 곳에서 시작되어 다른 곳에서 증발하지만. 짧은 그림자도 사라지는 해변에서. 레몬을 던지면 레몬이 가라앉아 우리가 되는 해변에서. 누군가 알아채길 바라는 쓴맛처럼 우리는 방황을 반복한다.

나는 누군가와 귀를 맞댄 것만 같다. 저 먼 곳에서부터 시작되는 파도가 계속해서 소리 내며 다가왔다. 끊임없이 다가왔지만 아무것도 적시지 못했다. 소라고둥이 들려주는 이상한 섬의 파도 소리. 무인도가 더는 무인도로 존재하지 못할 때. 나는 레몬 나무를 심을 것이다. 한 바퀴를 돌아도 하루가 한참 남아돈다. 찾지 못한

레몬의 쓴맛처럼 무인도는 바다 위를 떠다닐 것이다. 파도는 텅
빈 시간에서 태어나 해변 위로 쌓인다.

겁쟁이와 제사상의 숭늉

신사중학교 3
배준하

제를 지낼 적의 기억들에선 장막처럼 드리운 연기가 너울거린다
또 향기로운 재가 쌀알들의 위를 덮치고 있는 모습
액면가가 세어 지지 않을 만큼 어린 나는 짐짓 다 큰 시늉을 하며
제사상을 내릴 차례만을 기다리고 있었다
내가 기다렸던 것은 숭늉
조상님이 입을 댄 숭늉을 먹으면 용감해진다고
웃어른들이 먹여서라도 숭늉 그릇에 입을 같이 대곤 했다
병풍 앞에 상이 하나 더 차려질 때까지도 물만밥을 먹었던
나는 지레 겁을 집어먹는 겁쟁이였던 것 같다

이제 나는 숭늉의 맛을 기억하지 않는다
더 이상 어린 날의 기억을 떠올리지 않아도 될 것을 알기에
그때 제사상에 올라 있던 숭늉의 용기는 이미 나에게 있으니까

비읍의 사랑 방식

신사중학교 3
배준하

비읍의 세계

그곳은 지붕 없는 집과 수영장 사다리와 같은 비읍의 초상으로
이루어져 있는데

우리 사는 세상과 테두리 없이 맞닿아 있어서

비읍의 세계와, 그 안의 사람들(나는 그들을 비읍인이라고 부르기
로 했다)는 이미 우리 일상에 들어와 있다

그들은 우리와 부드럽게 섞일 수 있으면서도, 큰 괴리를 하나
가지고 있는데

ㅂ(두근, 두근)

다른 것이 자리해야 할 왼쪽 가슴에 비읍을 가지고 있다

그 컵 모양의 심장을

그 안에 마음을 채우는 것이 바로 비읍이 사랑하는 방식이다

한데 비읍인들은 마음을 채우는 일을 잘 하지 않을뿐더러, 채
웠다 한들 금세 내용물이 새어 나갔다

마음을 채우는 법도 비읍마다 가지가지였다

유리로 된 비읍을 가진 사람들은 컵의 바닥만을 찰박하게 했다
금방 마음을 빼 버리기 일쑤였다

그 마음이 훗날 제 비읍을 깨트릴지는 아무도 모르는 일이었기
때문이다

플라스틱으로 된 비읍을 가진 사람들은 남들보다 낮은 온도의
마음만 취급했다

열만 올리지 않으면, 유해하지 않게 사람을 사귈 수 있었으니까

종이로 된 비읍을 가진 사람들은 매번 일회성 사랑을 했다

그 누구도 습하고 눅눅해진 후의 비읍에는 마음을 더 적시길
원치 않았다

비읍들은 사람마다 다르게 채워지고, 다르게 비워졌으나

이를 반복하는 것은 모두 같았다

또 비읍에 찬 마음의 수위를 조절하려는 비읍인들도 있었다

하지만 그것이 안 되는 사람들은, 늘 컵이 넘치게 사랑하는 이
들은 넘친 양만큼의 마음을 돌려받지 못했다

그래서 그들은 생각했다

'저들은 너무 쉽게 마음을 받으려고 해'

그러고는 다짐했던 것이다, 다시는 비읍에 마음을 채우지 않겠다고

하지만 방식 불문, 모두가 그렇게 생각하고 물을 버린다

비읍의 세계에서는 결국 차오르는 것을 사랑하고야 마는 것이다

정말로 이상한 사랑 방식이었다

몽골발톱

정원여자중학교 3
연서현

새끼발톱이 갈라져 자라기 시작했어.
자기의 원래 몸에서 분리돼 나와
연한 살을 밀며 조금씩 조금씩

언제 들어앉았는지도 모르게
작았던 발톱은 점점 커졌어

절뚝절뚝 욱신욱신
양말 속에서 몸을 키워 가던 그게
이제 신경 쓰여 아무것도 할 수가 없어

아파 올 때마다 지뢰라도 밟은 듯
으악 하는 작은 외마디 소리에,
몸을 더 사리게 될 뿐이지

발톱이 양말에 걸렸어

그 작은 게 양말을 꼭 붙들고 놓아주지를 않아
난 발톱이 떨어져 나갈까 조심조심 애걸복걸

시원하게 빠지면 좋겠지만
결국은 톡 뽑힐까 봐 참고 참으며
발톱을 달고 다녀

그때의 발톱은 널 닮았나 봐
다가올까 두렵고,
도망칠까 두렵고,
사소해서 주의하게 만드는

비상구

당곡중학교 3
김서현

대학 병원 흰 가운들 사이에
녹색 청소복을 입은 엄마
벌어진 담벼락에 새어 들어온
한 줄기 햇볕 같아요
손에 들린 물걸레에선
짙은 파스 냄새가 나고
가는 곳마다 균열을 메워요

엄마의 마지막 도착지는 비상구
얽혀 있는 발걸음을 따라가면
문 위에 달려 있는 초록 인간이
뛰어가며 엄마를 맞이해요
당신도 그만 따라오라는 듯
어서 여길 벗어나자는 듯
네모 안에 갇혀 움직이지도 않건만
자꾸 팔다리를 벌려요

한 손에 믹스커피를 든 엄마는
파란 사내의 외침을 무시하며
계단 구석진 곳에 퍼질러 앉아
싸구려 커피를 홀짝거려요

비상구를 열고 나가면 눈부신 옥상
옥상 끝에 서서 바라보는 넓은 세상
엄마는 기지개를 켜서
다시 비상구 안으로 숨어요
좁은 틈새에 앉아 계단을 닦으며
그래도 행복하다고 중얼거리죠

그거 아세요?
비상구는 바깥으로 나가는 곳이 아니라
때로는 숨어 있기 좋은 곳이라는 것

소설

소설 부문 심사평

2021년 대산청소년문학상 소설 부문 응모작은 모두 491편(중등부 96편, 고등부 395편)이었습니다. 펜데믹 상황에서도 문학에 대한 꿈을 키워 나가며, 지금, 여기에 대해 고민하는 많은 작품들을 만날 수 있었던 것은 심사위원들에게도 큰 기쁨이었습니다. 응모해준 학생들 중 중등부 8명, 고등부 24명을 예심 통과자로 선정했고, 이 32명의 학생이 백일장에 참여했습니다. 백일장의 시제는 "그 사람이 돌아왔다. 아무 말도 없이."를 첫 문장으로, 하루 동안의 일을 쓰는 것이었습니다.

많은 학생들이 "그 사람이 돌아왔다."라는 문장을 통해 상상력을 발휘했고, 하루라는 시간의 제한을 다양한 방식으로 활용했습니다. 제출작 중에 같은 귀환은 하나도 없었습니다. 그는 세계를 구하러 와서, 세계를 부수는 거인이기도, 친구의 마음속에 살고 있는 상처받은 아이이기도, 헛소문이 만든 악인이기도 했습니다. 그는 원망스럽지만 그리운 아버지이기도, 달 쓰레기를 줍는 사람이기도, 평생 트럭 운전을 해 온 할머니이기도, 신을 찾아 나서는 청소부이기도, 남태평양의 바닷새를 그리러 떠났던 친구이기도, 명품 구매 대행을 부탁한 사람이기도 했습니다. 그들은 모두 각기 다른 귀환을 통해, 유머와 재치를, 비의와 절망을, 존재에 대한 질문과, 세계에 대한 고민을 보여 주었습니다.

중등부 금상 부문 수상자인 박제준 학생은 백일장 제출작 「들꽃: 당신은 제 행복에 어떤 존재죠?」에서 일주일 만에 요양원에서 돌아온 할아버지와 손자의 짧은 외출을 통해, 가족 사이의 복잡한 심리와 미묘한 갈등 상황을 잘 담아냈습니다. 요양원에서 돌아온 할아버지가 요양원으로 돌아가 주기를 바라는 화자의 엄마와 할아버지의 갈등을 지켜보는 화자의 복잡한 내면을 당신의 존재 의미에 대한 질문으로, 들꽃의 비유로 표현해 냈습니다. "오늘 밤 그 사람이 돌아간다."라는 마지막 부분의 문장은 첫 문장과 대조를 이루며 울림을 만들어 내기에 충분했습니다. 박제준 학생의 예심 응모작인 「바로잡다」 역시, 저승의 이미지를 가로등의 이미지로 담아낸 점, 저승에서 돌아와 이승에서의 삶을 바로잡을 기회를 받은 화자의 복잡한 심리를 잘 표현했다는 점 등에 눈길이 가는 소설이었습니다. 이에 백일장 제출작과 예심 응모작 모두 고른 성취를 보인 박제준 학생을 금상 수상자로 선정했습니다.

고등부 금상 부문 수상자인 김가연 학생은 백일장 제출작 「꿈 같은 사람」에서 하나의 택배로 돌아온 아버지의 유품들을 정리하다, 유품 주변에 남아 있는 아버지의 영혼을 느끼고, 아버지와 대화를 나누는 화자를 통해, 삶과 죽음의 경계를 섬세하고 안정적인 문장으로 담아냈습니다. '꿈 같은 사람', 아버지의 영혼과 아버지의 '꿈같은 사람'이었던 아들의 대화를 통해 꿈같은 사람의 의미를 확장하고, 아버지가 자신의 꿈이었던 시 쓰기를 이승에서의 마지막 밤에 이루고 떠나는 장면을 통해 꿈의 의미를 질문하고 있습니다. 예심 응모작 「스파링」은 30년 넘게 주짓수를 해 온 남자와 고등학생 화자가 스파링을 하는 장면으로 시작해, 그 남자에게 끝내 승리하는 장면으로 끝납니다. 보육원 원장으로 있을 때 성추행, 성폭행을 했고, 그 사실로 감옥에 다녀온 남자가 오히려 유일한 목격자였던 아이를 가해자로 몰고 가는 상황을 통해 이 소설은 가해자와 피해자의 위치가 뒤바뀌는 현실의 문제를 날카롭게 담아냈습니다. 이에 백일장 제출작과 예심 응모작에서 고르게 완성도 있는 소설을 써낸 김가연 학생을 금상 수상자로 선정했습니다.

모든 수상자 여러분께 박수를 보냅니다. 아쉽게 수상하지 못한 학생들에게도 박수를 보냅니다. 예심 응모작은 훌륭했으나, 백일장 제출작에서 아쉬움을 남긴 학생들에게는 안타까움을 전합니다. 짧은 시간에 하나의 세계를 구축하는 일이 쉬운 일이 아닐 터인데, 그럼에도 많은 학생들이 보여 준 세계는 아름답고, 슬프고, 유쾌하고, 서늘하고, 뜨거웠습니다. 백일장 수상이 여러분이 만들어 낸 이 세계의 가치를 결정하는 것은 아닙니다. 수상작이 되지 못한 제출작과 응모작 중에도 간발의 차로 수상권에 들지 못한 작품들이 많았음을 밝힙니다. 이 간발의 차가 여러분이 문학을, 소설을 해 나가는 데에 큰 의미가 되지 않기를 바랍니다. 한 걸음 더 힘차게 내딛는 디딤돌이 되기를 빕니다. 확신할 수 없어서 망설이고, 질문하고, 고민하는 일이, 계속해서 의문을 갖는 일이 문학의 일이 아닌가 생각합니다. 응모작을 써내며 보낸 시간들, 백일장에

45

참여한 시간들이 모두, 여러분에게 또 하나의 질문을, 작은 흔적을 남기지 않았을까 생각합니다. 내내 고민하고, 질문할 여러분의 시간을 응원합니다.

심사위원 박금산·윤해서·이승우·표명희

스파링

강진고등학교 3
김가연

이마에서 흘러내리는 땀 때문인지 시야가 흐릿하다. 앞이 제대로 보이지 않는 탓에 몸짓이 더 격해진다.

연이은 초크에도 불구하고 상대는 쉽사리 무너질 틈을 보이지 않는다. 가쁜 숨을 몰아쉬는 나와는 달리 여전히 여유 있는 웃음을 짓고 있는 남자의 얼굴을 한 대 갈겨 주고 싶었지만, 쉽사리 접근하기가 힘들었다. 하지만 포기할 순 없었다. 다시 한번 초크를 시도하며 상대의 목을 조른 다리에 힘을 준다. 하지만 상대를 가둬 놓기엔 역부족이다. 남자는 금방 내 다리를 들어 올렸고, 도리어 잡힌 건 내 쪽이었다.

그동안 진짜 죽도록 연습했는데 여기가 끝인가. 관장님 말대로 진짜 경력은 무시할 수 없는 것인가. 남자는 30년 가까이 주짓수를 해 왔다고 했다. 그것도 아마추어 경기 대회에서 몇 차례 우승할 정도의 실력자. 그에 비하면 나는 이제 겨우 유소년 시스템을 끝낸 초짜에 불과했다. 달콤한 유혹이 고개를 든다. 그냥 이렇게 누운 채로 숨이나 제대로 고르는 게 맞는 게 아닐까.

"이 정도라도 버텼으면 나쁘지 않네. 이쯤 하고 그만둬. 그러다

47

다쳐."

내 아래에서 실실 쪼개며 포기를 권유하는 남자. 점점 힘이 들어 헉헉거리는 나와 달리 그는 너무나도 여유롭다. 이제 정말 한계였다. 손으로 남자의 어깨를 치며 항복하려는 찰나였다.

'지연아, 지연아.'

슬이의 얼굴이 뇌리에 스쳤다.

●

학기 초, 갈 데가 있었지만, 본능적으로 걸음이 체육관으로 향했다. 하지만 누가 볼세라 투명한 유리 안으로 보이는 실내를 응시하는 게 전부였다. 당장이라도 들어가 주짓수복을 입고, 스파링을 하며 체육관 바닥을 구르고 싶었다. 그러나 고3이 된 이상 몸을 쓰는 횟수보다 필기구를 쥐어야 하는 횟수가 더 많아야 하고, 몸에 주짓수복을 걸치는 대신 도수 높은 안경을 끼고 살아야 할 운명이었다. 물론 그 모든 건 내 의견은 눈곱만큼도 반영되지 않은 온전히 우리 엄마의 생각이었지만.

"생각 바뀌면 다시 와."

주짓수를 그만둔다고 했을 때, 마지막으로 관장님이 내게 해주신 말이었다. 휴. 한숨을 뒤로한 채 발걸음을 돌렸다.

하얀 바탕에 검정 글씨로 '행복의 집'이라 쓰인 간판이 보였다. 오늘 봉사 활동을 해야 할 장소였다. 안 그래도 내신이다, 수행평가다, 할 게 태산인 와중에 봉사 활동까지 해야 해서 잔뜩 짜증이 났었다. 봉사 활동 장소가 때마침 여기로 정해져서 그렇지 안 그랬다면 봉사고 뭐고 다 때려치우고 말았으리라.

문을 열자 풍경 소리가 들렸다. 안으로 들어가니 왼쪽으로 기다란 복도가 놓여 있었다. 원장실부터 들르라고 했는데, 어디지 하면서 두리번거리는데 복도 끝 쪽에서 제법 시끄러운 소리가 들렸다. 복도를 쭉 따라 들어가 보니 마치 강당처럼 커다란 공간이 나왔다. 거기에는 족히 열댓 명은 되어 보이는 아이들이 꼬리잡기라도 하는지 두 팀으로 나누어 앞 친구의 허리를 잡은 채 이리저리 몸을 움직이고 있었다. 그리고 그 무리 중 한 팀의 맨 앞에 꽤 익숙한 얼굴이 보였다. 대부분 열 살이 채 되지 않는 어린아이들 사이에서 저 혼자만 우뚝 튀어나와 있었는데도 전혀 어색함이 없었다. 더 놀라운 건 그 애의 표정이었다. 함께 놀고 있는 꼬마들과 똑같은 표정. 아무 거리낌 없이 환하게 웃는 그 애의 모습에 그만, 심장이 쿵 내려앉는 것 같았다. 저렇게 웃을 수도 있는 아이였구나.

　　"어떻게 오셨나요?"

　　뒤를 돌아보자 중년 여성이 눈웃음을 지으며 서 있었다. 봉사 활동 하러 왔다고 말하자 어디 학교냐 하는 일상적인 물음이 몇 번 오갔고 이내 여자는 "아, 그럼 슬이랑 같은 고등학교?"라는 물음이 딸려 나왔다.

　　"슬이랑 친해요?"

　　"아니요."

　　사실은 친해지고 싶어서 부러 여길 찾아왔다는 소리는 할 수 없으니까.

　　"하긴 걔가 누구랑 막 친해지고 그런 성격은 아니지. 그래도 뭐 같은 학교 친구니까 안내는 슬이한테 부탁하면 되겠네. 잠깐만요."

　　중년 여성은 아이들과 즐겁게 놀고 있는 슬이를 불러냈다. 괜

김가연　°스파링　**49**

찮은데요, 그냥 쟤 웃으며 놀게 그냥 두면 좋겠는데, 웃는 얼굴 더 보고 싶은데, 말 따위를 속으로 삼키며 슬이에게 눈을 돌렸다. 이쪽을 돌아보던 슬이의 얼굴이 금세 바뀌는 것이 보였다. 늘상 학교에서 보아 왔던 그 무표정한 얼굴로.

해야 할 일은 간단했다. 아이들이 나가 있는 사이 활동실을 청소하거나 아니면 아이들과 함께 놀아 주면 됐다. 무슨 일을 해야 하는지보다 더 신경 쓰이는 것은 마치 나를 처음 보는 사람처럼 딱딱하게만 대하는 슬이의 태도였다. 그래도 명색이 같은 반인데 설마 내가 같은 반인지도 모르나, 하는 의문이 들 정도였다. 나라도 좀 더 친한 척 말을 붙여 볼까 고민하며 그 애의 뒤를 따라 걷고 있는데 슬이가 갑자기 걸음을 멈췄다.

"저, 미안한데."

예상치 못한 전개다.

"여기에서 만났다고, 학교에서 아는 척하지 말아 줄래."

그럼 뭐하냐고, 안 그래도 애들이 내가 여기 봉사 활동 가는지도 다 알고 너 여기 사는지 다 아는데, 라는 말을 주워 삼키며 나는 말없이 고개만 끄덕였다. 왠지 그런 말까지 하면 안 될 것 같았다. 단호한 말투와는 달리 그녀의 눈빛이 무척 쓸쓸해 보였기 때문이었다.

●

한 달이 지났다. 고3이 끝날 때까지 봉사하기로 했으니 아직 시간은 충분했으나 그래도 한 달 동안 토요일마다 보육원에 왔는데 슬이랑 한마디도 못 하게 될 줄은 몰랐다. 일부러 나를 피하나 싶은 생각까지 들었다. 게다가 오늘은 저 멀리서 분명 슬이가 오는 것이 보였는데 어느 순간 홱 되돌아가 버리는 모습까지 보았으니 이쯤 되면 일부러 피하는 게 맞는 것 같기도 했다. 낭패였다.

여느 때와 다름없이 봉사 활동이 끝나고 집으로 가고 있는데, 재킷 주머니가 텅 비어 있는 느낌이 들었다.

"어. 내 핸드폰!"

보육원에 두고 온 모양이었다. 날 피하는 것까지 봤으니 다시 보육원으로 돌아가고 싶은 기분은 아니었지만 어쩔 수 없었다. 휴대폰이 없으면 이것저것 귀찮은 게 한두 가지가 아니고, 결정적으로 교통카드가 휴대폰 케이스 안에 들어 있으니. 내 덜렁함에 한숨이 나왔다.

보육원 문을 열려는 찰나, 갑자기 안에서 큰 고함이 울렸다.

"어디 가, 야!"

순간 놀란 나는 문을 열려던 손을 멈춘 채 그 자리에 그대로 서 있었다. 곧이어 문이 벌컥 열렸고, 누군가 뛰쳐나왔다. 슬이였다. 나를 못 본 건지 슬이는 그대로 나를 스치고 지나가 보육원 뒤쪽으로 내달렸다. 무슨 일일까. 따라가 봐야 할까? 그러고 보니 슬이의 손이 한쪽 얼굴을 감싸고 있었던 게 생각났다. 나도 모르게 뒷마당 쪽으로 발이 움직였다. 마당 한구석에 슬이의 뒷모습이 보였다. 미세하게 흔들리는 듯한 어깨가 보였다.

"슬아. 괜찮아?"

갑작스러운 내 목소리에 슬이는 조금 놀란 듯 흠칫거렸다.

"괜찮아, 저리 가!"

낮게 소리를 지르며 이내 자신의 얼굴을 더 깊이 숙이는 게 보였다.

"괜찮으면 얼굴 좀 보여 줘."

어디서 용기가 났는지 나는 슬이 앞으로 다가가 얼굴을 가까이 들이밀었다. 슬이가 한 발짝 뒤로 물러섰다. 나는 두 발짝 더 다가 갔다. 잠시 후, 나는 고개를 숙인 그녀의 턱을 조심스레 들어 올렸 다. 꼭 감은 두 눈 사이로 흘러내린 눈물, 붉게 부어오른 뺨과 그 아래 짓이겨진 입술. 난 말없이 슬이를 꼭 안았다. 그 안에서 조금 씩 그녀의 들썩임이 조금씩 커지다가 이내 잦아들었다. 꽤 오랜 시간이었다.

●

집에 오자 긴장이 풀렸는지 피곤함이 몰려왔다. 소파에 털썩 주저앉는데 현관문 소리가 났다.

"뭐야. 너 이제 온 거야? 왜 이렇게 늦게 와!"

엄마가 크로스백을 식탁 의자에 올려놓으며 말했다.

"엄마도 이제 들어왔으면서……. 오늘 봉사 활동 늦게 끝났어."

"엄마랑 너랑 같니? 너 봉사 활동 핑계로 놀러 다니는 거 아니 야?"

"아, 아니야! 늦게 끝났는데 친구랑 밥 먹고 오느라 더 늦은 거야."

괜히 엄마를 속이는 것 같아 속이 조금 따끔거렸다. 그래도 완 전한 거짓말은 아니었다.

한 시간 전까지만 해도 슬이와 함께 있었다. 토요일 늦게까지 문을 연 약국이 없어서 그냥 편의점에서 연고랑 밴드 산 게 전부 였지만 그렇게라도 치료를 해 주고 싶었다.

슬이 말로는 서가 책 정리를 하다가 쌓아 올려 있는 책을 못 보고 부딪쳐서 넘어졌다는데 도무지 믿을 수가 없었다. 그럼 내가 들은 그 고함 소리는? 가능하다면 그 보육원에 돌려보내고 싶지 않았다. 안 먹겠다는 애한테 컵라면이며 삼각김밥이며 우유, 초콜릿 같은 것들을 잔뜩 먹이면서 시간을 끌다가 더 늦으면 원장님께 혼나, 라는 그 애의 말에 겨우 돌려보냈다.

처음이었다. 슬이랑 그렇게 시간을 보낸 게. 나는 그녀가 안으로 들어가고 나서도 한참을 보육원 앞에서 서성거렸다. 그러나 엄마한테 슬이에 대한 얘기는 하지 않았다. 왠지 말하기가 꺼려졌다.

"근데, 딸. 너 봉사 활동 간다는 데가 어디였지?"

"행복의 집."

부러 심드렁하게 말하는데 엄마는 반색했다.

"진짜? 아직도 있나 보네, 거기."

"왜, 무슨 일인데?"

"엄마도 오늘 모임 갔다가 들어서 겨우 생각났거든. 넌 아마 기억 안 날 거야. 한 10년 전쯤에 시끄러웠거든."

빨리빨리 말해 주면 좋겠는데 엄마는 괜히 뜸을 들였다. 나는 얼른 말하라며 '왜'라는 말을 반복하며 엄마의 다음 말을 기다렸다.

"거기 원장 말이야, 그때 원생들 성추행인가 성폭행인가, 하여튼 혐의 있어서 수사를 받았잖아. 지금 교도소에 있다는데 곧 나온다던데?"

"뭐야? 그럼 그쪽 애들 위험한 거 아니야?"

"아니야, 딸. 사람들 말이 거기 원장 억울하게 누명 써서 간 거라더라. 그 원장이 우리 지역에서 인심도 좋고 보육원 말고도 다른 봉사도 진짜 열심히 했다더라고. 지금도 생각나는데 사람들이 절대 그런 몹쓸 짓 할 사람 아니라고 청원도 하고 그랬어."

엄마는 한숨을 푹 쉬며 얼굴도 모르는 원장을 안타까워했다. 나는 어이없는 웃음을 흘리며 엄마에게 따지듯 말했다. 평판이고 나발이고, 감방까지 갔으면 그만한 이유가 있었겠지.

"근데, 그 증언한 애 말이야, 네 또래 정도 됐겠다. 보육원 애였다는데. 그 애 증언 때문에 10년형 선고받았대. 사람들이 그 어린 애를 엄청 욕했어. 쪼그만 애가 거짓말해서 멀쩡한 어른 감방 집어넣는다고."

엄마는 멍해진 채 얘기를 듣고 있는 나를 지나쳐 안방으로 들어갔다. 씻을 건지 갈아입을 옷가지들을 가지고 나오면서도 엄마의 얘기는 끝나지 않았다.

"형 확정되고 나서도 원장이 잘못했네, 애가 거짓말한 거네, 말들이 많았어. 근데 아직도 운영되고 있는지 엄마도 몰랐다."

마음이 편치 않았다. 나는 그대로 방으로 들어가 인터넷에 접속해 보육원 관련 기사를 찾아보기 시작했다. 꽤 많은 기사들이 화면을 가득 메웠는데, 몇몇 구절이 눈에 띄었다. 10년 전, 보육원 생 여덟 살 아이의 증언, 형량 결정적.

기사를 클릭하니 보육원의 위치가 우리 동네였고, 나는 설마, 하는 마음으로 내용을 읽어 내려갔다. 긴 내용 중에 '성폭행'이라는 키워드가 눈에 띄었다. 그리고 '여덟 살 여자아이.' 문득 조금 전에 어릴 때부터 보육원에서 지내 왔다고 말했던 슬이가 떠올랐다. 10년 전 여덟 살 여자아이가 혹시? 거기까지 생각이 미치자 일순 온몸에 오소소 소름이 돋았다.

●

"야, 쟤 좀 봐. 또 마스크 끼고 왔어. 지가 무슨 아이돌인 줄 알아."

"저거 자해 자국 가리려고 쓰는 것임. 너희들 몰랐지?"

다음 날, 학교에서는 몇몇 무리가 조용히 앉아 있는 슬이 험담을 나누고 있었다. 자기들은 조용히 험담한다고 하는데, 꽤 멀리 있는 내게까지 들릴 정도면 슬이 위치에서는 거의 앞에 대고 말하는 거나 마찬가지였다.

그만할 생각이 추호도 없는지 그들은 계속 입을 놀렸다.

"마스크도 그렇고, 지금 여름인데 긴팔 입은 것도 그렇고. 쟤 온몸이 다 흉터투성인 거 알아? 내 친구가 쟤 옷 갈아입는 거 봤대. 완전 징그러웠대."

슬이는 자신을 겨냥한 말들을 잠자코 듣다가 이윽고 일어나 교실 밖으로 나갔다. 나 또한 반사적으로 몸을 일으켰고 그녀를 따라 나가려다, 걸음을 멈췄다.

"너희들 잘 알지도 못하면서 그렇게 함부로 떠들지 마."

걸어 나오는 내내 뒤통수가 따끔거렸다.

슬이는 운동장 한쪽 구석에 있는 벤치에 앉아 있었다. 고개를 숙인 그 애가, 괜히 이상한 생각을 하는 것이 아닌가 싶어 마음이 조급해졌다. 또 슬이가 도망이라도 갈까, 얼른 그녀 옆에 앉아 다짜고짜 손을 잡았다. 흠칫 손을 빼려는 게 느껴졌으나 힘이라면 내가 더 셌다. 나는 억지로 밝은 목소리로, 아무렇지도 않은 척, 부디 그 애가 그렇게 들어 주길 바라며 말했다.

"다른 애들 말 신경 쓰지 마. 애들이 잘 알지도 못하면서 함부로 떠드는 거야."

"……."

"빨리 일어나. 점심 먹으러 가야지."

여전히 손을 잡은 채로 일어나려는 순간, 슬이가 내게 나지막이 물었다.

"너도 내가 자해한다고 생각해?"

●

오슬. 그 애에게 눈길이 가기 시작했던 건 고등학교 입학식 날부터였다. 버스 정류장에서부터 단정히 우리 학교 교복을 입고 있는 어떤 아이. 흰 피부에 가느다란 발목이 자꾸 눈길이 가서 가만가만 그녀의 뒤를 따라 걸었다. 나중에 얼굴을 보고서는 그 자그마한 얼굴에 커다란 눈망울에 심장이 멎을 거 같았지만. 사람 눈은 다 비슷비슷한지, 그녀는 한동안 하얀 피부, 가느다란 팔, 큰 눈을 가진, 당장 연예인이라고 해도 손색이 없을 정도의 예쁜 아이라고 소문이 났었다. 이미 어디 소속사 연습생이라는 쓸데없이 구체적인 근거 없는 소문까지 말이다. 학기 초에는 그렇듯 그 애의 예쁜 모습에 끌려 꽤 많은 아이들이 그 애와 대놓고 친해지려고 애를 썼지만, 그 애는 도무지 틈을 주지 않았다. 누군가 말을 걸어도 그저 무표정으로 일관했을 뿐, 정말 표정 없는 인형 같은 모습이었다.

그 모습에 질렸는지 몇몇 남은 추종자들도 거의 떨어져 나갈 무렵 어디선지 모르게 슬이가 보육원 출생이라는 소문이 퍼졌고,

그 소문이 꼬리에 꼬리를 물고 슬이를 무시하는 듯한 소문들이 계속해서 실체 없이 몸집을 키웠다. 쟤, 저 반반한 얼굴로 원조 교제한다더라. 쟤, 관심 끌려고 일부러 자해한다더라, 보육원 출신인데도 그럭저럭 상위권 성적을 유지하는 것을 두고 수학한테 몸 팔고 수행평가 성적 받았다더라, 하는 저질스러운 소문까지. 3학년이 된 지금 그 애는 우리 학교의 공공연한 왕따였다. 하지만 그 애의 분위기 때문이었는지 다행히 직접 괴롭히는 아이는 없었고 시기인지 질투인지 모를 소문만 무럭무럭 자라날 뿐이었다. 하지만내 눈이 자꾸만 그 애를 좇는 건 소문과는 별개였다.

남자 못지않은 튼튼한 몸과 구릿빛 피부, 주짓수로 다져진 근육까지, 여러 애들한테 시선을 받아 온 나와는 정반대의 모습 때문이었을까? 한 손에 쥐어질 듯한 가느다란 발목. 한참 동안 그 발목을 슬며시 쥐고 싶다는 욕망에 시달려야 했었다.

고3이 돼서야 겨우 같은 반이 됐는데, 게다가 이런저런 일로 얽혀 말까지 했는데, 여기서 그만둘 순 없었다. 그 뒤 나는 대놓고 슬이를 쫓아다니기 시작했다.

"중간고사 공부 같이하러 가자. 이제 고3이잖아. 그리고 너 조금만 더 하면 인서울 할 수 있잖아?"

"챙길 거야……. 챙기고 있었고, 근데 왜 너랑 해야 해?"

"내가 운동만 하다가 공부하려니까, 그니까 습관 잡기도 힘들고, 누가 좀 잡아 주고 도와주면 더 잘할 것 같아서……."

처음엔 마지못해 따라나선 듯 보였지만 시간이 갈수록 슬이도 나를 밀어내는 횟수가 점점 줄어들었다.

매일 같이 도서관을 다닌 효과는 생각보다도 꽤 컸다. 둘 다 중간고사 성적이 그럭저럭 괜찮았고 언젠가부터 당연하게 같이 하교하는 사이가 되어 있었다. 그리고 간혹 한 번씩, 예전에 보육원에서 아이들과 함께 놀면서 밝게 웃던 그 모습을 무심코 보여 주기도 했다. 그러니까 모르는 수학 문제를 물어보면 가르쳐 주는 그 입술이, 내가 정답을 맞췄을 때 살짝 웃음 짓는 그 입매 같은 것들, 물론 슬이는 의식하지 않았겠지만, 난 아무도 모르는 슬이의 모습을 나만 안다는 사실에 조금 뿌듯했다.

여전히 슬이 몸 곳곳에 난 상처의 원인이 뭔지는 모르지만, 때가 되면 말해 주겠거니 생각했고, 물어보지 않았다.

"슬아. 우리 맛있는 거 먹으러 가자."

"미안, 바빠서 먼저 갈게."

무슨 바쁜 일인지, 슬이는 빠르게 걸어갔고, 나는 그런 슬이를 잡지도 못한 채 홀로 집으로 돌아왔다.

집으로 들어오니 외출복 차림의 엄마가 부엌 식탁 위에 놓인 상자 하나를 열고 있었다.

"어디 갔다 왔어?"

"아, 모임 갔다 왔는데, 행복의 집 여자 원장이 왔더라. 예쁘지?"

엄마는 연분홍빛 스카프를 목에 대보며 물었다.

"스카프네, 그 원장이 준 거야?"

"저번에 말했던 남자 원장 말이야, 최근에 출소했다더라. 무사히 출소했다며 동네 주민들한테 감사 인사차 돌린 거야. 어휴. 그 남자 원장 말이야, 형이 확정되고 나서 항소고 뭐고 다 포기하고 그냥 겸허히 법원의 결정을 받아들이겠다고 했다는 거야. 이렇게 된 건 다 하늘의 뜻이겠거니 하고. 그런데 무사히 나왔으니까 이제는 본격적으로 구명 운동 할 거라고, 남편이 아니면 자기라도 한대. 무고한 자기 남편을 사람들이 욕하는 거 이제는 못 보겠다고 말이야. 그렇게 좋은 사람들이 어찌 그런 몹쓸 일에 휘말렸는지 몰라."

나는 스카프를 조심히 들어 올렸다. 한눈에도 부드럽고 윤기가 흐르는 게 꽤 비싸 보였다. 마음이 심란해졌다. 남자 원장을 예찬하는 엄마의 말을 흘려들으면서 문득 슬이가 점점 걱정되기 시작했다.

●

친해졌다는 사실이 무색하게 학교가 끝나자마자 슬이는 쏜살같이 나를 피해 가 버렸다. 조바심이 났다. 이대로는 어렵게 친해진 슬이와 멀어질까 두려웠다.

어느 날 종례가 끝나자마자 날 피해 가려는 슬이를 붙잡았다. 여전히 나를 뿌리치고 가려는 슬이를 돌려세웠고, 무슨 말을 할까 망설이다 다짜고짜 말이 터져 나왔다.

"너, 남자 원장 돌아온 일 때문에 그러는 거야?"

슬이는 놀란 듯 나를 올려다보았다. 이내 떨리는 목소리가 새어 나왔다.

"그거…… 어떻게, 알았어……?"

"우리 엄마한테 들었어. 여자 원장이, 자기 남편 무사히 출소했다고 동네 사람들 모임에 나와서 선물 돌렸대."

한참 동안 내가 엄마한테 들은 말을 잠자코 듣던 슬이가 이내 그만 분노 가득한 목소리로 말했다.

"그 사람 아직도 그러고 다닌대? 자기는 아무 죄 없는데 누명 썼다고?"

화가 잔뜩 난 목소리로 내게 말하는 슬이의 목소리는 이제껏 들어 본 적 없는, 낮게 가라앉았지만, 그 안에 떨리듯 자리 잡은 분노마저 잠재울 순 없었다.

"맞아. 유일한 목격자. 여덟 살 여자아이, 나였어. 근데 난 거짓말하지 않았어. 그때 그 언니, 그 일 있고 나서 어디로 갔는지……. 피해자니까 그래도 신변 보호 잘 받고 있겠지? 원래는 경찰이 그랬는데, 증언만 해 주면 그 보육원에 안 있어도 된다고, 다른 데로 옮겨 준다고. 그런데 말이야, 그 남자 감옥 가고, 그리고 그 여자가 왔어. 난 그대로였고, 그 여자, 정식 결혼만 안 올렸다 뿐이지. 그 남자 내연녀였는데, 그런 사람이 보육원을 맡았어. 뭐, 서류상 사건과 관계없는 사람이니 그 여자가 보육원을 맡는 건 아무 문제가 없었고 난 계속 그곳에서 지내게 된 거야. 근데 그 여자, 자기 남자가 그렇게 감옥 간 게 나 때문이라고 하더라고. 내가 함부로 입 놀려서……. 그래도 다행인 게 그 여자 나 말고 동생들한테는 손 안 대."

슬이가 희미하게 웃었다.

"난 이제 오래돼서 괜찮은데, 근데, 그 언니한테 그랬던 것처럼, 그 남자가 또 우리 동생들한테 그러면 어떡해?"

다음 날, 답답한 마음에 체육관을 찾았다. 중간고사 성적이 올랐다는 이유로 부모님께 다시 체육관에 다녀도 된다는 허락을 겨우 받았다.

회원들이 스파링 경기를 펼치는 것을 보고 있는데 낯선 아저씨가 내게 몇 살이냐고 물으며 말을 걸었다.

"열아홉이요."

다시 경기를 구경하는데 아저씨는 묻지도 않는 자신의 이야기를 털어놓기 시작했다.

"원래 여기 다녔었는데 일이 있어서 한참 쉬다가 다시 온 거야. 근데 스파링하는 거 보니 몸이 막 근질근질거리네."

아저씨는 내게 다음에 자신과 주짓수 스파링을 한번 해 보지 않겠냐며 또다시 허허 웃었다. 옆에서 듣고 있던 관장님도 아저씨의 실력이 굉장하다며 그의 말에 고개를 끄덕였다. 분명 인상이 좋은 아저씨였지만 나는 괜히 꺼림칙한 기분이 들었다.

모든 사실을 다 털어놓고 난 후, 슬이는 더 이상 나를 피하지 않았다. 우리는 다시 전처럼 같이 다닐 수 있었다. 여전히 동생들이 걱정됐지만 아직은 그 남자 원장이 정식으로 보육원에 나오는 것도 아니어서 조금 안심하는 눈치였다. 잠시라도 그렇게 잊고 싶은 듯했다. 여느 때와 다름없이 슬이의 손을 잡고 보육원 앞까지 함께 가고 있었다. 익숙한 듯한 형체의 사람이 보육원 앞에 서 있는 게 보였다. 설마, 가까이 갈 때까지 아니길 바랐다.

"어? 네가 왜 얘랑……."

그 남자였다. 체육관에서 그 사람 좋은 웃음으로 나에게 말을

걸었던. 그 남자는 체육관에서 그랬던 것처럼 내게 웃음을 지으며
아는 척을 했다.

"슬이 친구였구나. 열아홉 살이라고 하길래 슬이 생각이 나더
니만."

남자와 나를 번갈아 보던 슬이는 이윽고 내 손을 꽉 잡았다. 무
언의 신호 같았다. 곧 슬이의 손이 미세하게 떨리기 시작했고 난
슬이의 손을 더 꽉 쥐었다.

●

다행이었다. 사실 조금 간당간당하긴 했지만 내 앞의 한 명이
기숙사 입소를 포기하는 바람에 무사히 기숙사에 들어갈 수 있었
다. 물론 나보다 성적이 좋은 슬이와 함께였다. 무엇보다도 두 원
장들에게서 슬이를 안전하게 떼어 놓았다는 게 마음이 놓였다. 사
실 기숙사 합격하고도 망설이는 슬이를 설득해야 했다. 걱정되니
꼭 기숙사에서 함께 지내자는 내 청을 슬이는 못 이기는 척 들어
주었다. 또한 처음 고3을 맡은 담임이 좋은 입시 성적을 내고 싶
은 욕심에 적극적으로 보육원 원장을 설득한 것도 한몫했다.

성적이 오른 덕에 체육교육학과로 구체적인 목표를 잡을 수 있
었기 때문에 기숙사에서도 집에서도 정식으로 체육관 다니는 것
을 허락받을 수 있었다. 되도록이면 빨리 주짓수 실력을 늘려야
했다. 입시를 치르기 전이어야 했다. 그래야 슬이가 조금이라도
홀가분한 마음으로 시험을 볼 수 있을 테니까. 법도 어른들도 지
금까지 해 줄 수 없던 것, 내가 할 수 있는 게 있지 않을까? 내 집
요한 연습에 관장님은 그냥 입시 체력 테스트만 통과하면 될 걸

뭐 그리 열심히 하느냐면서도 좋아하는 기색이 역력했다. 이만하면 내년에 프로 데뷔해도 되겠다며 추켜세울 정도였다.

사실 말하자면 일종의 작전이었다. 그 남자와의 스파링을 따낼. 그 남자와 스파링해 봐도 되냐고 넌지시 물었지만, 예상대로 안 된다는 대답이었다. 체급에서 밀린다며, 괜히 입시 앞두고 부상당하면 곤란하다는 것이었다. 나는 고집을 피웠다.

"저 아저씨랑 스파링해서 만약 이기면 저 대회에도 출전할게요."

그 말에 관장님은 대놓고 반기는 눈치였다. 사실 관장님도 체육관 앞에 유소년전국대회 우승 현수막 같은 걸 걸고 싶으셨을 거다. 제일 가능성 있는 내가 때려치우지만 않았어도 지난봄에 그런 현수막을 걸고도 남았을 거다. 대회에 출전하겠다는 나의 말에 관장님은 한 달만 몸을 더 만들어 보고 해 보자며 격려해 주셨다.

●

이제 남자는 아예 제 승리를 확신한 듯 실실 웃고 있었다. 나를 감았던 몸에 힘을 풀고 일어선 그에게 다시 돌진했다.

그러나 너무 많은 힘을 썼는지 몸에 힘이 들어가지 않았다. 나는 제대로 된 기술을 걸지도 못한 채 바닥에 쓰러져 숨만 골랐다. 남자는 그런 나를 뿌리치고 옆에 구경하던 관장님께 다가갔다.

"여학생이 저 정도면 정말 잘한 거지. 대회는 보낼 수 있겠다."

"고생하셨어요."

자기들끼리 서로 대화를 나누고 있는 모습을 보다 나는 그만 이성이 끊기고 말았다.

"어디 가. 아직 안 끝났어!"

고래고래 소리를 지르며 재빨리 남자에게 다가가 그의 복부에
돌진했다. 억, 소리를 내며 남자가 쓰러졌고, 당황한 관장님은 나
를 붙잡았다.

그 순간 나는 쓰러진 남자의 목에 다리를 걸었고, 다리에 있는
힘껏 힘을 주어 목을 조였다. 평소에 내던 힘보다 훨씬 더 많은 양
의 힘으로. 어디서 그런 힘이 나왔는지 모를 일이었다.

남자의 얼굴이 점점 빨개지기 시작했고, 미쳤냐며 소리치는 관
장님의 목소리가 들렸다. 그래. 나 미쳤다. 기왕 미친 거, 이 사람
죽여 버릴 거야. 마음속으로 외치면서. 다리가 덜덜 떨릴 때까지
나는 남자의 목을 힘껏 졸랐다.

"그만해!"

관장님이 겨우 나를 안아 올려 남자에게서 떼어 냈다, 남자는
거친 기침을 쏟아 내며 숨을 몰아쉬었다. 관장님에게 잡혀 있는
나는 한숨을 크게 쉬었다. 이윽고 관장님의 팔을 뿌리치며 헉헉거
리고 있던 남자에게 다가가 멱살을 잡았고, 이윽고 한쪽 귀에 내
입을 가까이 대고 낮게 중얼거렸다.

"다신 슬이 건드리지 마. 그땐 정말 죽여 버릴 거야, 원하면 당
신 여자도 같이."

그렇게 말한 후 나는 거칠게 남자를 바닥으로 뿌리친 후 일어
났다. 남자는 한참 동안 일어나지 못했다. 이윽고 구석에 있던 휴
대폰 벨이 울렸다. 슬이었다.

"지연아, 운동 끝났어?"

"응, 끝났어. 어디서 볼까?"

천천히 걸음을 옮겼다. 줄줄 흘린 땀을 한 번에 식혀 주는 듯,
살짝 열린 문틈에서 기분 좋은 바람이 흘러 들어오기 시작했다.

꿈같은 사람

강진고등학교 3
김가연

그 사람이 돌아왔다. 아무 말도 없이. 정확히 말하자면 그 사람이 살아생전 흘린 땀과 눈물, 그리고 영혼이 함께 돌아온 것이었다. 이른 아침 나에게 택배 하나가 배달되었다. 보통의 황토색 택배 상자가 아닌, 흰색의 큰 상자였다.

나는 조심스레 상자 윗면의 테이프를 뜯어냈다. 몇 겹으로 덧대어져 있던 테이프를 하나씩 뜯어내자 가루가 약하게 흩날렸다. 순간 코가 간지러워 크게 재채기를 했다. 내 눈에 작은 눈물방울이 맺혔다.

그러나 나도 모르게 더 많은 양의 눈물이 차오르더니 눈앞이 뿌옇게 흐려졌다. 나는 팔로 눈을 비볐고, 힘겹게 눈을 떠 정면을 응시했다. 순간 검은 형체가 내 뒤로 드리웠다. 나는 그림자겠거니 싶어 무시했고, 택배 온 상자를 만졌다.

입구를 살짝 열자 놀라 뒷걸음을 쳤다. 아버지의 물건들이었다. 예상치 못한 물건들에 나는 눈만 깜빡이다가 다시 상자로 다가가 입구를 마저 열었다. 상자를 열자마자 풍기는 특유의 땀 냄새와 공사장 냄새가 코끝을 찔렀다. 몇 년 동안 입어 닳은 옷들에서 나는 냄새였다.

상자 속에 있던 옷들을 다 꺼냈다. 옷들뿐 아니라 메말라 시들어 버린 화분 세 개, 몇 번 쓰다 만 듯한 면도기들, 그리고 언뜻 봐도 열 개는 넘어 보이는 5만 원권 뭉텅이가 보였다. 나는 눈앞이 캄캄해졌고, 두 손이 미세하게 떨렸다.

나는 즉시 상자에 쓰여 있는 '유품 정리 회사'라는 문구 옆에 적힌 전화번호로 전화를 걸었다. 몇 번의 신호음 후 한 남자의 목소리가 들렸다.

여보세요, 사무적인 어투로 전화를 받는 남자에게 나는 떨리는 목소리로 말했다.

"이덕배 씨 물건들인데 이게 다 뭡니까? 저한테 이걸 왜 보내는 건데요?"

"아, 아들분이시구나. 유품 정리하다가 고인 가족분들을 찾아보니까 이재환 씨밖에 없어서요. 2021년 8월 1일, 이덕배 씨 사망하셨습니다. 그래서 유품 보내 드린 거고요."

차분한 어투로 내게 말하는 남자의 말에 머리가 순간 어지러웠다. 중심을 잡지 못해 휘청거렸다. 마치 내 모습을 보고 있는 듯 남자는 말을 이어 갔다.

"상심이 크시죠? 원래 소중한 사람이 없어지고 나서야 그 빈자리를 알게 되는 법이죠. 그래서 고인께서 남겨 두신 물건들로 다들 추억에 잠기곤 하고……."

무어라 작게 중얼거리는 남자의 목소리를 다 듣지 않고 핸드폰을 바닥에 거칠게 내려놓았다. 상자에 있는 물건들을 더 꺼냈다. 아버지의 시집들, 살짝 금 간 안경, 그리고 연필들. 대부분이 아버지의 서재 책상 위에 정리되어 있었던 물건들이었다. 그가 공사장에 나가기 전, 시를 썼을 때 썼던 물건들이었다.

아버지의 옷들을 집어 코에 갖다 대었고, 숨을 크게 들이마셨다. 퀴퀴한 냄새가 강하게 났고, 등 부분에는 파스 냄새가 나기도 했다. 그는 내가 3년 전 빚이 생겼다고 말했던 순간부터 이 옷들을 입고 공사장에 나가기 시작했다. 옆에 있던 시집을 펼쳐 보니 그의 글도 3년 전쯤에 멈추어 있었다.

아버지 특유의 강한 향취가 시집을 만지고 있는 내 손끝을 타고 몸속까지 파고드는 듯했다. 그래서 코끝이 점점 시큰해지는 것 같았다. 나는 코를 크게 훌쩍였다. 그러다 내 귀로 남자의 목소리가 흘러 들어왔다.

"혹시…… 아버님의 영혼이 안 보이십니까?"

바닥에 내려놓은 핸드폰의 전화를 끊지 않았는지 이상한 소리를 하는 남자였다. 나는 핸드폰을 집어 들고 날카로운 어조로 말했다.

"저는 지금 죄책감 때문에 힘들어 죽겠는데 그쪽은 그딴 소리를 하고 싶으세요?"

"죄송합니다."

남자는 정중하게 사과했다. 내가 전화를 끊으려고 통화 종료 버튼을 누르려는 찰나였다.

"안 믿기시겠지만, 상자 주변을 좀 둘러보시겠어요? 아버님의 영혼이 조금 보일 겁니다. 방금 죄책감이라고 하셨는데, 하루 동안 아버님의 영혼하고 대화를 하실 수 있으실 겁니다. 후회를 덜 하실 수 있으실 거라고요. 괜히 귀접이 있는 게 아니거든요. 속는 셈치고 저 한번 믿어 보세요."

나는 헛웃음을 쳤다. 욕을 하려 입을 여는데, 남자가 순간 소리를 질렀다.

"빨리요, 안 그럼 앞으로 아버님 못 보신다고요!"

남자의 목소리에 놀라 순간적으로 고개를 돌렸다. 그러자 내 뒤쪽에 그림자라고 생각했던 검은 형체가 갑자기 좌우로 흔들리고 있었다. 나는 눈을 질끈 감았고, 어디선가 바람이 불어오기 시작했다. 바람이 멎자 서서히 눈을 떴다.

아버지였다. 눈앞에 온전한 정신의 아버지가 서 있었다. 나는 눈을 마구 비볐고, 내 뺨도 마구 때렸다. 눈과 뺨에 통증이 느껴졌다.

"이 아버지가 네 꿈 같으냐?"

귀에 선명하게 들리는 소리도 영락없는 아버지의 목소리였다. 나는 입을 벌린 채 내 앞에 서 있는 그를 응시했다.

"그런데 아버지의 꿈은 최고의 시인이 되는 것이었는데. 허허."

그는 작게 웃음소리를 낸 후 내 머리를 쓰다듬었다. 그의 손길이 느껴지지 않았다. 나는 그의 발 부분을 응시했다. 그의 발이 조금씩 사라지고 있었다.

"아버지…… 진짜 영혼이야? 이렇게 말도 없이 갑자기…….."

내 목소리를 들을 수 있는 것 같았다. 그는 고개를 끄덕였다. 문득 그의 등허리 부분이 꼿꼿하게 펴져 있는 것이 보였다.

"공사장 나갔을 때 허리 다쳤었는데…… 지금은 괜찮은 거야?"

"그래. 몸에도 맞지 않는 공사장 일 하고 돈 버느라 힘들었지. 지금은 괜찮다. 허허."

나는 고개를 들 수가 없었다. 그런 내게 그가 다가와 귀에 속삭였다.

"이승에 있는 하루 동안, 내가 꿈을 이루는 걸 지켜봐 주겠니?"

그는 허허 웃으며 바닥에 놓여 있던 시집과 연필을 가져왔다.

그가 연필을 쥐는 모습은 정말 오랜만이었다.

"저 식물이랑, 면도기, 아, 그리고 저 돈뭉치에 대해서도 꼭 써야겠구나."

그는 시집을 펼쳐 시를 쓰기 시작했다. 나는 그의 얼굴을 유심히 관찰했다. 그의 입꼬리는 계속 올라가 있었고, 얼굴 주름도 연해 보였다. 뜨거운 땀을 흘리며 일을 해서 지친 얼굴의 그가 아니었다.

시를 쓸 때면 옆에서 조용히 있으라고 당부했던 그의 말이 떠올랐고, 나는 그의 글 쓰는 모습을 유심히 바라보기만 했다. 한나절이 지나도 그는 한 치의 미동도 없이 웃음을 머금은 채 많은 글을 썼다.

어느새 그의 허리 부분이 없어지고 있었다. 마음이 급해진 나는 벌떡 일어나 아버지를 부르며 그를 안았다. 그는 힘겨워하는 목소리로 말했다.

"자, 이건 마지막 선물이다. 이 시를 썼으니 아버지는 하루 만에 꿈을 다 이룬 거다."

그는 시집 한 장을 찢어 내게 건넸고, 나는 그의 손이 사라질까 빠르게 종이를 받았다. 서둘러 쓴 글씨체가 보였다.

'아들, 나는 어리석게도 네가 내 꿈을 막는 사람이라고 생각했다. 하지만 돌이켜 보면 아버지가 살아 있음을 깨닫게 해 준 것은 너였다. 그래서 깨달았다. 내 가장 큰 꿈은 사실 너였다는 것을.'

시는 짧았다. 그는 코 부분까지 없어지고 있었다. 그가 완전히 없어지기 전에 있는 힘껏 그를 끌어안았다.

"그동안 고생했어. 정말 많이 고생했어요."

한참을 품에 그를 안고 있었다. 서서히 내 품에 있는 빛이 사라졌다. 굵은 눈물을 떨구었다. 시가 적혀 있던 종이도 바닥으로 툭 떨어졌다. 문득 창밖을 보니 어제 아침과는 다른 또 다른 해가 떠오르고 있었다.

날개 진화론

고양예술고등학교 3
이윤서

자고 일어났더니, 남동생이 벌레로 변해 있었다.

카프카의 소설 속에라도 들어와 있는 걸까. 그래 꿈. 아무래도 이건 꿈이다. 그러나 아무리 뺨을 치고 손목을 꼬집어 봐도 깨어 나질 않았다. 사람이 갑자기 벌레가 됐어요. 벌레가 된 사람. 사람이 벌레. 벌레로 변함. 어떤 검색어를 입력해도 사람이 벌레가 된 사례도, 이유도 나오지 않았다. 신고해야 하는 걸까? 그렇다면 어디에? 112? 119? 이건 범죄도 병도 아니지 않나? 아무것도 하지 못하고 휴대폰만 만지작거리며 우왕좌왕하자 같이 상황을 지켜보던 엄마가 나를 나무랐다.

"가만히 좀 있어! 네 동생 밟히겠다."

할아버지도 그 옆에서 조용히 고개를 끄덕였다. 갓난아기 크기 정도의 애벌레가 된 동생은 내 발치에서 꿈틀거리고 있었다. 서둘러 바닥에 붙은 동생을 떼어 내 테이블 위로 올렸다. 짧고 통통한 동생의 연두색 몸통 위로 검은색 반점 몇 개가 그려져 있었다. 어떤 곤충의 유충인지는 몰라도 아무튼, 영락없는 애벌레였다.

"그나저나 얜 왜 벌레가 된 거야?"

내가 물었고 아무도 대답하지 못했다.

어제는 주말이었고 집에만 있었던 가족들이 내내 같은 음식을 먹었으니, 뭘 잘못 먹어서 그런 것도 아니었다. 게다가 뭘 잘못 먹었다고 해도 기껏해야 배탈이 나겠지, 자고 일어나면 벌레가 된다는 얘기는 금시초문이었다. 벌써 8시가 넘어가고 있었다. 엄마는 출근을, 나와 동생은 등교를 해야 할 시간이었다.

"나, 학교. 학교는 어떡해?"

동생이 세차게 꿈틀거렸다. 엄마는 테이블에 놓인 애벌레를 향해 시선을 맞추며 윽박질렀다.

"지금 학교가 중요해?"

"당연하지. 오늘 급식에 스파게티 나와."

아무리 이제 겨우 중학교 1학년이 됐다고 해도, 상황 파악을 너무 못했다. 나는 애벌레를 향해 소리를 질렀다.

"야 이 급식충아!"

"급식충? 내가 진짜 벌레가 됐는데 누나는 나한테 급식충이라고 하고 싶어?"

생각지도 못한 말실수였다. 미안……. 어찌 됐든 나가야 할 시간이 점점 가까워지고 있었다. 일단 동생을 당장 학교에 보낼 수는 없는 노릇이었다. 선생님 연락처를 찾기 위해서는 휴대폰 지문 인식으로 잠금을 풀어야 했는데, 애벌레의 피부로는 지문 인식은 커녕 스마트폰 터치도 하지 못했다. 엄마가 문자를 보내 주면 좋겠건만 나보다 더 일찍 나가야 하는 엄마는 일단 욕실을 차지한 채 씻고 있었다. 저런 정신이라면 보내 놓으라 해도 까먹을 거 같았다. 급한 대로 동생이 휴대폰 비밀번호를 불러 줘서 연락처를 찾아냈다. 당장 문자는 내가 대신 보냈지만 매번 동생의 손이 되어 줄 수는 없는 노릇이었다. 애벌레는 뭉툭한 몸으로 액정을 쿡쿡 찍어 댔다. 더듬이에 가까워 보이는 가느다란 앞발이 액정을 간질였지만 미동도 없었다. 결국 동생의 몸에 장갑을 대충 끼워 줬다. 지난겨울에 쓰고 서랍에 처박아 뒀던 스마트폰 터치 장갑이었다. 손이 사라진 탓에 몸뚱이에 걸친 꼴이긴 했지만 아예 터치를 못하는 것보단 나았다. 동생은 이제 게임을 할 수 있게 되었다며 열심히 스마트폰을 만져 댔다. 액정을 터치할 수 있다면 연락을 할 수도 있을 테고, 혹시라도 급한 일이 생기면 조퇴하고 집에 돌아올 수도 있을 것이었다. 일단 엄마와 나는 집을 나서야 했다. 남동생이 벌레가 되어 수습하느라 지각했다는 핑계 같은 걸 믿어 줄 사람이 있을 리 없었다. 졸지에 벌레와 함께, 인간으로서는 홀로 집에 남게 된 할아버지는 현관까지 나와 걱정스러운 눈빛으로 우리를 배웅했다.

학교에 가는 버스에 앉아서도 사람이 벌레가 된 사례에 대해 검색해 봤다. '벌레 같은 사람들' 같은 비유만 나올 뿐 정말 벌레가 된 사람은 나오지 않았다. 학교는 평소와 다를 것 없었다. 여전히 명랑함과 우울함이 섞인 이상한 분위기를 자아냈고 각자의 시험과 미래에 절여진 아이들이 똑같은 책상에 앉아 있었다. 요새 이런저런 수행평가와 모의고사 일정이 겹쳐서 그런지 몸살로 결석한 아이들의 빈자리가 몇몇 보일뿐. 모든 게 똑같이, 온전했다.

정신없이 수업을 듣다 보니 금세 점심시간이 되었다. 책상 위에 펼쳐 놓은 노트에는 제대로 알아볼 수도 없는 필기가 가득했다. 하긴, 이 와중에도 뭘 쓰긴 했다는 사실 자체만으로도 스스로가 대견스러웠다. 머릿속에는 벌레 생각만 가득 차 있었다. 김치를 씹는 중에도, 목구멍으로 밥알을 넘길 때도. 가끔 급식실 안에서 시끄럽게 떠들거나 노래를 부르는 애들 탓에 깜짝 놀라 주위가 환기되기는 했다. 그러나 그것도 잠시, 다시 국물을 떠먹을 때면 동생 생각이 났다. 근데, 벌레는 뭘 먹지. 아까 검색해 본 결과 주식은 나뭇잎이긴 하되 잡식성이라고 했다. 아무리 잡식이라고 해도 스파게티는 먹지 못할 것이다. 애벌레가 아침에 했던 말이 떠올라 나도 모르게 푸흐흐 웃었다. 급식충. 어쩌면 동생은 진짜 급식충이 돼 버린 걸지도 몰랐다. 이제 그렇게 좋아하던 PC방도 가지 못할 테다. 당연히 노래방도, 오락실도. 하기야 학생들은 원래 웬만한 곳에서 10시면 쫓겨나는 형편이었다. 심지어 공부한다고 가는 학원에서도 10시는 급식들의 커트라인 같은 거였다. 나는 동생이 먹지 못한 스파게티를 떠올리며 된장국을 떠먹었다. 하나도 비슷하지는 않았지만. 맞은편 테이블의 아이들이 방과 후에 무엇을 할 것이라며 떠들어 대는 이야기가 다 들렸다. 좀만 조용히 하지, 생각하면서도 그 아이들의 몇 시간 남짓한 계획에 귀를 기울이게 되었다. 제각기 즐거워 보였고 제각기 피곤해 보였다. 씹히는 두부가 물컹했다.

혹시 몰라 하굣길에 애벌레가 먹을 만한 싱싱한 나뭇잎을 잔뜩 땄다. 가방 앞주머니에 대충 쑤셔 넣은 탓에 조금 뭉개져 진액이 흘러나오기는 했지만 이 정도면 나쁘지 않았다. 나름의 풀 내음을 한 아름 안고 집으로 돌아왔는데 현관문을 열자마자 이상한 냄새가 콧속으로 들어왔다. 오래 안 씻은 사람의 체취 같기도 하고, 여러 향수나 화장품이 섞여 만들어 내는 곱고도 역한 냄새 같기도 했다. 나는 손바닥을 둥그렇게 모아 마스크처럼 만들고는 코를 가렸다. 할아버지와 동생이 쓰는 큰방 근처로 가니 냄새가 더욱 심하게 났다. 방문을 열려고 하는데, 방 안에서 웅얼거리는 목소리가 들렸다. 방문이 잠겨 있었다.

"미안하다."

할아버지의 목소리였다. 나는 익숙하게 젓가락을 가져와 문고리에 대고 찔렀다. 동생과 허구한 날 싸워 대며 익힌 방법이었다. 굳게 잠겨 있던 방문이 힘없이 열렸다. 할아버지는 머리끝까지 이불을 덮고 있었다. 날도 더운데. 방에 들어오자 악취가 아주 코를 찌르는 수준이었다. 나는 할아버지가 덮은 이불을 확 걷어 올렸다. 악취가 더욱 심하게 훅 끼쳐 올라왔다. 이불 안에는 역시나 갓난아기 크기의 거대한 벌레가 있었다. 동생의 애벌레 때와 같았다. 생긴 모양은 전혀 달랐지만.

딱딱한 연갈색 등껍질과 기다란 더듬이, 그 등껍질 위에 달린 누런 날개에서는 연신 비닐봉지 부석거리는 것 같은 소리가 났다. 그 몸을 지탱할 수 있을까 싶을 정도로 가늘고 긴 다리들이 오한에 걸린 노인마냥 계속 바르르 떨리고 있었다. 그저 물렁한 통나무 같았던 애벌레와 달리 완전한 '곤충'의 형태였다.

"미안하다."

할아버지였다. 할아버지는 계속 미안하다, 미안하다……, 이 말만 반복했다. 그래도 한 번 겪어 본 덕인지 동생 때보다는 담담하게 받아들일 수 있었다. 그런데, 애벌레는 너무 명확히도 애벌레였는데 할아버지는 어떤 벌레로 변한 것일까.

인터넷에 한참을 검색해 보고서야 알았다. 할아버지는 노린재로 변한 것이었다. 노린재의 특징, 겉날개는 누렇고 다리는 검다, 몸은 작고 납작하며 거의 육각형인데 몸에서 고약한 냄새가 난다. 역시 악취의 출처는 할아버지가 맞았다.

"미안하다."

"괜찮으니까 미안하다는 소리 좀 그만하세요."

나는 집에 있는 창문이라는 창문은 다 열며 말했다. 신경질적이었지만 어쩔 수 없었다. 하루가 가기도 전에 가족 중 두 사람이 벌레로 변해 버렸는데 평정심을 유지하기도 어려운 일이다. 도저히 견딜 수가 없는 악취였다.

"목이 마르구나."

노린재가 더듬이를 파르르 떨며 말했다. 미안하다. 또였다. 벌레가 되었어도 인간의 욕구는 여전했다. 아니, 이건 인간과 다를 것 없는 벌레 그 자체의 욕구라고도 할 수 있겠다. 그러고 보니, 밥. 평소 식욕이 왕성한 탓에 하루 세 끼를 챙겨 먹고도 간식까지 먹는 애벌레가 뭘 먹기는 했는지 궁금해졌다. 남동생이 더 어릴 때는 바쁜 엄마 대신 내가 식사를 챙겨 주곤 했는데, 요새 들어서는 걔가 어느 정도 사람 구실을 하게 되면서 애벌레의 식사는 내 관심사에서 벗어났다. 간신히 먹여 키워 놨더니 벌레가 돼서 갓난아이 크기로 돌아가다니. 부엌으로 나간 나는 할아버지 몫의 물을 따랐다. 처음에는 컵에 따랐는데, 아무래도 벌레가 먹기에 컵은 적절하지 않아 보였다. 얕고 넓은 접시를 찾아 거기에 물을 따랐다. 노린재는 그 얕은 물에서도 허우적거렸다.

누나. 나를 부르는 목소리가 들렸다. 애벌레가 안방에서 기어 오고 있었다. 나도 물……. 애벌레의 목소리가 조금 갈라진 듯했다. 보나 마나 한나절 내내 밥은커녕 물도 마시지 못한 모양이다. 가방에 넣어 뒀던 나뭇잎이 생각나 애벌레 앞에 몇 장 꺼내 줬지만, 내가 이런 걸 왜 먹느냐고 한사코 거부하는 바람에 나도 빈정 상해 그냥 갖다 버렸다. 할아버지는 그 모습을 보며 혀를 끌끌 찼다.

그런데…… 아무리 봐도 애벌레에게 달라진 점이 있었다. 아침에는 갓난아기 정도의 크기였는데, 지금은 주먹 하나 크기 정도 더 커진 듯했다.

"너, 뭐 먹었어?"

애벌레는 꿈틀거리며 아무것도 먹지 못했다고 말했다. 그러더니 내가 따라 둔 물을 허겁지겁 마셨다. 할 수 있는 건 휴대폰 액정 터치가 전부여서, 배가 고프면 먹방 영상을 봤다고 애벌레가 말했다. 그런데 어떻게 아무것도 먹지 않고도 몸이 자랄 수 있지? 나는 동생의 휴대폰을 빼앗아 시청 기록과 검색 기록을 살폈다. 이건 프라이버시 침해라고, 싫다며 버둥거렸지만 내가 성큼성큼 걸어가는 것을 애벌레의 속도로는 따라잡을 수 없었다. 동생이 본 글들은 생각보다 평범한 것뿐이었다. 나도 종종 즐겨 보던 인터넷 방송 채널들과 각종 커뮤니티 사이트의 유머 글이 전부였다. 대체 무엇이 애벌레를 자라게 한 것일까. 나는 대충 훑어봤던 글들을 다시 클릭해 아래 달린 댓글들까지 샅샅이 읽어 보았다.

제목: 특이점이 온 프랜차이즈 식당 안내문

내용: (사진) 근처 고등학교 학생들이 식당에서 난리 치고 다 먹고 돈도 안 내고 나가는 사례가 여러 번 적발되어 미성년자는 아예 출입 금지시켰다고 함. 문제는 이 식당이 초등학교와 고등학교 바로 앞에 있어서 주 고객층이 급식들이었나 봄. 생각보다 장사가 너무 안 되니까 일주일 만에 저 안내문 뗐다고 함 ㅋㅋ.
'얼마나 빡쳤으면 그랬겠냐' VS '그래도 아예 출입 금지 한 건 너무하다'로 각종 커뮤에서 찬반 논쟁하는 중. [신고]

댓글 1: 전자. 내가 본 결과 급식충들 다 거기서 거기임. [신고]

댓글 2: 어지간해서 장사하는 사람이 그러기 힘든데…… 얼마나 심했으면 그랬겠음. 그래도 급식 출입 금지는 너무 자기 손해 아님? 사장도 멍청한 듯. [신고]

댓글 3: 학생들이라고 다 그런 건 아닌데요…… [수정/삭제]

대댓글 1: 너 급식이지. [신고]

대댓글 2: 이런 말 하는 사람치고 그 '아님'에 포함되는 사람 잘 없음. [신고]

대댓글 3: 맘충이 이런 애들 키워서 급식충 되고 자라서 틀딱충 되는 거지. [신고]

대댓글 4, 대댓글 5, 대댓글 6, 대댓글 7, 8, 9, 10…… [신고]

너.

욕을 먹고 자라났구나.

[수정/삭제] 버튼 달린 댓글 3이 동생임을 말해 주고 있었다. 다만 욕을 먹으면 자라난다는 확실한 물증이 필요했다. 나는 저 댓글 화면을 애벌레의 눈앞에 들이밀었다. 그러자 애벌레의 몸이 세차게 꿈틀거리며 역시나 조금 더 커졌다. 주먹만큼 더 커지기까지 얼마나 많은 대댓글을 보았던 걸까. 나는 애벌레의 휴대폰을 압수했다. 내내 바닥에 납작 붙어 기어 다니던 애벌레가 상체 부분을 반쯤 일으키며 화를 냈다. 제대로 움직이지도 못하는 형편인데, 그것마저 빼앗아 버리면 자신은 어떡하느냐면서. 나는 애벌레가 끼고 있던 장갑도 벗겨 버렸다.

당장 내놔라, 안 된다, 내가 동생과 계속 실랑이를 벌이는 사이에 엄마가 퇴근했다. 엄마는 거실 정중앙에 있는 두 마리의 벌레를 보더니 손에 힘이 풀렸는지 열었던 현관문을 도로 닫아 버렸다. 문은 금세 다시 열렸다. 등 뒤로 현관문을 황급히 닫은 엄마는 신발도 벗지 못한 채로 현관 앞에 서서 거실에 펼쳐져 있는 광경을 한참 쳐다보았다.

"이게 뭐야?"

나는 어깨를 으쓱하는 것으로 대답을 대신했다. 엄마가 힘없이 신발을 벗고 거실로 들어오는데 윗집에서 또 쿵쿵거리는 소리가 들렸다. 몇 년째 마찰 없이 지냈는데 얼마 전부터 갑자기 시끄러워졌다. 참다 참다 윗집에 올라가 항의해도 잠깐뿐이지, 소음은 계속됐다. 원래 엄마의 성질대로라면 이미 올라가고도 남았을 것이다. 윗집은 할아버지한테 감사하게 생각해야 할 테다.

"할아버지도 벌레가 됐대요."

내가 뱉은 나 스스로의 말에 문득, 공포감이 엄습했다. 나도 당장 내일이라도 벌레가 되어 버릴 수도 있는 것 아닐까. 오소소 소름이 돋아 팔을 감쌌다. 인간의 부드럽고 빳빳한 살가죽이 느껴졌다. 애벌레처럼 물렁거리지도, 노린재처럼 딱딱하지도 않았다. 엄마는 이게 무슨 냄새야, 하면서도 열려 있던 창문을 전부 닫았다.

"창문 열지 마, 앞 동에서 보일지도 모르잖아. 다른 사람들이 알면 어쩌려고 그래?"

오늘따라 윗집에서 나는 소리가 유난히 요란했다. 엄마는 더는 못 참겠다는 듯이 고개를 획 들어 천장을 올려다보았다. 우리 집 안까지도 윗집의 진동이 전해졌다. 엄마는 씩씩거리며 신발을 꿰어 신고 위층으로 향했다. 엄마는 늘 그랬다. 좀 참지, 싶을 때도 있었지만 엄마를 아주 이해하지 못하는 건 아니었다. 우리가 어릴 때 아빠가 죽고, 엄마는 우리를 혼자 키우며 노쇠한 할아버지까지 책임져야 했다. 웬만한 강단과 성질로 변하지 않고서는 살아나기 힘들었을 것이다.

현관문이 닫히자마자 동생이 여태 눈치를 봤다는 듯 속삭였다.

"누나, 나 배고파."

애벌레가 온몸을 비틀며 말했다.

"너 줄 건 나뭇잎밖에 없어."

동생은 메뉴를 이것저것 대 가며 사 달라고 졸랐지만, 애벌레가 그런 걸 먹었다간 정말 죽을지도 몰랐다. 안 돼. 안 돼. 급기야 애벌레가 울먹이기 시작했다. 뭐 이렇게 안 되는 게 많아. 나는 징징대는 애벌레를 뒤로 계속 인터넷에 벌레로 변한 사람들에 대해 검색했다. 하지만 아무리 검색해도 그 어떠한 단서도 얻을 수 없었다.

얼마 가지 않아 위층에 올라갔던 엄마가 씩씩거리며 돌아왔다 싸가지 없는 윗집 여자가 문을 열지도 않고 인터폰으로만 대화를 하는 데다가 되레 뻔뻔하게 나온다며, 올라갈 때마다 열이 받아 있었다.

"같이 아이 키우는 입장인데 이해 좀 해 주세요."

엄마는 손부채질을 해 댔다.

"나는 너희 그렇게 안 키웠어."

회사 일이 바빠 항상 피곤에 절어 있는 엄마는 동생이 매일 밤마다 화장실에서 노래 틀고 샤워하는 걸 모르는 모양이다. 종종 친구 여럿을 불러와 한참을 시끄럽게 떠들며 쿵쿵대는 것도 모르는 모양이다. 덕분에 엘리베이터에서 아랫집 아저씨를 마주칠 때면 내가 다 민망해진다는 것을, 모르는 모양이다. 그러나 그도 그럴 것이 엄마는 짧은 육아휴직 후 복직을 반복하며 돈 버느라 바빴고, 그건 우리 가족에게 꼭 필요한 일이었다. 우리 모두 엄마의 돈에 목을 매고 있었다. 푸드덕거리는 소리가 들려와서 옆을 돌아보니 할아버지였다. 몸집이 꽤 커서 날개 비비는 소리가 선명했다.

초인종이 울렸다. 아랫집 아저씨였다. 아무래도 너무 소란을 피웠던 모양이다. 인터폰 화면을 확인한 엄마는 현관문을 열려고 하는 내 몸짓을 제지시켰다.

"다 조용히 해."

그리고 쥐 죽은 듯 숨소리도 내지 않고 한참을 버텼다. 엄마는 할아버지의 날개마저 붙잡고 있었다. 안에 사람 있는 거 다 알아요, 한참 현관문을 두드리며 나와 보라던 아랫집 아저씨가 제풀에 지쳤는지 돌아갔다. 저 인간이 무슨 짓을 할 줄 알고 문을 열어 주니. 엄마는 할아버지와 닿았던 손을 씻으며 중얼거렸다. 한 시간도 지나지 않아 다시 초인종이 울렸다, 엄마는 쉿, 손가락을 입술에 붙이며 우리를 조용히 시켰다. 인터폰 화면을 확인해 보니 다행히도 택배였다. 집 안을 감싸고 있던 긴장이 툭 풀리는 느낌이었다. 애벌레가 그 틈을 놓치지 않고 쫑알거렸다.

"휴대폰 돌려주면 안 돼?"

"절대로."

나는 욕을 먹고 불어날 동생을 감당할 자신이 없었다. 그럼 TV라도 틀어 달라고, 하다못해 책이라도 보게 해 달라고 부탁했다. 그 정도는 허락해 주기로 했다. 애벌레는 몸통으로 리모컨 버튼을 꾹꾹 눌러 댔다. 뉴스, 드라마, 홈쇼핑, 영화, 다큐멘터리, 공익광고, 상업광고…… 갖가지 영상들이 쉴 새 없이 지나갔다. 동생이 크게 몸부림쳤다. 불 꺼진 거실에서 TV 화면만 네모나게 빛났다.

그렇게 며칠을 버텼다. 처음에 나뭇잎을 절대 먹지 않겠다며 몸을 비틀어 대던 동생은 이제 아무 말 않고 그 초록들을 갉아 먹었다. 이제 벌레는 욕 대신 나뭇잎만으로도 자꾸만 자라났다. 몸이 불어난 덕에 움직임이 좀 더 자유로워진 모양이다. 꿈틀꿈틀 기어가 높은 곳에 있는 물건을 떨어트려 꺼낼 수 있게 됐고, 내가 숨겨 놨던 장갑과 스마트폰을 찾아냈다. 제발 그만 커지란 말이야. 이젠 집에 있던 어느 침대보다 동생이 더 길었다. 동생과 할아버지가 같이 쓰던 방은 할아버지의 독방이 됐다. 아예 방문을 닫아 놓고 지내니 악취도 덜하고 좋았다. 그런데 할아버지는 왜 벌레가 된 것일까.

"모처럼 할아버지랑 같이 있게 됐는데 말도 걸어 드리고 해."

거대해진 애벌레가 휴대폰 화면을 뚫어져라 응시하며 건성으로 대답했다.

"역시 누나는 모르는구나."

"내가 모르긴 뭘 몰라?"

"할아버지에 대해서 말이야."

나는 할아버지를 향해 돌아보며 물었다. 할아버지의 표정이 어딘가 안절부절못해 보였다.

"이게 무슨 얘기예요?"

할아버지는 날개를 비비며 체념한 듯한 목소리로 이야기를 시작했다.

가족들이 이른 아침부터 축축하게 적셔 놓은 화장실 타일과 세면대의 물이 마를 때쯤, 할아버지의 하루가 시작됐다. 빼먹기 쉬운 귀 뒤나 발가락 사이사이까지 꼼꼼히 씻고, 멀끔한 옷을 챙겨입고 걸어서 꼬박 20분이 걸리는 지하철역까지 갔다. 역까지 가는 마을버스도 여러 대 다녔지만 그걸 타려면 돈이 들었다. 지하철만 공짜였다. 어차피 할아버지에게 목적지는 없었으니까 서두를 필요 없었다. 그렇게 역에 도착하면 다른 방향으로 향하는 두 대의 지하철 중 먼저 오는 것을 탔다. 그즈음이면 대부분의 지하철이 한산했다. 가끔 보이는 실외 풍경과 캄캄한 지하, 그리고 오가는 사람들을 하염없이 바라보며 오후 시간을 보냈다.

삼삼오오 모여 있는 교복 입은 애들의 대화를 듣고, 아빠와 전화하는 누군가의 대화를 듣고, 보채는 어린아이를 달래는 엄마를 보고 있으면 목적지가 생기는 기분이라고 했다. 그러다 시간이 훌쩍 흘러 버리면 그 열차에서 내려 바로 반대편에 있는 열차를 타고 방금 전까지 들었던 익숙한 역 이름들을 되짚으며, 자신의 기억력이 아직 온전하다는 걸 확인하곤 집에 돌아오는 패턴을 반복했다. 나보다 일찍 집에 들어오는 동생만이 이 사실을 알고 있었다. 누나나 엄마한테는 걱정할 테니 말하지 말아 달라는 할아버지의 부탁에 애벌레는 입을 꾹 다물고 있었던 것이다. 할아버지의 이야기를 듣자마자 기시감과도 비슷한 불안감이 머릿속을 스쳤다.

"혹시, 지하철에서 젊은 사람들이랑 실랑이 벌이신 적 있으세요?"

딱히 그런 일은 없었다고 고개를 가로젓던 할아버지가 뭔가 생각났다는 듯 아, 하더니 '틀딱'이 뭐냐고 물었다. 요새 지하철에서 유독 그 말을 쓰는 젊은이들을 많이 봤는데 그 젊은이와 눈이 마주쳤던 것 같기도 하고, 아닌 것 같기도 하고. 나는 할아버지가 소위 말하는 '틀딱충'이 되어 버렸구나 생각했다. 그 애들은 지들끼리 낄낄대며 노약자석에 앉은 할아버지에게 손가락질했을 것이다. 할아버지는 '틀딱'의 뜻을 궁금해하는 눈치였다. 나는 동생을 가리키며 중얼거렸다.

"……할아버지도 얘랑 같은 거 드셨네."

그리고 며칠 뒤, 엄마마저 벌레로 변해 버렸다.

크기는 동생과 할아버지가 그랬던 것처럼 갓난아기 정도. 더듬이와 날개가 달렸다는 것이 노린재와 비슷하기는 하지만 악취가 나지 않고, 움직일 때마다 하얗고 작은 알갱이가 퐁퐁 튀어나온다는 점이 달랐다. 그건 알이었다. 나는 벌레가 지나간 자리를 휴지로 슥 훔치며 말했다. 한눈에 알아볼 수 있었다. 엄마는 바퀴벌레가 됐다.

"엄마, 너무 움직이지 마세요."

집안 곳곳에 바퀴벌레 알이 생기면 곤란했다. 엄마 말마따나 살충제를 놓았다간 가족들이 죽어 버릴 수도 있었다.

언젠가부터 윗집에 이어 옆집의 소음도 만만찮게 되었다. 가만히 귀 기울여 보면 이 아파트 전체가 울리고 있는 것도 같았다. 신경이 예민해진 탓일까. 나는 엄마를 커다란 택배 박스 안에 넣어 뒀다. 동생은 엄마가 벌레가 된 것에 크게 관심을 가지지도 않았다.

"엄마도 벌레가 됐네."

그러고는 동생은 계속 TV 화면을 쳐다봤다. 화면 속 사람들은 뭐가 그렇게 즐거운지 자기들끼리 깔깔 웃고 있었다. 동생도 웃고 있었을까…… 벌레의 표정은 읽을 수 없었다. 나는 하나도 재미있지가 않았고 조금도 웃을 수 없었다. 엄마까지 벌레가 되어 버렸다면 나는 이제 어떻게 해야 하지? 나 혼자만을 걱정할 일도 아니었다. 이 거대한 벌레들까지 내가 오롯이 책임져야 한다. 내 이름으로 된 적금 통장들을 떠올렸다. 미래의 내가 쓸 돈이라고 생각할 때는 그렇게 많아 보였는데, 엄마가 벌어 오던 돈에 비하면 그냥 어린애들 장난 같았다. 엄마는 지금도 퐁퐁 알을 낳고 있다. 그 아이들을 내 동생이라고 할 수 있을까. 나는 고개를 절레절레 흔들었다. 벌레인 동생은 하나로도 족했다.

그새 동생이 조금 자라난 것 같기도 했다. 곧 나가 봐야 해서 자세히 살피지는 못했다. 조만간 아예 길이를 재서 기록이라도 해 두리라. 엄마는 박스 안이 답답하기는 하지만 나름 아늑하다고 했다. 자신이 왜 벌레가 됐는지는 아직 납득하지 못하는 듯했지만. 글쎄, 따져 보자면 아주 짐작 못할 바는 아니었다. 하지만 내가 보기에 그건 정당방위였다. 엄마가 회사에서 자리를 비웠던 것도 출산과 육아를 위한 거였고, 정육점에서 언성을 높였던 건 내가 어리다는 이유로 잔뜩 바가지를 썼기 때문이었다. 동생이 갓난아기일 적 카페에서 따뜻한 물을 받을 수 있냐고 물어봤던 건 분유를 타기 위해서였다. 다행히도 바퀴벌레 알은 부화하지 않았다.

학교는 부분은 조용하고 부분은 시끄럽다.

결석하는 아이들이 늘어 가고 있었다. 아이들은 매일 피곤하다. 아파트 복도를 기어 다니는 거대한 벌레 한 마리를 발견하고 기겁한 날, 친한 친구가 벌레가 됐다는 소식을 들었다. 그날 나는 급식을 먹었다가 급식충이 될까 봐 점심을 굶었다. 쓰린 속을 움켜쥐고 오후 수업을 들었다. 집으로 돌아가는 길에는 버스 정류장에서 근처를 배회하는 벌레와 마주쳤고, 119 구급대가 와서 그 벌레를 수습해 갈 때까지 나는 그 근처를 서성거렸다. 나도 119에 신고를 해야 하는 걸까? 그러면 이후 벌레들은 어떻게 되는 거지? 아직, 뭘 어떻게 해야 좋을지 알 수 없었다. 학교 수업 내용은 원래와 달라진 게 없었다. 몇몇 과목은 선생님이 벌레가 되어 내내 자습을 했다. 집에 돌아갈 때마다 가족들이 얼마나 커져 있을까 생각했다.

정부는 벌레들의 존재를 공식 인증하고 그들에게 도움을 주는 정책을 펼치겠다고 했지만 구체적인 무언가를 내놓지는 못했다. 그도 그럴 것이 이 증상의 발생 기준도, 원인도, 해결책도, 그 아무것도 정확하게 밝혀지지 못한 상황이었다. 4인 가구 기준 한 가구당 대략 두 마리의 벌레가 있는 것으로 추정된다고 했다. 집 밖으로 벌레들이 탈출하는 일이 생기며 전염의 위험이 있을 수도 있으니 벌레들을 절대 집 밖으로 나오게 해선 안 된다고, 이것은 개인의 문제이니 벌레가 있는 가정에서는 인간들이 책임감 있게 보살필 것을 당부했다. 사회 혼란을 막기 위해 야외에서 발견된 벌레들은 즉각 살처분되었다. 보호자가 모두 벌레가 되어 버린 14세 미만 아이들의 경우에 한해서 긴급 돌봄 지원이 나오기는 했으나 고등학생인 나에게는 어떤 지원도 해당되지 않았다.

벌레들은 점차 말수가 없어졌다. 내가 물은 말에 간신히 대답만 하더니, 언젠가부터 그마저도 하지 않았다. 더 이상 엄마를 넣을 만한 박스가 없어졌을 때 엄마를 욕조 안에 넣어 뒀다. 엄마는 욕조 안에 몸을 뉘인 채 계속 흰 알갱이들을 낳았다. 차가운 욕조 타일이 피부와 닿을 때마다 엄마가 파르르 떨었다. 알들이 배수구로 주르륵 흘러 내려갔다. 그래도 그 알들은 죽지 않을 것이다. 아주 질기게도 살아갈 것이다.

할아버지는 죽은 듯이 그대로였다. 가끔 몸집이 커지긴 했지만, 엄마와 동생과는 달리 많이 커지지는 않았다. 방구석에서 조용히, 악취를 풍기며 살아갔다.

이미 침대의 크기를 훌쩍 넘어선 애벌레는 거실 바닥에 늘어져서 TV를 보며 꿈틀거렸다. 그럴 때마다 몸이 조금씩 커지더니 어느 날 번데기가 되었다. 거실 천장에 매달려 꼼짝도 하지 않았다. 내가 따 온 나뭇잎도 먹지 않고 스마트폰도 보지 않았다. 가끔 번데기인 채로 꿈틀거릴 때가 있었다. 나는 늘 그 번데기가 갈라지고 당장이라도 무엇이 나올 것이라는 두려움에 시달렸다. 그때도 그 무언가는 내 동생이 맞을까. 천장에 단단히 매달려 있는 번데기가 꿈틀거릴 때면 형광등도 같이 흔들렸다. 이미 거실 형광등 중 하나는 꺼진 지 오래다. 집은 반만 밝았다.

다녀왔습니다. 인사를 받아 주는 사람이 아무도 없지만 인사했다. 집에서 나는 악취에 익숙해졌다. 더 이상 미간을 찌푸리지도 손바닥으로 코를 막지도 않는다. 집에 도착하면 가족들이 얼마나 자라 있는지 확인한다. 거실 바닥에 흰 가루들이 소복이 쌓여 있었다. 오늘 아침까지만 해도 없었던 것들이다. 설마 엄마가 낳은 알일까 싶어 화장실로 가 봤지만, 흰 알갱이들은 욕조를 반쯤 채웠을 뿐 그 이상으로 튀어나오지 않았다. 그 가루들은 위에서 떨어지고 있었다. 나는 고개를 뒤로 젖혀 위를 올려 보았다.

번데기에서 부화한 동생이 거대한 나방이 되어 천장 부근을 날고 있었다. 웬만한 새보다 큰, 아마 중생대를 살았을 익룡에 가까운 모습이었다. 날개가 펄럭일 때마다 분진 가루가 후드득 떨어졌다. 동생은 내 머리 위에서 날았다. 나는 베란다 쪽으로 향했다. 두텁게 쳐져 있는 커튼을 열고 아직 닫혀 있는 베란다 창을 통해 변함없이 고요한 저 아래 세상의 풍경을 내려다보았다. 그리고 시선을 들어 앞 동 쪽을 바라봤다.

벌레들이 베란다 창에 다닥다닥 달라붙어 있는 집도 있고, 아직 블라인드가 굳게 쳐져 있는 집도 있었다. 이 창문을 열면 동생은 밖으로 날아갈까. 곤충, 아니, 그 어떠한 것이라도 날아가는 존재라면 사살 당하는 것일까. 나는 아직 아무것도 결정하지 못한 채로 우두커니 창밖만 바라보며 서 있었다. 분진 가루는 쌓이고 쌓여 내 발치를 에워쌌다. 발가락이 보이지 않았다.

잿가루 커피

예일디자인고등학교 2
정윤희

평소답지 않게 아침부터 어수선한 분위기에 여기저기서 소곤거리는 소리가 들려왔다. 나는 가장 가까운 사원 둘에게 다가가 무슨 일 있어요? 하고 물었다. 그들은 당연하게도 대답은커녕 내게 눈짓 한번 주지 않았다. 다시 자리로 되돌아온 나는 귀를 기울였다. 다행히도 내 주변에는 수다쟁이들이 많았다. 라디오 주파수를 맞추듯 고개를 조금씩만 돌려도 대강 내용을 들을 수 있었다.

"이 대리 말이야, 이틀째 연락 두절이래."

이 대리. 그를 언제 봤었는지 기억이 가물가물하지만 적어도 어제는 마주치지 않았다. 또 어디선가 말소리가 들렸다. 그러고 보니 한 달 전에는 최 주임이던가? 최 주임. 그도 회사에서 안 보인 지는 꽤 되었다.

좋은 아침이에요. 문이 열리고 긴 머리카락을 휘날리며 들어온 여자가 사람들에게 상쾌한 인사를 날렸다. 임 사원님! 오늘따라 기분이 좋아 보이시네요? 임 사원의 측근 중 하나가 물었다. 네. 기분 좋은 꿈을 꿨어요. 이 대리의 자리를 힐긋 본 임 사원의 대답은 의미심장했다. 곧 소리가 사그라들고 모두 제자리로 돌아가 일

89

을 시작했다. 나는 생각했다. 최 주임이 그랬듯, 이 대리도 일주일 정도면 사람들의 기억 속에서 사라질 것이다.

내 책상이다. 평소답지 않은 아침, 나는 평소처럼 책상을 만졌다. 아직 일개 사원에 불과하지만 힘들게 들어온 이 회사의 이름값만큼 내 자리는 가치가 있었다. 이게 뭐지. 누런 서류 봉투 위에 진회색 가루가 담긴 손바닥 크기의 지퍼 백 하나가 덩그러니 놓여 있었다. 뭔가 싶어 하늘 위로 들어 올리려던 나는 심상치 않음을 느꼈다. 황급히 겉옷 주머니 깊숙이 지퍼 백을 쑤셔 넣고 주위를 살피며 조용히 자리에 앉았다. 곧 머릿속이 혼란으로 가득 찼다. 본능적으로 가루의 정체를 알아챘다.

'이게 뭐야. 이거, 이거 설마?'

진짜인가 싶어 꺼내 보고 싶었지만 주위에 사람들이 너무 많았다. 나는 침착하게 빠른 발걸음으로 화장실로 들어가 문을 잠그고 지퍼 백을 꺼냈다. 흑연처럼 곱게 빻인 진회색의 가루. 소문으로만 들었지 실제로 존재할 줄은 몰랐다. 나는 혹여 작은 소리를 낼까 봐 입을 막았다. 이건 영락없는 잿가루였다.

잿가루. 그것은 사라진 사람들에 대해 내부에 돌던 소소한 소문에 불과한 줄 알았다. 진짜 잿가루는 아니고 먹으면 사람이 재가 되어 사라진다 해서 잿가루라고 통칭하게 되었다. 출처도 사용법도 알려진 것이 없지만 한 가지 확실한 것은 위험한 물건이라는 것이었다. 누가 주었을까? 그것도 내게? 왜 하필 나인가? 질문이 끝없이 꼬리를 물었다. 결정적인 것은, 이것이 정말로 '그' 잿가루가 맞느냐는 것이었다. 평소에 소문이나 미신을 잘 믿는 편은 아니었지만 이번에는 달랐다. 순전히 직감에 의한 것이었다. 확인해 보자. 귓가에서 호기심의 달콤한 속삭임이 들리는 듯했다. 나는 잠깐의 침묵 후에 고개를 끄덕였다. 그래. 확인해 보자.

화장실에서 나와 조심스레 주위를 둘러봤다. 내부는 방금 전 어수선하던 분위기는 어디 가고 평소처럼 돌아가고 있었다. 아니야. 이건 아니야. 아무리 그래도 어떻게 사람을 상대로 그런 짓을 하나. 양심의 가책은 물론이거니와 후폭풍이 올지도 모른다. 차라리 내가 없애 버릴까? 위험한 물건이라면 아예 없애 버리는 것도 상책이었다.

그때였다.

"거기 서서 뭐하세요?"

내게 말을 건 사람은 서류를 든 임 사원이었다. 예? 나는 반사적으로 반문했다. 임 사원이 내 뒤를 흘긋 보더니 한쪽 눈썹을 올렸다. 일 안하고 거기 서서 뭐하시냐고요. 저 표정, 임 사원이 내게 자주 보여 주는 표정이었다. 거슬린다는 표정. 나는 바보같이 말까지 더듬으며 변명을 늘어놓았다. 그, 그게 속이 좀 안 좋아서. 내가 왜 이 여자에게 겁을 먹은 채로 변명을 늘어놓아야 하지? 마치 어릴 때 어머니에게 잘못을 걸렸을 때처럼 임 사원의 저 표정이 나를 죄어 왔다. 임 사원은 여전히 의심이 가득한 얼굴로 나를 지나쳤다. 임 사원이 사라지자 나는 그제야 참았던 숨을 내쉬었다. 미치겠군. 저 여자는 나만 들들 볶는단 말이지. 내가 그렇게 만만한가? 나는 항상 한 발 늦게 화가 났다. 임 사원의 그림자마저 남아 있지 않은 상황에서 나는 뒤늦게 그녀가 걸어간 자리만을 소심하게나마 노려볼 뿐이었다.

하루는 어제와 같이 흘러갔다. 학교를 졸업하고 사회에 들어서서도 내 생활과 위치는 여전히 비슷했다. 누구와도 붙지 못한 나는 일을 위한 최소한의 대화를 제외하곤 사람들 중 누구와도 5분

이상 긴 대화를 나눈 적이 없었다. 임 사원은 어떻게 저럴 수 있을까? 나와 비슷한 시기에 들어왔는데도 금세 자신의 사람들을 만들었다. 그런데 왜 나한테만 저렇게 쌀쌀맞은지. 통 영문을 모르겠다.

퇴근하고 집에 와 곧장 소파에 누웠다. 그러다 안주머니에 넣어 뒀던 잿가루가 떠올라 화들짝 몸을 일으켰다. 다행히도 지퍼 백은 작은 틈 하나도 없이 꼭 닫혀 있었다. 버려야 해, 이런 위험한 건. 나는 지퍼 백을 들고 쓰레기통으로 다가갔다. 뚜껑을 열고 잿가루를 털어 버리려던 찰나, 손이 저절로 멈칫했다. 시험해 보자. 또 속삭임이 들려왔다. 보이지 않는 손이 내 손을 조종해 도로 지퍼 백을 닫고 주머니 속에 넣었다. 사람이 아니면 되는 것 아닌가? 이윽고 나는 속삭임에 몸을 빼앗겼다. 호기심이 아닌 더 깊은 곳에서 우러나온 진득한 것이 나를 집 밖으로 나오도록 움직였다. 사람이 아니면 되잖아.

편의점에서 산 것은 고양이용 참치 캔 한 개였다. 전봇대 아래 내가 자주 밥을 챙겨 주던 길고양이 한 마리가 있었다. 나는 참치 캔을 뜯어 앞에 내려놓았다. 그리고 잿가루를 꺼내 그 위에 소량을 뿌리고 뒤섞었다. 이미 나에게 경계를 푼 녀석은 한 발 한 발 내게로 다가왔다. 내 무릎에 머리를 비비적거리고는 참치 캔에 코를 대고 킁킁거리며 관심을 보였다. 한참 동안 냄새만 맡던 고양이는 이내 참치를 한입 물었다. 녀석이 참치를 먹는 동안 나는 떨리는 손으로 조심스럽게 등을 쓰다듬었다. 부드러운 털과 따뜻한 온도, 미세하게 꿈틀거리는 등 근육이 생생하게 느껴졌다. 순식간에 참치를 모두 먹어 치운 고양이를 좀 더 쓰다듬어 준 후 나는 자리에서 일어났다. 역시 가짜였나. 아니, 애초에 그런 게 존재할

리도 없고, 믿은 내가 바보였다. 하마터면 망신을 당할 뻔했어. 집에 가려 발길을 돌리자 고양이는 다시 전봇대로 걸어갔다. 불빛에 비친 고양이의 꼬리가 어쩐지 조금 짧아진 것 같았지만, 그게 전부였다.

다음 날, 이 대리에 대한 얘기는 더 이상 나오지 않았다. 최 주임은 일주일 정도는 간 데 비해 이 대리는 그마저도 오래가지 않았다. 나는 잿가루를 버리지 못하고 도로 겉옷 주머니 속에 넣고 출근했다. 임 사원이 출근하며 모두에게 환한 미소로 인사를 건넬 때 나는 무시했다. 잿가루가 아니라면 소소하게나마 분풀이라도 하고 싶은 마음이었다. 커피를 타고 잿가루를 꺼내 어제 참치 캔에 넣었던 양보다 조금 더 많은 양을 넣었다.

저기. 어색하게 말을 걸고 커피를 건넸다. 임 사원은 나를 위아래로 훑어보곤 말없이 내 얼굴을 빤히 보았다. 어떻게든 속내를 읽으려고 하는군. 괜찮아요. 그녀는 커피를 사양했다. 젠장. 내 눈동자가 흔들리기라도 했나. 눈치 빠른 여자 같으니. 하지만 이렇게 쉽게 물러날 수는 없다. 받지 않는다면 책상에 놓으면 그만이었다. 나는 일부러 입꼬리를 올렸다. 어제 걱정해 줘서 고마웠어요. 자리로 가는 내 등 뒤로 따가운 시선이 느껴졌다. 자리에 앉아 임 사원이 어떤 표정을 짓고 있는지 확인하려 눈을 돌렸을 때 임 사원과 눈이 마주쳤다. 한껏 얼굴을 구긴 임 사원의 손에는 커피가 있었다. 임 사원이 커피를 흘긋 보곤 나를 보며 눈짓했다. 멀리서도 그녀의 말이 들렸다. 도로 가져가세요. 허나 오늘은 나도 작정하고 마음을 먹었다. 미소를 짓는 내 얼굴은 방금 전보다 훨씬 더 부드럽고 자연스러웠다. 임 사원의 얼굴은 더욱 구겨졌다. 당장 도로 가져가지 못해? 오늘따라 임 사원의 저 표정이 유독 마음에 들었다. 왜. 무섭나? 내가 무슨 짓이라도 했을까 봐? 나는 여유로웠고, 자신감이 넘쳤다. 그러나 잿가루가 바닥에 가라앉지는 않았을까 하는 생각이 들어 빨리 임 사원이 커피를 마셔 주길 바랐다.

갑자기 임 사원의 표정이 차분해졌다. 그녀가 씨익 미소를 짓더니 눈을 부릅뜬 채 커피를 입가에 가져갔다.

꿀꺽.

이어 두 모금, 세 모금, 커피가 임 사원의 목을 넘어갔다. 그녀는 나를 향해 한 치의 망설임도, 물러섬도 없었다. 눈 하나 깜짝하지 않고 내 눈앞에서 보란 듯이 커피를 모두 마셨다. 남김없이 털어 버리고는 자신이 이겼다는 듯이 의기양양한 표정으로 컵을 뒤집어 보이기까지 했다.

하루 종일 임 사원은 아무렇지 않은 듯 보였다. 정확히는 아무렇지 않은 척을 했다. 가끔씩 타자를 치다가 배를 감싸기도 하고, 일어날 때 입을 막거나 뒤로 기우뚱하기도 했다. 임 사원의 무리들이 그것을 모를 리가 없었다. 그러나 본인이 괜찮다고 손사래를 치는데 자기들이 뭘 어쩌겠나. 점심도 안 먹겠다고 거절한 임 사원은 화장실로 가며 나를 노려보았다. 통쾌하기는 하나 그녀의 시선이 매서운 건 마찬가지였다.

결국 임 사원은 몸이 좋지 않다며 일찍 퇴근했다. 나는 퇴근하기 전 몰래 임 사원의 자리로 가 종이컵을 치웠다. 구기는 정도론 부족해서 두 번 정도 찢어서 버렸다. 어차피 진짜 잿가루도 아니라 아무 일도 안 일어날 테지만, 찝찝한 기분을 남기고 싶지 않았기에 혹시 모를 증거를 인멸했다.

그날 밤, 우습게도 꿈속에 임 사원이 나왔다. 이불 속에서 이리저리 뒤척이던 임 사원은 앓는 소리를 내며 침대 밖으로 기어 나왔다. 임 사원은 작은 소리로 중얼거렸다. 곧 임 사원의 발가락 끝에서부터 믿을 수 없는 일이 일어났다. 어느새 발목까지 가루가 되어 사라지자 임 사원은 비명을 질렀다. 핸드폰을 찾으려 일어나려다 넘어지고 용케 침대까지 기어가 이불 속을 뒤적였다. 나는 절박하게 움직이는 임 사원의 팔과 얼마 남지 않은 다리가 버둥거리는 모습을 지켜보았다. 임 사원은 마침내 핸드폰을 찾았지만 이제 그녀에게 남은 신체는 어깨가 전부였다. 아무것도 할 수 없게 되자 임 사원은 이미 잿가루가 된 자신의 몸 위에서 소리를 지르며 이리저리 뒹굴었다. 입이 사라지기 전 임 사원의 입에서는 누군가의 이름이 튀어나왔다. 지금 복수를 하는 거냐고, 다 당신 탓이라고 소리를 지르더니, 마지막으로 남은 입술은 누군가를 향해 잘못했다고 부르짖었다. 마침내 그녀는 완전히 잿가루가 되어 사라졌다. 환기를 시키려 했는지 조금 열려 있던 창문 틈 사이로 바람이 들어와 그녀의 잿가루를 쓸고 갔다. 꿈에서 깨어난 나는 뜻밖의 사실에 조금 놀란 상태였다. 임 사원에게 잿가루가 든 커피를 준 것은 나였기에 그녀가 나를 원망할 거라 생각했다. 그러나 뜻밖에도 누군가의 이름은 내가 아닌 이 대리의 이름이었다.

"임 사원이 오늘 안 나왔어."

수군거림이 들렸다. 어제 꾼 꿈이 그녀의 최후였나. 최후라고 말하니 마치 임 사원이 악당이라도 된 듯 후련한 느낌이 들었다. 어제 아팠잖아. 병가 낸 거 아니야? 그렇지만 연락도 일절 안 받는걸. 병문안이라도 가야 하나? 모두가 그녀에 대해 얘기했다.

이틀이 지났다. 임 사원은 사라졌다. 그녀의 자리는 아직 남아 있었지만 곧 이 대리처럼 사라질 것이다. 좋은 아침이에요. 나도 모르게 인사가 나왔다. 임 사원의 무리들과 나를 무시하던 사람들이 웬일인지 내 인사에 고개를 돌려 나를 쳐다봤다. 나는 미소를 지었다. 그러자 그들은 서로의 눈치를 보며 입을 가렸다. 나를 의심하는 것 같군. 하지만 증거는 없다. 그들 중 하나가 나에게 그저께 임 사원에게 커피를 줬죠? 하고 물으면, 나는 그렇다고 대답할 것이다. 그만큼 나는 결백하다. 게다가 임 사원의 희생으로 확실해졌다. 소문 속의 잿가루는 정말로 존재했다. 그리고 지금 잿가루는 내 손에 있다.

임 사원의 얘기는 일주일이 넘도록 사라지지 않았다. 슬슬 지겹다고 느껴질 즈음에야 임 사원의 존재는 차츰 자취를 감췄다. 이제 임 사원은 없다. 그녀가 능력이 좋았든 사교성이 뛰어났든 다 옛말이 되었다. 그녀는 없다. 그리고 그녀의 부재는 내게 좋은 기회가 되었다.

내가 하루하루 밝게 미소를 짓고 다니자 처음에는 다들 이상하게 여겼다. 누군가가 물었다. 요즘 들어 기분이 좋아 보이시네요? 나는 대답했다. 네. 맞아요. 일이 잘 풀렸거든요. 그러곤 방금 만든 커피를 손에 쥐어 주었다.

이후 나는 틈틈이 커피를 돌렸다. 그들이 내가 주는 커피를 의심하지 않도록, 그들이 커피를 필요로 할 때 내 이름을 부를 만큼 나의 존재감을 높였다. 윗 상사의 커피 심부름에 거부감을 느끼던 이들을 대신해 내가 손수 발 벗고 나선 것처럼 이미지를 만들자 무시만 하던 이들도 내 인사에 고개를 끄덕였다. 한 달이 지나자 인사에 인사가 돌아왔고 커피를 주자 고맙다는 인사가 되돌아왔다. 보답으로 커피가 돌아오기도 했지만 나는 마음만 받겠다며 정중히 거절했다. 혹시 모를 일이다. 잿가루가 내 손에 있다고는 하나 이것이 유일할 것이라고는 생각하지 않았다.

그날 잿가루를 섞은 참치를 먹은 고양이가 보이지 않았다. 보통은 주차장 근처에서 자주 보였는데 어디로 떠났는지, 아니면 임 사원처럼 사라졌는지 밥그릇은 한 달이 넘도록 손댄 흔적 하나 없었다. 고양이에게 미안했다. 불쌍한 놈. 어쩔 수 없었다. 숭고한 희생이었다고 넘길 수밖에.

나도 안다. 모든 사람들이 나를 괜찮게 볼 리는 없다는 걸. 예를 들면 임 사원이라든가. 측근들도 더는 임 사원을 기억하지 않는 듯했다. 나만이 그녀를 기억했다. 아니, 나도 기억하고 싶지 않았다. 후련함만 가득한 것은 아니었다. 예상대로 일주일에 한두 번은 양심의 가책이 느껴져 괴로웠다. 어떤 날은 퇴근하니 임 사원의 환영이 날 기다리고 있었다. 나는 살인을 하지 않았다. 단지 직장 동료에게 커피를 타 주었을 뿐이지. 그것은 살인이 아니잖아. 내가 당신에게 잘못한 것이 있나? 있으면 살아서 내 앞에 나타나 보든가. 나는 옷 주머니 속에서 잿가루를 꺼내 보았다. 다 이놈 때문이다. 그렇게 생각하면 한결 마음이 편해졌다. 나는 다짐했다. 다시는 사용하지 않겠어. 그러나 오늘 나는 다시 한번 지퍼 백을 열고 잿가루 두 스푼을 커피에 넣었다. 상대는 임 사원과 가장 가까이 지냈던 김 대리였다. 그는 여전히 나를 무시했다. 예전의 나였다면 참았을 것이다. 하지만 나는 더 이상 무시당하고 싶지 않았다. 김 대리에게 커피를 건네자 그는 나를 비웃으며 고맙다며 바로 한 모금을 홀짝였다. 꽤 시간이 걸리긴 했지만 퇴근하기 전까지 그는 커피를 모두 마셨다.

그가 몸이 좋지 않음을 느꼈을 때는 이미 퇴근 시간이었다. 나는 비틀거리며 자리에서 일어나는 김 대리를 부축하며 슬쩍 컵을 가져갔다. 그러고는 가방 속에 넣어 두었다가 지하철역 분리수거 쓰레기통에 버렸다. 깔끔했다. 집에 와서는 꿈을 꿨다. 꿈속에 김 대리가 나왔다. 나는 그를 지켜보았다. 바닥에 널브러진 채로 잠이 든 그는 손가락 끝이 가루가 되어 사라지는 것도 모를 정도로 깊은 잠에 빠진 듯했다. 손이 사라지고, 발과 허벅지, 엉덩이도 모두 사라진 후에야 그는 게슴츠레 눈을 떴다. 나는 그의 곁에 있었다. 그는 내가 안 보일 테지만, 내가 있는 곳을 향해 눈을 돌린 모습 그대로 얼굴과 눈마저 모두 가루가 되어 사라졌다.

김 대리까지 없애 버리자 더는 죄책감도 양심의 가책도 느껴지지 않았다. 일주일이 지나자 회사는 원래 그랬던 것처럼 아무렇지 않게 되었다. 나는 평소와 같았다. 나의 하루 일과는 커피를 돌리고, 중간에 적잖이 리액션을 하며 일을 하고, 마지막으로 인사를 한 뒤 퇴근을 하는 것이었다. 가끔 심기를 건드리는 이들이 보이면 그게 내부인이든 외부인이든 가리지 않고 잿가루 커피를 제공했다.

그러나 사라진 죄책감의 자리에는 새롭게 불안감이 차지했다. 사람들의 작은 호의도 모두 의심해야 하는 상황이 되어 버렸다. 내 커피만은 내 손으로 직접 타 마셨고, 뚜껑을 따지 않은 에너지 드링크도 건드리지 않고 두었다가 다른 사람에게 주었다. 과연 잿가루를 나만 가지고 있을까? 이 대리를 없앤 건 임 사원일 것이다. 아니, 임 사원이다. 최 주임도 누군가에 의해 사라졌겠지. 그렇다면 나도 마냥 안심할 수는 없었다.

시간은 빨리 지나갔다. 그동안 내 주변 환경도 꽤 바뀌었다. 잿가루를 회사 사람들에게만 쓴 것은 아니었다. 시끄럽게 짖어 대던

개 한 마리와 일을 대충 처리하던 알바생, 심지어는 내가 알아보지도 못하는데 내게 말을 걸어와 나를 귀찮게 만드는 고등학교 동창생, 나는 그들 각각에게 맞는 음료수와 음식을 대접해 잿가루를 요긴하게 써먹었다. 때문에 잿가루는 절반도 되지 않는 양밖에 남지 않았다. 이제부터는 조금씩 아껴 써야겠어. 아니야. 찾아보면 구매처가 있을지도 모르잖아? 나는 인터넷에 잿가루를 검색해 보았다. 물론 쉽게 나올 리는 없었다. 잿가루는 통칭으로 부르는 은어였기에, 한참을 뒤진 후에야 겨우 구매 사이트 하나를 찾았다. 딱 봐도 합법적인 구매 사이트는 아니었다. 거래자에게 메시지를 보냈다. 제시된 가격은 내 한 달 월급의 두 배였다. 나는 입술을 깨물었다. 이미 멈추기엔 늦었다. 돈을 입금하자 거래자는 지하철역 물품보관함에 넣어 놓겠다고 문자를 보내왔다. 거래자로부터 비밀번호를 받고 퇴근 후 물품 보관함을 뒤져 마침내 지퍼 백에 꽉 찬 잿가루를 발견했다. 입꼬리가 올라갔다. 문득 예전에 나를 기분 좋게 만들어 주었던 것이 무엇이었는지 떠오르지 않았다. 어쨌든, 지금 날 웃게 만드는 건 잿가루뿐이다.

해가 가고, 또 갔다. 몇 번의 승진과 직원 교체가 이루어졌고 또 누군가는 사라졌다. 나는 여전히 사라지지 않고 이곳에 남아 있었다. 나는 비로소 여유로운 미소를 짓는 법을 알게 되었다. 새로운 정장을 맞춰 입었는데 안쪽 왼쪽 가슴 부분에 작은 주머니가 달린 것으로 입었다. 잿가루가 들어가기에 딱 맞는 크기였다.

신입 사원들이 들어왔다. 그들 중 김 사원이라는 이가 내게 캔 커피 하나를 건넸다. 나는 천천히 고개를 들었다. 김 사원은 생글생글 미소를 짓고 있었다. 난 괜찮아. 김 사원 마셔. 김 사원은 고개를 저었다. 전 괜찮습니다. 한 분씩 다 돌렸거든요. 나는 자리로 돌아간 김 사원을 바라보았다. 그리고 내 손에 남은 캔 커피를 내려다보았다. 캔 커피를 구석에 치워 두고 화장실을 가며 책상을 둘러보니 김 사원의 말대로 캔 커피를 하나씩 가지고 있었다. 그래. 이제 막 들어온 신입 사원이 무슨 짓을 할 수 있을 리가 없다. 그는 사회 초년생이었고 배운 대로 사회생활을 할 뿐이니까. 너무 과민 반응했군. 그렇지만 선뜻 손이 가지 않았다. 그동안 해 온 경험을 바탕으로 다듬어진 미세한 감이랄까? 하지만 넘겨 줄 사람이 없었다. 하는 수 없이 퇴근 후에 집으로 가져가 냉장고 안에 넣어 두었다.

그러나 그것은 시작에 불과했다. 김 사원의 사회생활은 다른 동기들과는 달랐다. 김 사원은 재빨랐다. 소위 빠릿빠릿한 사원이었다. 그는 수시로 음료수와 사탕같이 소소한 것들을 건넸다. 시간이 갈수록 냉장고 속에는 김 사원이 준 것들이 제법 자리를 채워 갔다. 나는 김 사원의 앞에서는 미소를 짓다가 고개를 돌리자 순식간에 미소가 사라지고 굳은 얼굴이 되었다.

나는 눈을 감고 생각해 보았다. 김 사원, 그가 내 심기를 거스르는 행동을 했는가? 아니, 아니다. 그의 행동에 문제가 되는 것은 없었다. 그렇다면 왜 나는 여유를 잃었나? 아니, 잃지 않았다. 단지 무언가가 걸릴 뿐. 나는 '무엇' 때문에 그를 의심하지? 무엇을 불안해하는 걸까. 마치 끝없는 지하실 계단을 내려가는 것같이 나는 점점 더 그 무언가를 향해 깊이 빠져 갔다. 똑똑. 누군가가 내 책상에 노크를 했다. 나는 생각을 그만두고 눈을 떴다. 익숙한 손, 나를 부르는 목소리. 또 김 사원이었다. 또.

"피곤해 보이셔서요. 커피 좀 드세요."

그가 내 책상 위에 커피를 내려놓고 사라졌다. 나는 홀린 듯 고개를 돌려 눈으로 김 사원의 발걸음을 쫓았다. 뚜벅뚜벅 걷는 김 사원의 발소리만이 선명히 들려왔다. 그 순간, 나는 생각을 정리했다. 이전에 떠올랐던 모든 의문들을 버리고 두 가지의 의문을 적었다. 첫 번째, 김 사원은 나의 심기를 건드렸는가? 모르겠다. 그가 성실한 사원인 건 맞지만 나와는 맞지 않는 사람인 것은 분명하다. 두 번째, 그를 없애야 할까?…… 당장은 아니다. 이미 많은 경험을 쌓은 이상 더는 특별한 이유가 필요치 않아도 언제든 없앨 수 있지만 나는 자비를 베풀기로 했다. 커피. 남은 문제는 이 커피였다. 퇴근 시간이 될 때까지도 커피는 식지 않고 온기를 간직하고 있었다. 종이컵에 닿은 약간의 온기가 손바닥에 닿자 나는 약간의 의심의 눈초리로 김 사원을 보았다. 김 사원. 내가 그를 부르자 그가 고개를 들었다. 그의 얼굴을 보자 나는 억지로 입꼬리를 올리며 커피가 든 종이컵을 들어 올렸다. 고마워. 짧은 감사를 표한 후 나는 종이컵을 입가에 가져갔다. 커피는 한 번에 마시기에 딱 알맞은 온도였다. 종이컵을 구겨 쓰레기통에 넣고 천천히 문을 향해 걸어갔다. 뒤에서 김 사원이 인사하는 소리가 들렸다.

　슬슬 여름인가. 이상하게 몸이 후끈거렸고 이마를 만지자 식은 땀이 흘렀다. 집으로 들어가자마자 소파에 몸을 던졌다. 에어컨을 틀자 곧 시원한 바람이 내 손끝을 간질였다. 배가 고프지 않았다. 에어컨 바람이 거실을 가득 메우자 일어날 기운도, 정신도 빠져나간 채로 나는 소파 위에 그대로 기절한 듯 잠에 빠졌다. 그로부터 한참 시간이 지난 뒤에, 나는 눈을 떴다.
　뭔가 이상해. 발끝에 감각이 없었다. 눈을 뜨고 상체를 조금 일으켜 내 몸을 보자 믿을 수 없는 일이 벌어지고 있었다. 발이 없었다. 이미 발목을 지나 무릎의 감각이 사라지고 있었다. 에어컨 바람이 몸을 한번 훑을 때마다 허연 가루가 공중에 휘날렸다. 나는 입을 벌렸다. 비명 대신 숨소리가 섞인 쇳소리 같은 소리가 짧게 하하, 하고 웃음이 나왔다. 언제부터일까. 나는 천장을 보며 냉장고를 떠올렸다. 저 많은 음료수들 속에도 잿가루가 들어 있을까. 역시 나만 갖고 있는 것이 아니었어. 나는 눈을 크게 떴다. 과연 이것이 정말로 현실일까 싶어서였다. 너무 허무하잖아? 이게 뭐람. 지금까지 그렇게 조심했건만 딱 한 번, 그것도 구면도 아닌 신입 사원에게 똑같은 수법으로 뒤통수를 맞다니. 하하!

"김 사원. 자네 혹시 보고 있나?"

나는 허공에 대고 소리쳤다. 그가 나와 같다면 어딘가에서 나를 보고 있겠지. 잿가루는 어떻게 얻었나? 왜 하필 나야? 대답해 봐! 나는 소리치다 소파에서 떨어졌다. 몸뚱이밖에 남지 않아 떨어진 후에도 두 바퀴를 바닥에 굴렀다. 나는 계속해서 소리쳤다. 나한테 원하는 게 뭐야? 아니, 애초에 자네에게 내가 해라도 가했던가? 소리를 지를수록 짜증이 솟구쳤다. 나는 그에게 자비를 주었는데 이렇게 뒤통수를 치다니! 나는 천장 모서리를 향해 욕설을 퍼부었다. 네가 감히 나한테 그럴 수 있어? 얼마 남지 않은 몸뚱이가 분노로 파닥거리며 이리 구르고 저리 굴렀다. 이제 나에게 남은 감정은 슬픔도 원망도 후회도 아니었다. 오직 김 사원을 향한 분노였다. 괘씸한 자식. 여우 같은 자식. 살인자! 김 사원 넌 살인자야! 이 살인자! 나는 목이 찢어지도록 외쳤다. 사라지는 마당에 한 점의 부끄러움도 없었다. 복부를 지나 나는 이제 가슴과 어깨밖에 남지 않았다. 주마등인지 임 사원이 떠올랐다. 그녀의 최

후와 나의 죽음이 수미상관을 이루는 웃기는 상황이 되어 버렸다. 설마. 임 사원, 내가 잘못한 게 있으면 살아서 나타나 보라 했더니 정말 나타나기라도 한 거야?…… 하하하. 이제 나도 정신이 나가기 시작하는군. 그럴 만도 하다. 나는 이제 어깨도 가슴도 없다. 남아 있는 것은 오직 얼굴과 머리뿐이니. 에어컨 바람에 잿가루로 변한 내 몸들이 구석구석 흩어졌다. 오늘 입었던 재킷이 바닥으로 툭 떨어지며 주머니 속에 있던 잿가루가 밖으로 고개를 내밀었다. 내가 자초한 일이라 이건가. 서서히 꺼져 가는 의식 속에서 나는 소파에 앉아 있는 누군가의 발을 보았다. 나는 있는 힘을 짜내어 미소를 지었다. 역시 이 근처에 있을 줄 알았어. 주마등 끝에 당신이 있더라니. 그런데 묻고 싶은 게 있어.

날 왜 죽이려는 거야?

설탕으로 만든 영구치

성화여자고등학교 3
지예진

겨울이 오면 소도시엔 찌그러진 봉분들이 솟아났다. 폭설이 승용차와 지붕, 쓰레기통과 공중전화 부스를 뒤덮으면서 만든 봉분이었다. 그건 겨울의 소도시에서 새하얀 무언가에 파묻히기 쉽다는 뜻이기도 했다. 얼어붙은 언덕길을 내려가다 말고 나는 힘겹게 걸음을 멈춘다. 그렇다면 거기에 사람이 압사될 가능성도 충분하지 않을까. 저 두터운 봉분들에 짓눌려 온몸이 뭉개진 사람이 죽어 가는 장면을 나는 절로 상상했다. 설탕 더미에 깔려 목숨을 잃었다는 설탕 공장 노동자가 떠오른다. 갑자기 심한 한기가 느껴졌다.

설탕 공장 내부에서 사람이 죽었다는 소문은 벌써 사흘째 소도시를 맴돌고 있었다. 10년도 더 된 인근 슈퍼마켓이나 식당 점주들부터 나와 같은 교복을 입은 아이들까지…… 익숙한 사람들의 입술과 혀를 통해 얼굴 모를 이의 죽음이 발화됐다. 가장 주된 추측은 노동자의 머리 위로 수백 킬로그램의 설탕이 추락했다는 것이었다. 모두의 상상은 그에 그치지 않고 더욱 진화했다. 다음 날 단내가 감도는 설탕 창고로 출근한 동료는 거대한 설탕 봉분을 목격했고, 그가 설탕에 깔려 죽을 거라곤 상상도 못했다며 흐느꼈다는 식으로 말이다. 게다가 그 현장을 수습하던 서너 명의 노동자들까지 부상을 입었다고도 했다. 소맷자락이나 머리카락을 도화선 삼아 가동된 기계 속으로 노동자가 빨려 들어갔다는 추측도 이어졌다.

다만 누군가가 죽어 나간 것치고 도시는 그다지 달라지지 않았다. 예년보다 50센티미터 이상의 많은 눈이 내렸다는 것 정도를 제외하면, 새로울 것 없는 저개발 소도시 그대로였다.

문제는 도시가 아닌 나에게 있었다. 공장에서 사람이 죽고 나를 에워싼 모든 것들이 빠르게, 빠르게, 빠르게 변해 갔다. 사람이 죽어 나간 뒤부터 J가 사라진 것이다. 사흘 전부터 J는 행방불명이었다.

"설탕 공장에서 사람이 죽었다며?"

"공장이 이 근처에 있다지, 아마?"

"설탕 공장이? 이 근처, 어디?"

"몰라."

"그렇구나. 큰일이네."

"그러니까. 큰일이야. 아, 너무 열심히 살았더니 힘들다. 당 떨어지는데, 초콜릿이라도 사 먹자."

한 무리의 산발적인 대화가 내 옆을 스쳐 지나간다. 나는 눈에 축축이 젖은 교복 바지를 내려다봤다. 무릎 언저리에 생겨난 작은 구멍이 만져졌다. 조금 전 미끄러운 언덕길에서 구르듯 넘어지며 생긴 흔적이었다. 결국 나는 제자리에 쭈그려 앉아 휴대전화를 꺼냈다. J는 며칠째 나의 연락에 답이 없었다. 무슨 일 있어? 이 근처에서 사람이 죽었다는데 넌 괜찮은 거 맞지? 다시 문자메시지를 남겨 보지만 J에게서 답신은 돌아오지 않는다.

나는 불 꺼진 가게 유리창을 들여다본다. 습기가 서린 유리가 거울처럼 내 얼굴을 비췄다. 벌어진 입술 사이로 아랫니 하나가 없는 치열이 훤히 드러난다. 오래전 전문의는 선천적인 영구치 결손이라는 진단을 내렸다. 태어날 때부터 내가 어딘가 부족한 사람이었다는 사실은 초콜릿의 뒷맛처럼 씁쓸하다. 오리털 파카 주머니에서 나는 각설탕을 꺼내 든다. 포장을 벗기자 각설탕의 각진 모서리는 체온에 조금 녹아 있었다. 이미 너무 많은 설탕이 나의 일상을 침투해 있었고, 심지어 오늘 급식으로 나온 제육볶음마저 지나치게 달았다. 나는 그것이 싫지 않았다. 익숙하고 뻔한 거리의 풍경이 일상으로 굳은 소도시에서는 오직 설탕만이 재빠르게 변화했다. 매출을 위해 급변하는 포장지 디자인이나 턱 근육을 조금 쓰는 것만으로도 단번에 부서지고 녹아내리는 설탕. 그런 손쉬운 달콤함이 이 도시로부터 오는 따분함을 견디게끔 해 주었다. 그런데 이렇게 연약한 설탕이 살인을 저질렀다니…… 믿기지 않는다.

앞니 한 개가 사라진 입안과 분홍빛 잇몸을 혀로 훑은 다음 나는 치과에 전화를 걸어 예약을 잡았다. 네, 영구치 결손 때문에요. 상담부터 받아 보려고 하는데요. 진료일자를 정한 후 J와의 연락을 재차 시도했지만 통화 연결음만이 반복됐다. 좋지 못한 징조다.

●

원어민 강사와 출석부는 J를 매일 다른 이름으로 호명했다. 월요일은 Jane, 화요일은 Julie, 목요일은 Jasmine 아니면 Jennie……

오늘도 거기에 아무도 대답하지 않는다. 회화 시간마다 J가 늘 앉던 자리가 비어 있다. 나는 강의실의 구석진 자리에 앉아 턱을 괬다.

영어 회화 수업 시간이면 우리는 잭, 토머스, 캐서린, 대니얼, 소피아 따위가 되었는데, 그 일시적인 개명은 수업의 일환이었다. 원어민 강사는 매시간 영어식 이름을 사용하는 것을 규칙으로 삼았다. 다들 출간된 지 백년은 더 되었을 영미 문학이나 영화 속 등장인물의 이름을 따 와 특색이랄 것 없이 흔해졌다. 그런 학원 원생들은 대다수 동일한 고등학교에 재학 중이었다. 그러나 서로의 본명을 정확히 알지는 못했다. 대신 서로를 한두 가지 단어나 문장으로는 단순히 설명할 수 있게 되었다. 쌍꺼풀이 진한 애, 공부를 잘하는 애, 매일 헐렁한 운동복을 입고 수업을 듣는 애. 나는 각설탕을 자주 먹어 대고 앞니 하나가 없는 사람으로 모두에게 기억됐다. 칠판 앞의 강사 몰래 나는 각설탕 두 개를 입안에 털어 넣는다. 대각선 자리에서 나와 눈이 마주친 남학생이 장난스럽게 미소를 지어 보인다. 걔는 목소리가 크고 시끄러운 애였다.

매 수업마다 다른 이름으로 불리길 바라던 J만큼은 사람들의 기억 속에서도 제각각 다른 얼굴과 형태를 갖고 있었다. 다들 저마다의 J를 떠올렸다. 새침한 J, 내성적인 J, 장난이 심한 J, 곧잘 웃는 J. 나에게 J는 불평불만을 잘 들어 주는 존재였다. 그리고 나의 손을 슬쩍 잡던 J, 설탕 가루가 묻은 내 입가를 손으로 부드럽게 쓸어 주던 J까지. 학기 말, 이 소도시로의 전학 절차를 밟았던 J는 솟아오르듯 갑작스럽게 등장했다가, 마찬가지로 조용히 사라졌다.

Jane, Julie, Jasmine, Jennie…… J는 죽은 걸까. 영영 돌아오지 않는 것일까.

강풍이 예고된 날엔 공터 주변 나무들의 잎과 가지, J의 긴 머리카락이 바람의 방향을 따라 일정하게 흔들리고 나부꼈다. 철근이나 모래 포대, 플라스틱 가림막 같은 건축 자재들이 모래밭 한쪽에 널브러져 있다. 영어 학원 수업이 끝나면 J와 나는 그 공터에 자주 들렀다. 1년 전까지는 그 위에 신축 아파트를 올릴 계획이었으나, 입주자를 찾기 어려운 소도시라는 이유에서 공사가 무산됐다는 말이 나돌았다. 다음으로는 제2의 설탕 공장이 들어선다는 뜬소문이 등장했다. 그러나 공장 노동자가 죽은 뒤로는 그런 소문마저 사라졌다. 텅 빈 공터를 가득 채운 것은 소문들뿐이었다. 그간 J와 나는 평온한 얼굴로 소문을 주고받아 왔다. 그보다도 J는 소도시를 떠나고 싶다는 나의 불평을 잘 들어 줬다.

여긴 너무 작고 따분해. 나는 더 북적이는 도시에서 살고 싶다고. (그래?) 들어 봐. 그 도시엔 평생을 살아도 다 가 보지 못할 만큼 많은 밥집이랑 카페가 있고, 또 매일 외출할 때마다 타인의 이름이나 얼굴도 모를 정도로…… 그러니까 새로운 사람들이 넘치는 곳. (그래?) 응, 서울 같은 데 있잖아. (그래?)

J는 이상할 정도로 듣는 쪽만을 고집했다. 이사 다닌 횟수가 잦았다는 걸 빼면, 전학 오기 전에 J가 살던 지역이나 거주지, 가족 같은 사소한 정보조차 알 수 없었다. 어째서 영어 회화 시간마다 이름을 바꿔 쓰는 건지, 친한 사이가 됐는데도 여전히 비밀이 많은 이유가 뭔지를, 하루는 내가 J에게 물었다. 그런 J는 설탕 가루가 묻은 내 입가를 손으로 쓸어 주다가 미소를 지었다.

"다들 믿고 싶은 대로 믿으니까. 그렇지, 안 그래?"

J와 공터를 찾던 매 저녁처럼, 가로등이 침침하게 깜빡거리는 모습을 지켜보며 나는 오래도록 생각한다. 이따금 J가 설탕 공장

과 관련해 의미심장한 말을 내뱉기도 했다는 것을.

"제2의 설탕 공장? 그런 거 지을 만한 돈이 없다는데, 당장은 절대 안 생겨."

J의 그 굳은 확신은 대체 어디서 왔을까. 구석진 공터에서 가만히 손을 잡거나 나를 향해 어깨를 기울이던 J는 그럴 때마다 아주 낯설게 느껴졌다. 마치 머나먼 이국에서 난생처음 보는 사람과 마주한 것처럼. 진눈깨비 비슷한 것이 흩날린다. 나는 줄곧 J와 나눠 먹던 각설탕을 몇 개 더 삼켰다. 다시 휴대전화를 꺼내 보아도 치과 예약일자를 알리는 문자만이 도착해 있었다. 나는 공터의 흙바닥을 걷어차듯, 신발을 질질 끌며 발걸음을 옮겼다.

내가 기댄 의자 등받이가 젖혀지자 LED 조명의 불빛은 희고 환하게 쏟아졌다. 나는 입을 벌린 채 기다란 치과 의자에 몸을 맡겼다. 의사는 내 입안에서 작은 거울이 달린 치경을 이리저리 돌려 본다.

"그래, 어머니는 잘 계시지? 불편한 데는 더 없으시고?"

나이 든 의사는 오래된 육촌이라도 만난 듯 나를 대했다. 내가 모르는 사이에 엄마가 새 이웃을 사귄 것이 분명했다. 슈퍼마켓 점주, 아파트 정자에서 매일같이 화투를 치는 노인들, 앞집과 옆집에 사는 또래들로는 모자랐던 모양이다. 이 도시에서는 어딜 가든 나를 너무 잘 아는 사람들과 쉽게 마주쳤다. 그런 만남의 순간이면 나는 남몰래 나쁜 짓을 하다 들킨 아이처럼 얼어붙거나 어색한 인사말을 건넸다. 어쩌면 소도시엔 CCTV가 필요 없을지도 몰랐다. 누가 언제 어디에서, 무엇을 어떻게 했는지는 서로의 입에서 입으로 공유됐다. 이곳 주민들은 이웃을 지나치게 잘 알았고 나는 그것이 지독히도 싫었다. 그러나 정작 J에 대해서는 아는 게 없었다. J가 입을 다무는 이유라면 다 그런 거 아닌가. 이런 소도시 말고 다른 데서 살다 왔다고 비싼 척하는 거잖아. 나는 분노가 섞인 생각에 잠겼다. 치과 의사는 갈수록 굳어 가는 내 표정을 보고서 다시금 부드럽게 설명한다.

"아, 몰랐구나. 어머니가 얼마 전에 여기로 스케일링 받으러 오셔서 충치도 때우고 가셨거든. 어디 보자. 아래쪽 앞니가 결손 치아인 경우엔 임플란트를 하기도 하는데, 상악에 추가적인 발치를 해서 윗니와 아랫니의 결합을 맞추기도 하고…… 아, 아, 더 크게."

의사가 내 입안을 들여다볼 때마다 나는 나도 모르게 입을 다물려 애쓰고 있었다. 굳이 거울을 보지 않아도 내 얼굴이 일그러져 있다는 게 느껴졌다. 사진을 찍거나 크게 웃고 싶을 때면 나는 하얀 앞니들을 드러내지 않으려 노력했다. 입술을 꽉 다물어 어색하게 일그러진 표정을 만들어 버리던 것은 나의 오래된 습관이었다. 영구치 하나가 영원히 빈자리로 남아 있다는, 나의 콤플렉스 때문에 생겨난 습관이다.

이리저리 치아를 훑어본 의사는 영구치 결손을 해결하기가 까다롭지 않을 거라며, 걱정 말라는 격려를 남겼다. 진료는 너무 싱겁게 끝났다. 오랜 콤플렉스가 메워질 일만이 남았는데도, 어쩐지 나는 그런 변화가 모조리 불길하게 느껴졌다.

●

영구치가 결손된 부분에 새로 이를 해 넣기로 결정했을 때, 소도시의 많은 부분도 새롭게 채워질 예정이었다. J와 종종 들르던 공터는 제2의 설탕 공장이 들어설 부지로 쓰일 거랬다. 공사가 확정됐다는 소문이 나돌았다. 물론 제1 설탕 공장이 어디에 있는지는 여전히 미궁이었지만 말이다.

거기다 피부색이 다른 이주 노동자들도 대거 유입됐다. 불미스러운 사고 이후 공포심에 설탕 공장을 떠난 노동자들을 대체할 이들이었다. 그러나 파키스탄과 캄보디아 등의 타지에서 건너온 것은 이주 노동자들만이 아니었다. 그들의 낯선 언어나 음식, 분위기도 이쪽으로 함께 건너온 것이었다. 이국적인 향신료 냄새는 소도시의 거리에 가득 퍼졌다. 하루 다섯 번씩 메카를 향해 기도를 올리는 무슬림 신도들도 흔히 눈에 띄기 시작했다. 12개의 별과 달 하나가 그려진 우즈베키스탄 국기를 인테리어 소품으로 사용하는 음식점, 대형 마트도 들어섰다. 설탕 공장은 설탕의 포장지와 광고 문구를 더 화려하게 꾸몄다. 공장에서 누군가가 죽어 나간 사건은 애초에 존재하지도 않았던 일처럼 잠잠해졌다. J가 사라진 지 한 달 만이었다.

1. 우리 시가 얼마나 안전하다고 생각하십니까?
① 매우 안전하다 ② 안전하다 ③ 보통이다 ④ 안전하지 않다 ⑤ 매우 안전하지 않다

나는 모조리 '보통'을 체크했다. 담임의 말에 따르면 전교생을 대상으로 하는 설문 조사랬다. 용지를 들여다보니 '우리 시의 안전성 설문'이라는 글씨가 종이 윗부분에 정렬돼 있었다. 매년 학교에서 실시하는 학교 폭력 실태 설문이나 급식 선호도 설문 조사지와 엇비슷한 형태였다. 서늘한 아침 공기 속에서, 교실의 학생

들은 설문지를 무성의하게 들여다보는 중이었다.

2. 우리 학교 학생들이 최근 위험한 공장 지대로 접근하는 것을 목격
한 적이 있습니까?
3. 있다면 구체적인 인상착의나 이름을 적어 주십시오.

다음으로는 응답자의 신변과 익명성을 보장해 주겠다는 문구
가 이어진다. 다만 이 교실의 구성원 중 설탕 공장이 위치한 장소
를 아는 사람은 아무도 없었다. 그러니 공장 지대라는 명칭이나
이런 설문은 시간 낭비에 가까웠다. 고발할 것이 없다면 빈칸에
애국가를 한 번 베껴 쓰라는 지시에 따르는 것으로, 나의 불만은
묵살됐다.
J는 장기 결석을 왜 저렇게 오래하는 거야? 저 정도면 퇴학 아
닌가. 학교는 왜 걔를 봐주는 거지? (J는 원래 좀 이상했어. 야, 여
기서 걔가 어디서 어떻게 사는지 아는 사람 있냐? 찔리는 게 있으
니까 입 다물고 있었겠지.) J? J가 왜? 걔가 뭘 잘못했어? (야, 머
리가 있으면 생각을 좀 해 봐. 사람 죽은 공장이 우리 시에 있는
거라니까. 다음엔 네 차례일 수도 있어.) 근데 쟤가 걔잖아. J랑 붙
어 다니던 애. (사람이 죽어 나간 공장에서 만드는 설탕이잖아.)
생각이 없어서 저런 걸 먹겠지. (소름 끼쳐.)
교실의 웅성거림은 하나의 덩어리로 뭉쳐져 들려왔다. 소리가
분산되어 누가 무슨 말을 했는지는 구별할 수 없었으나, 적어도
아이들이 J와 친하게 지내던 나를 쏘아봤다는 것은 확실했다. 소
란을 견디지 못한 담임은 곧장 주먹으로 교탁을 탕탕 내려친다.
음소거 해제 버튼을 누른 듯, 아이들이 만들어 낸 소음이 다시 커

졌던 것은 담임의 휴대전화가 울리고부터였다. 자신이 볼일을 끝마칠 때까지 조용히 있으라는 당부와 함께 담임은 교실 밖으로 나가 버렸다.

쟤가 개잖아. J랑 붙어 다니던 애, 하는 문장들은 자꾸만 내 머릿속을 맴돌았다. 나는 그저 J와 가끔 각설탕을 나눠 먹던 게 다였다. 나는 억울했다. 해명하고 싶었다. 공터에서 J와 나란히 손을 잡던 순간 대신, 나는 J가 이따금 의미심장한 말을 내뱉었음을 떠올려 냈다. 그것도 설탕 공장의 내부 사정을 세세히 알고 있던 J를.

"이건 내가 J에게 들은 건데…… J는 제2의 설탕 공장이 당장 지어지지 못한다는 걸 다 알고 있었어. 그런 걸 지을 만한 돈이 없다고, 한 달 전에 분명히 그렇게 말했어. J와 설탕 공장 사이에 연관성이 있는 게 틀림없지만…… 난 영어 학원이 끝나면 J와 가끔 만나던 사이라 다른 건 잘 몰라……."

내가 말끝을 흐리며 이야기를 끝맺으려 할 때, 담임은 앞문을 벌컥 열고 교실로 들어왔다. 교실은 찬물을 끼얹은 듯 조용해진다. 누구도 입을 열지 않는다. 어째서인지 굵은 바늘에 찔린 것처럼, 영구치가 결손된 나의 앞니 부근은 조금씩 쑤셔 왔다. 담임의 지시대로 반장이 나서서 설문지를 걷기 시작할 무렵이었다. 그러다가 무거운 침묵을 깼던 것은 반에서 목소리가 가장 큰 애였다.

"공장에서 죽은 사람은 어떻게 됐어요? 보상은 받았나요? 그 가족들은요? 설문 조사 작성하다가 갑자기 궁금해져서 그래요."

"그런 건 나도 잘 모른다. 그리고 니들이 알 필요도 없어. 몇 달 후면 3학년인데, 다들 공부나 열심히 하도록 해라."

담임은 마치 냉소하는 듯했다. 우리의 항의나 질문에 원래 세상은 다 썩은 거야, 하고 둘러대거나 얼버무리고 웃어넘기던 어른들처럼 말이다. 그들을 볼 때마다 선량한 행인들을 붙들고 '씨발 왜 이런 세상을 우리에게 물려준 거야?'라고 나는 따지고 싶어졌다. 그보다 더 사무치게 무서운 것은 내가 서른 살쯤 됐을 무렵, 교복을 입은 아이들이 몰려와 내게 똑같은 항의를 하고 따져 물으며, 내 비겁함을 힐난할 것만 같다는 상상이다. 나는 변명하는 어른이 되기 싫었으나, 조금 전 J를 희생양 삼던 내겐 변명거리가 많았다. 이를테면 너무 두려웠다든가 하는 것들이다.

3층 교실에서 나는 고개를 바싹 대고 창밖을 내다본다. 아직 가시지 않은 겨울의 풍경과 함께, 완전히 뒤바뀐 소도시가 눈에 들어왔다. 영구치가 나지 않은 잇몸 주위가 계속해서 아파 왔다. 이상한 일이었다.

●

영구치가 돋아나는 속도는 J와 관련된 소문이 부푸는 속도에 반비례했다. 우리들 사이에서 J는 이제 공장장의 딸로 완벽히 둔갑해 있었다. J를 겨눈 말들은 설탕 봉분처럼 쌓여 갔다. 평소 J가 제법 값나가 보이는 브랜드의 옷을 즐겨 입었다거나, J가 걸어서 등교하는 모습을 본 적이 없으니 분명 운전기사가 모는 자가용을 타고 다녔을지도 모른다고들 했다. 거기다 검은 옷을 입고 장례식장으로 들어가는 J의 모습을 봤다는 증언까지 나왔다. 틀림없이 유가족들에게 위로금을 던져 주며, 사고에 대해서는 회사의 과실이 없다는 각서를 받으러 갔을 것이다, 혹은 공장장이 어린 자식인 J를 이용해 동정심을 유발했다는 해석까지 덧붙여졌다. 그런 소문은 J와 그 부모를 악마로 묘사했다. 노동자가 죽었는데도 새로운 공장을 짓고 돈벌이를 하는 데에만 혈안이 되어 있는 악마. 하지만 그 많은 뜬소문을 대체 누구에게서 전해 들은 것인지가 잘 기억나지 않는다. 요즘 나는 가끔, 어쩌면 내가 모든 소문을 만들 어 낸 장본인이 아닐지를 궁금해하기 시작했다.

그리고 J는 돌아왔다. 영어 학원에서 한창 수업이 진행되던 도 중, 천천히 문을 열고 들어온 J가 늘 앉던 자리에 착석했던 것이 다. 교실 안의 원생들 모두가 J를 쳐다보며 속닥였다. 직접적으로 소문을 퍼트린 것은 다른 아이들이었기에, 나는 딱 1인분의 죄책 감만을 느끼는 중이었다. 영구치 하나가 없는 앞니 부근이 심하게 쑤셔 와 나는 입가를 손으로 문질러 본다. 며칠 전 방문한 치과에 서도 그 원인을 찾지 못해, 나의 오랜 결함을 메우는 것은 당분간 보류된 상태였다. 영어 학원의 쉬는 시간이 되자 아이들은 J에게 몰려가 끝없이 질문을 던졌다.

"사람이 설탕에 깔려 죽는 게 가능한 일이야? 넌 알고 있지?"

"제2 설탕 공장이 세워진다는 소문이 돌았을 때, 때마침 네가 전학 온 건 어떻게 설명할 건데?"

"난 우리 반 애들이 결석이라도 하면 무서워. 진짜로 죽었을까 봐 무섭다고. 그것도 설탕 포대에 납작하게 압사돼서……."

"야, 너도 얘기해 봐. 네가 우리 중에 J에 대해서 가장 잘 안다고 했잖아. 공장장 딸일 거라고 그랬잖아."

쉬는 시간 15분을 모조리 써도 다 대답하기 어려울 만큼의 질 문들, 그리고 질문을 가장한 비난이 쏟아졌다. 공장장 딸이라고 하지 않았는데, 그저 설탕 공장과 연관이 있을지도 모른다고 말한 거였는데. 나의 추측이 기정사실화 되는 것을 목격하자 J와 눈을 마주치기 힘들었다. 하지만 J는 그전에 내게 그랬던 것처럼, 단 한

마디만 심드렁하게 대답했다. 아, 그래?

화가 난 아이들은 J의 책상 서랍을 뒤졌다. 가방을 뒤졌고, 가방에서 나온 체육복 주머니를 뒤졌다. 나는 구석진 내 자리에 가만히 앉아 아이들의 거친 몸짓을 지켜보기만 했다. 나는 J가 이렇게 되길 원했나. 잘 모르겠다는 생각밖에 들지 않았다. 15분은 15년처럼 더디게 흘렀다. 하지만 아이들은 설탕 공장과 관련해 아무런 실마리도 얻지 못한 듯했다. J의 소지품에서는 작은 설탕 알갱이 하나조차 나오지 않았다.

쉬는 시간 이후로 영어 강사와 함께 원서를 읽는 수업이 이어졌다. 『헨젤과 그레텔』의 원서였다. 그것들을 다 읽고서 강사는 아이들을 지목해 감상평을 말하게 했는데, 놀랍게도 먼저 손을 들어 발표를 희망한 쪽은 J였다.

"헨젤과 그레텔도 마녀와 다르지 않아요. 마녀는 오누이를 잡아먹으려 설탕 집으로 유인했지만, 헨젤과 그레텔도 늙은 마녀를 끓는 솥으로 밀어 넣어 죽였잖아요. 결국 다들 조금씩은 나쁜 사람이라고요. 안 그래요?"

한 달 만에 듣는 J의 목소리였다.

●

수업이 끝나고 나는 J의 뒤를 쫓았다. J가 앞서 걷고, 내가 뒤따라 걷는다. J는 뒤돌아 이쪽을 보지 않았다. 그동안 전화 통화조차 되지 않았던 이유가 무엇인지를 J와 이야기하고 싶었지만, 공사장 부근에 다다랐을 때도 J는 걸음을 멈추지 않았다. 그곳엔 10층 건물만큼 높은 펜스가 쳐져 있고, 그 위로는 더 커다란 타워 크레인이 우뚝 솟아 있다. 담임이 근처에 가지 말라고 경고하던, 제2 설탕 공장 부지였다. J는 멈춰 선다.

"공사장에서는 크레인의 나사가 풀리면 사람이 그걸 맞고 즉사할 수도 있어. 또 승강기가 추락해서 죽을 수도 있고. 펜스 바깥의 사람들은 공장이 완성되기 전까지 그런 데에는 별 관심이 없겠지만 말이야."

J는 그 말만을 남긴 채 어둠 속으로 달려 사라졌다. 나는 그런 J를 뒤쫓다가 걸음을 멈춘다. 목발을 짚은 중년 남자가 J를 반갑게 맞고 있었다. J는 그를 향해 아빠, 하고 외친다. 그의 다리엔 붕대가 두껍게 감겨 있다. 순간 설탕 공장 노동자가 사망한 현장을 수습하다가 서너 명의 노동자들까지 부상을 입었다던 소문이 떠올랐다. 그제야 나는 J의 말끔한 차림새와 좋은 옷, 학용품이 어디서 나왔는지를 짐작할 수 있었다. 고됨과 피로, J를 자식으로 두었다는 자부심은 남자의 주름살에 고스란히 서려 든 채였다. 나는 나무들 뒤편에 몸을 숨기고서 J의 말을 이어 들었다.

"아빠, 공장에 돈이 없다면서 몇 달씩 임금도 안 주는 그 공장, 잘 그만뒀어. 빨리 나아야 해. 알겠지?"

그런 J와 남자는 낮고 허름한 주택들 사이로 사라진다. J가 어떻게 설탕 공장의 내부 사정을 알 수 있었는지를, 나는 이제야 알게 되었다.

J의 빈자리는 결손된 나의 영구치처럼 다시 채워질 기미를 보이지 않는다. 미안하다는 문자를 J에게 보내지만 답장은 없었다. 그래, 역시나 이것도 J답다. 나는 혀를 놀려 영구치가 돋아나지 않은 자리를, 그 구멍을 어루만져 본다. 그 자리에도 무성한 소문이

돌아났다. 사라진 J가 해외로 뜰 예정이라거나, 이삿짐 트럭 조수석에 탄 J를 보았다고 말하는 아이들도 있었다. 아마도 또다시 이사를 가게 된 것이리라. 여전히 영구치가 없는 빈자리가 쿡쿡 쑤셔 왔다. 초등학생 때처럼 키가 갑작스레 자라나지도 않고, 변성기가 찾아온 나의 낯선 목소리에 당황하지도 않고, 친구들과의 주먹다짐이나 욕지거리로도 크게 상처받지 않는, 그런 성장은 대체 무엇이라 정의해야 하는지 알 수 없다. 그저 조금씩 나쁜 사람이 되어 가는 것일까. 남자 화장실 거울 앞에서 미소를 그려 보이며 나는 중얼거렸다.

영구치 하나가 없는 구멍이 도드라져 보인다. 각설탕의 얇은 포장지를 벗기고 나는 그것을 입속으로 던져 넣는다. 영구치 결손 치료를 실패할 확률이 제로였기에, 결국 새 이빨은 자라나게 될 것이다. 하지만 여전히 나에게 영구치는 생각보다 쉽게 부서지거나 부식돼 없어지는 설탕 같았다. 어쩐지 그 빈자리에서 달콤하면서도 쌉쌀한 맛이 감도는 듯했다.

불나방

수성고등학교 2
김민규

나의 빛은 어둠과 함께 찾아왔다. 그 빛은 어둠 저편에서 나의 길을 보여 준다. 빛난다. 나를 끌어들인다. 나는 홀린 듯 그 길을 따라 걸어간다. 혹여나 그 길이 거짓된 길은 아닐까 걱정하는 때도 있었다. 하지만 걱정할 필요 없다. 그 빛이 내 몸에 불을 지르고 혈관 사이사이로 시뻘건 불꽃을 밀어 넣을지라도 그 길은 빛나고 있다는 사실은 변치 않으니. 나는 불나방. 빛은 나의 길이다. 불나방은 언제나 빛을 갈망한다. 빛 없이는 나의 길을 찾을 수 없다. 들어간다. 불탄다. 빛은 나를 밝혀 준다.

나는 걷고 있다. 주위에는 어둠 외에는 대부분 보이지 않는다. 이 여정이 얼마나 오래되었는지도 기억이 나지 않는다. 나는 고개를 들어 저 멀리 내가 향해야 할 목적지를 바라본다. 어둠 속에서 나를 현혹하듯 반짝이며 빛나는 보석 같은 빛. 그곳이 나의 목적지다. 한 번도 그곳에 도달해 본 적은 없지만, 가까워지고 있다는 느낌조차 받은 적이 없지만, 그 길 외에는 가야 할 곳이 보이지 않으니 나는 그 빛을 향해 간다. "잠깐 쉬었다 가자." 뒤를 돌아보니 그가 내 얼굴을 향해 손전등을 비추고 있다. 나는 눈이 부셔

얼굴을 찡그린다. "힘들어?" 내가 말한다. "너무 많이 걸었어." 그
가 말한다. 내가 가방을 바닥에 내려놓는다. 가방 속의 통조림들
이 부딪히며 깡 하는 소리를 낸다. 그도 그 옆에 가방을 던져 놓고
는 그 위에 걸터앉았다. 몰랐던 피곤함이 몰려와 잠시 눈을 감았
다. 갑자기 옛날 생각이 난다. 그와 만난 지는 몇 달 되었다고 생
각하고 있다. 그때도 반짝이는 곳을 향해 걸어가고 있었는데 그와
마주쳤다. 어디로 가고 있느냐고 물으니 그도 저 빛을 가리키며
저쪽에 빛이 나니 뭔가 있다 생각해서 걷는 중이라고, 그가 나를
보고는 어깨를 으쓱했다. 같이 가지 않겠냐는 물음에 나는 좋다고
말했다. 그래서 같이 걸었다. 지금도 같이 걷고 있다. 그가 나한
테 말을 건다. "너무 오래 걸었어, 그런데도 아직도 도착을 못 했
네." "걷다 보면 도착하겠지." 내가 말한다. "끝이 안 보여, 지칠 것
만 같아." 그가 투덜거리며 말한다. "또 그 소리 한다. 내가 그만하
자고 했지." 나는 어깨를 한번 으쓱하고는 그의 말에 토를 달았다.
"나는 저 반짝이는 빛이 좋아." 내가 몸에 붙은 먼지를 손으로 세
게 털어 내며 말했다. "아직 한 번도 도착해 본 적 없지만 저곳에
는 희망이 있을 거라 믿고 있거든." "나도 마찬가지야, 나도 빛이
좋아." 그가 대답한다. "그럼 다시 일어나자, 다시 걷자." 내가 가
방을 챙긴다. 그는 일어나지 않는다. "왜 안 일어나?" 내가 묻는다.
"이제 그만 걷는 건 어때." 그가 청천벽력 같은 소리를 한다. 사실
그가 이런 소리를 한 것이 이번이 처음은 아니다. 언제부턴가 그
는 빛을 보는 표정이 변했고 계속해서 나에게 걸음을 멈출 것을
권유했다. 하지만 왜일까. 왜 자꾸 나에게 이런 소리를 하는 걸까.
나는 걷고 있는데, 빛은 저기서 우리를 이끌어 주고 있는데. 그는
나에게 이상한 소리만 해 댔다. "무슨 헛소리야." "얼마나 걸었는

지도 모르겠어. 너는 알아? 나는 확신이 안 들어. 이 여정이 끝이 있을지도 모르겠어." "여기서 포기하면, 넌 패배자야." "아니 난 패배자가 아니야. 아마 이게 현명한 걸지도 몰라." 그가 툴툴거린다. "헛소리 그만 지껄여. 지금까지 걸어온 게 얼마인데 이제 와서 포기할 수는 없어. 일어나. 다시 걷자." 내가 그를 일으켜 세운다. 그는 더 이상 말을 잇지는 않았다. 다시 걷기 시작했다.

내 어린 시절을, 그러니까 세상이 검게 변하기 전을 추억해 본다. 하늘이 맑았다. 밝았다. 하늘에서, 내 온 주변에서 빛나던 빛들은 나를 감싸 안았고 그 따스함에 나는 눈이 감겨 행복한 꿈을 꾸었다. 행복한 추억이다. 빛들에게서 여러 갈래의 길들이 보인다. 걷고 싶다. 나는 그 모든 길들을 걸어 보고 싶었다. 그래서 걸었다. 그것이 어떤 빛깔의 길이든지 그것이 어떤 모양의 길이든지. 걸었다. 직진도 해 보았다. 마음이 내키지 않으면 바꿔서도 걸어 보았다. 길은 많았으니. 다시 내 모습으로 돌아온다. 길은 하나다. 내가 가야 할 길 저 멀리서 반짝이는 작은 빛, 나는 그곳을 향해 걸어간다. 오히려 지금이 더 행복할지도 모르겠다. 적어도 가야 할 길이 명확하니.

"발밑 조심해." 그가 나한테 경고한다. 머릿속으로 옛날 생각을 하느라 그의 말을 듣지 못했다. "뭐라고?" 그에게 되묻는다. "발밑 조심하라고. 유리병 굴러다니잖아." 그가 손전등을 바닥에 대고 이리저리 비추며 투덜댄다. 고개를 숙이고 바닥을 살펴보니 불에 탄 냄새가 확 풍기면서 얼굴을 찡그리게 한다. 주변에는 전구를 만들려다 실패한 듯 여러 가지 부품들이 담겨 있는 유리병들이 널려 있었고 손전등 불빛 너머에 어떤 꿈틀거리는 형체가 보인다. 잘 보니 사람 같은 몸뚱어리다. 가까이 다가가 보니 그 몸뚱어리는 불타오르다가 만 것 같은 잿빛 피부를 하고는 넝마쪽 같은 옷을 입은 채 탄 냄새를 풍기며 바닥에 널브러져 있었다. 시체 같은 모습에 혹시나 하는 마음에 내가 발로 그 몸뚱어리를 걷어챘다. 그 몸뚱어리는 끄응 작게 신음하고는 "왜 자고 있는 사람을 치고 난리야!"라며 버럭 화를 낸다. 그 몸뚱어리는 내 눈을 노려본다. 나도 그 사람을 쳐다보니 그 사람, 눈알이 없는 맹인이다. 눈알이 없는데 내 쪽을 바라보는 모습에 조금 소름이 돋았다. "죄송합니다. 마네킹인 줄 알았어요." 내가 말한다. "아 그러냐?" 그가 말한다. "너희는 누구길래 여기까지 당도하셨을까?" 그 몸뚱어리가 몸을 긁적이다 말고 과장된 말투로 우리에게 묻는다. "걷고 있다가 우연히 왔습니다." "아 그러냐?" 그가 낄낄 웃기 시작한다. "뭐가 그렇게 웃기세요?" "아니 나도 옛날에는 많이 걸었거든, 뭣 좀 얻어 보겠다고 계속, 계속." 그 몸뚱어리는 말을 잇지 못하고 계속 낄낄거렸다. "걷는 데에는 목적이 있을 거 아니야? 궁금해서 그러는데, 나한테도 조금만 알려 주면 안 될까, 응?" 그 몸뚱어리는 계속 실실 웃어 대며 텅 빈 눈구멍으로 우리를 쳐다보고 있다. "보이시지는 않겠지만 저희는 저 멀리에 있는 빛을 향해 걷고 있습니다. 저희도 오랫동안 걸어왔습니다." 내가 몸뚱어리의 시선을 피해 보려 안간힘을 쓰며 대답했다. "빛?" 그가 갑자기 입을 쩍 벌린 채로 가만히 있다가 갑자기 미친 듯이 큰 소리로 웃어 댄다. "빛! 빛이래, 이히히!" "뭐가 그렇게 웃기시냐고요." 내가 버럭거리며 묻는다. "내가 옛날에 뭣 좀 얻어 보겠다고 걸었다고 했지? 나도 사실 그 쬐그만 빛을 따라서 걸었던 거야, 그런데 봐라. 내 꼴을 좀 봐! 보라고! 몸이 잿더미가 되었잖아? 왜 그런지 알려 줄까?" "말해 보시죠." "다 그 빛 때문이야." 몸뚱어리가 속삭이듯이 중얼거린다. "빛이요?" 내가 말뜻을 이해하지 못하고 묻는다. "그래 그 빛 때문이라니까? 네가 계속 쫓고 있는 그 빛!" "이상한 말 하지 마세요. 저 빛이 뭘 어쨌다고." "저 빛은 가짜야, 가짜라고. 내 몸 좀 봐라. 내 몸은 죄다 불타서 잿더미가 되어 버렸잖냐. 저 빛에는 아무것도 없어. 그냥 저 빛은 네 의지나 갉아먹는 좀벌레 같은 거야. 저건 가짜야! 가짜 빛!" 몸뚱어리가 역정을 내면서 발을 구르기 시작한다. 나는 순간 역겨움을 느껴 뒤로 물러선다. '내가 지금까지 얼마나 오래 걸어왔는데 그 빛을 가지고 가짜라고 거짓말을 하다니.' 나는 기분이 나빠져 심하게 인상을 쓴다. "그 빛 때문에 눈도 그 꼴이 되었나 보죠?" "어? 음? 아니? 난 원래부터 이랬어." "그 눈깔을 하곤 당신이 만난 빛이 진짜인지 가짜인지 논하고 있던 거예요? 그 눈깔을 하고는?" "이놈이! 내가 눈은 이래도 뭐가 반짝거리는지는 잘 알 수 있어!" 몸뚱어리가 잔뜩 화를 내고는 씩씩거리는 숨소리를 내뱉었다. "당신은 아마 빛을 본 적도 없는 거 아닙니까?" "뭐? 지금 내 몸을 보고도 그런 말이 나오냐? 그 빛은 가짜라고! 너를 태워 버리고 말 가짜 빛!" "당신 바로 앞에서 무슨 일이 벌어지는지도 모르면서 제 빛을 논하는 거 자체가 이상한 거 아닙니까?" "뭐라고?" "거기서 평생 바닥이나 기면서 다니세요. 나는 내 빛을 찾아 떠날 겁니다." "안 돼! 가지 마! 그건 가짜란 말이야! 널 불태울 거야! 넌 불탈 거야! 무조건! 그래야만 해!" 그가 비명을 질러 대고 그의 형체는 비명 소리와 어둠에 묻혀 더 이상 보이지도 않게 되었다. "우리 빛이 가짜래." 내 옆의 그가 한마디 거든다. "헛소리지, 그걸 믿어?" "아니 나는 그 사람 말이 진짜일지도 모른다는 생각이 들어서 말이야." "믿을 게 못 돼. 야, 그리고 너도 분명 빛에 가고 싶다고 했잖아, 네가 그런 소리 하면 안 되는 거 아냐?" "혹시 모른다는 얘기야." "그런 말 좀 꺼내지 마." "어?" 나는 위화감을 느낀다. 빛이 한층 더 가까워진 느낌으로 커져 있었다. "야, 저거 좀 봐, 빛이 더 커졌어. 저래도 가짜 같아?" "그래? 나는 잘 모르겠다." 나는 그를 못마땅한 표정으로 째려본다. "슬슬 진전이 있는 느낌이야." 내가 중얼거린다. 그 몸뚱어리가 하던 말들이 계속 떠오른다. '저렇게 멋지게 빛나고 있는데, 가짜일 리가 없지.' 나는 생각한다.

　얼마나 더 걸었을까, 사람들이 촌락을 이루고선 반쯤 망가진 드럼통들에 나무를 한 아름 받아 놓고는 불을 쬐고 있다. 몇몇씩 무리를 지어 한곳에 모여 있는 모습이 마치 가로등 불빛에 꼬인 불나방들 같다. 그 사람들이 고개를 쭉 빼 들고는 나와 그를 쳐다본다. 구경거리가 된 기분이다. 인파를 헤치며 앞으로 나아간다. 사람들 속에서 길을 잃지 않으려 까치발을 하고선 빛에 시선을 맞춘다. 주위에서 모닥불을 쬐고 있는 사람들이 밀지 말라고 욕지거리를 해 대며 우리를 째려본다. 나는 미안하다고 그들에게 연신 말한다. 겨우 인파를 헤치고 그 촌락을 벗어날 때 즈음, 콧수염을 멋스럽게 기른 키 작은 한 남성이 우리의 앞을 막아 선다. "누구시죠?" 그 콧수염이 우리에게 묻는다. "지나가는 길입니다. 비켜주시죠." 내가 대답한다. "많이 지쳐 보이시는데 조금만 쉬다 가세요." 그 콧수염은 씨익 웃으며 내 어깨를 한번 두드렸다. "시간이 없습니다. 놓쳐 버릴지도 모릅니다." "무얼요?" "저 빛이 안 보이시나요?" 나는 저 멀리서 빛나고 있는 빛을 가리킨다. "글쎄요?" 그 콧수염은 내가 가리키고 있는 곳을 한참 보더니 모르겠다는 얼굴을 하고는 어깨를 으쓱거린다. "무슨 말을 하시는지 전혀 모르겠네요. 저한테는 아무것도 안 보이는걸요?" "빛을 찾고 싶으시면 여기에도 충분히 많이 있지 않습니까. 이 어여쁜 빛들 좀 보세요." 콧수염이 인파를 향해 삿대질을 한다. 그의 손가락이 향한 곳에는 사람들이 장작을 집어넣고 있는 모닥불들이 있다. "제가 찾는 빛은 그런 빛이 아닙니다." "빛이 다 거기서 거기지 따로 귀천이 있습니까? 와서 앉으시죠." 콧수염이 내 팔을 잡아끌고 모닥불 근처로 간다. 나는 마지못해 그의 옆에 앉는다. "모닥불은 따듯하게 밝지 않습니까? 마음이 따듯해지지요?" 그가 싱글벙글 웃으며 말한다. "요즘 같은 때에는 이렇게 마음 놓이는 불빛 찾기가 여간 쉬운 게 아니랍니다. 당신들은 정말 행운아예요." "이제 마음 놓으셔도 됩니다. 당신들은 이제 안전해요! 더 이상 걷지 않아도 되고 보이지도 않는 빛을 찾는다는 헛소리도 안 해도 되지요." "뭐라고요?" 내가 말한다. "맞지 않습니까? 저한테는 빛이 안 보이는걸요? 여기에 더 확실하고 따듯한 게 있는데 그런 허상을 원할 필요가 없다는 말입니다." 콧수염은 어이없다는 듯이 코웃음을 친다. "빛은 진짜 있습니다. 저기 빛나고 있다고요." 내가 눈을 부라린다. "그래서요?" "제가 찾는 빛은 허상이 아니란 뜻입니다." "예, 그러시겠죠." 그가 일어선다. "말싸움은 그만하고 마음껏 쉬시죠. 빛 좀 쬐면서 마음 좀 삭이시고요. 저는 잠시 자리 좀 비우겠습니다." 콧수염이 자리를 벅차고 일어선다. 나는 분이 삭여지지를 않아 그를 조용히 노려본다. "아까 전부터 그놈이고 이놈이고 멀쩡한 놈이 하나도 없어. 뭐? 내가 얼마나 걸어왔는지 알기나 하는 건가?" "그만해, 그냥 그러려니 넘기면 될 걸 그 정도로 다룰 일은 아니지." 그가 나에게 말한다. "솔직히 말해서 지금 이것도 괜찮지 않나?" "뭐가?" "너도 알잖아. 우리 오랫동안 걸어온 거. 그런데도 도착은커녕 빛 뒤꽁무니나 졸졸 쫓아다니고 있는 신세잖아, 우리." "제발, 야, 그런 말 좀 그만하라고 내가 말하지 않았던가?" "알지 알아, 너 이런 말만 하면 매일같이 화내잖아. 그런데 나는 현실적인 걸 말하고 있는 거야." "헛소리 좀 그만해." "헛소리가 아니야. 말했잖아, 현실적인 거라고. 우리 오래 걸었다고. 언제 도착할지도 몰라. 희망만 붙들고 있다간 어둠 속에서 굶어 뒈지고 말 거야. 그리고 만약에 우리가 도착했는데 그 빛이 가짜였다면? 아까 그 몸뚱어리가 말한 것처럼 우리를 꾀어내고 있는 가짜 불빛이라면? 우리는 어떻게 해야 하지? 이거는 제 몸 불타오르는 것도 알지 못하고 가짜 빛 속으로 파고드는 불나방 꼴이 되는 거야." "누가 저게 가짜래? 어? 누가 저게 가짜라고 함부로 말해? 너도 저 빛을 원하잖아. 너도 같이 걸었잖아. 네가 이런 말을 하면 안 되지." 나는 그에게 버럭버럭 소리쳤다. 나와 그의 얼굴은 점점 일그러진다. "그래 나 같은 놈이 이런 말 하면 안 되는 건 알고 있지. 하지만 난 이제 슬슬 지친단 말이야." 나와 그는 더 이상 아무 말도 주고받지 않았다. 그저 따닥따닥 소리를 내며 장작을 집어 삼키고 있는 모닥불의 빛만 가만히 쳐다보았다. 그 순간, 모닥불이 점점 사그라든다. "어? 어? 이거 보여? 응? 이거 모닥불이 꺼지고 있어!" 왜 갑자기 이런 일이 일어났는지는 잘 모르겠지만, 꽤 씸하게 생각하고 있던 모닥불이 꺼져 버리다니. 나는 신나서 외친다. 주변에 있는 사람들이 나를 이상하게 쳐다보지만 그게 무슨 대수인가. "봐, 이거 꺼지는 거 봐. 이거야말로 가짜 빛이지. 내 빛은 언제나 꺼진 적이 없단 말이지. 이봐요! 콧수염 씨! 이것 좀 보시죠!" 내가 목이 나가도록 콧수염을 부른다. 어디에 있었던 건지 콧수염은 말이 끝나기 무섭게 내 곁으로 달려온다. "무슨 일이시죠? 아까랑 다르게 엄청 신나셨네요?" "이거 봐요, 여기 좀 다 둘러봐요. 불이 꺼지고 있잖습니까, 예? 손전등 없이는 보이지도 않네요? 이게 당신이 말하는 따뜻한 빛입니까?" 나는 손전등을 콧수염의 얼굴에다 비추면서 침이 튀기도록 그에게 따져 댄다. 그의 시무룩한 얼굴을 볼 생각을 하니 더욱더 기분이 좋아지는 것만 같다. "저…… 무슨 말씀을 하시는지 잘 모르겠네요." 콧수염은 이해가 되지 않는다는 표정을 또 지으면서 내 눈을 똑바로 쳐다본다. "불은 여기 잘 있잖습니까." 콧수염은 다 꺼져 버려 재밖에 남지 않은 모닥불을 가리키며 말했다. "그리고 사람 얼굴에 손전등 좀 비추지 마시죠." 콧수염은 오히려 나에게 따진다. "무슨 소리죠? 여기 분명히 죄다 불이 꺼졌건만 당신 단단히 미친 거 아닙니까?" 나도 물러서지 않고 따진다. 나는 손을 휘휘 저어 대며 꺼져 버린 모닥불들을 가리킨다. "도대체 무슨 소리를 하는 거야. 불은 멀쩡해." 그가 나에게 말한다. 그 역시 나에게 이상하다는 눈초리를 보내고 있다. 계속 이 둘의 눈을 쳐다보다가는 머리가 이상해질 것 같아 고개를 돌린다. "내 눈만 이상하게 보이는 겁니까? 난 이렇게 어두운데 왜 거짓말을 하시는 거죠? 지금까지 믿고 있던 구석이 사라져 맛이라도 가신 건가요? 현실을 받아들이세요! 그리고 너, 너도 뭔 소리를 하는 거야, 너도 정신이라도 나갔냐?" 내가 다시 따진다. "현실을 부정하는 것은 당신 아닙니까? 여기 분명 밝게 타오르고 있는 빛이 얼마나 되는데 여기가 어둡다고요? 당신이야말로 정말 머리가 이상해지신 거 아닙니까? 갑자기 나타나서 호의를 좀 베풀어 줬건만 여기 있는 모든 사람들의 빛을 무시해요? 나가시죠. 여기서 나가세요. 여기는 이제 당신이 있을 곳이 아닙니다. 다른 사람들이 불편해하지 않습니까." 콧수염의 얼굴이 일그러지더니 우리에게 호통을 친다. "예, 안 그래도 떠나려고 했습니다. 저는 진짜 빛이 보이거든요. 가자." 내가 머뭇거리고 있는 그에게 가자고 손짓을 한다. 그는 잠시 사람들을 쳐다보고서는 씁쓸한 표정으로 나를 따라온다. 이윽고 콧수염과 그의 사람들마저 어둠 속 깊은 곳으로 사라져 더 이상 보이지 않게 된다. "저것들 곧 후회하게 될 거야. 내 빛이야말로 진짜 빛이지." 내가 나지막이 말한다. "난 모르겠다." 그가 뒤에서 덧붙인다. "나…… 난 그냥 네가 입 좀 다물고 있으면 좋겠어. 왜 자꾸 내 생각에 초를 치는 거야." 나는 갑자기 들려오는 말에 흥분하여 말까지 더듬어 가며 그의 면전에 대고 소리친다. "그게 그렇게 화낼 일이야?" "이게화를 안 낼 일이야? 왜 계속 내 희망에 의심을 만들어, 왜?" 내가흥분해서 소리친다. "너도 빛 때문에 걷는 거라면서 너도 빛을 보고 싶다면서, 어? 넌 지금 이 상황이 간절하지 않나 봐?" "시간이너무 지났어. 이제는 가까워지고 있다는 느낌도 희미해져 가. 봐,저 멀리서 빛나고 있는 빛 좀 봐. 아직도 멀리 있잖아. 우리가 얼마나 걸었는데. 너도 사실 알고 있잖아. 이대로 가면 빛에는 닿을수 없어."

그를 처음 만났을 때를 다시 회상해 본다. 나는 어둠에 익숙하지 않아 길 잃음 속에서 헤매고 있었고, 우연인 걸까 필연인 걸까나의 생각마저 흐리게 하는 그 어둠 속에서 그와 만났다. 나는 유일하게 보이는 빛을 향해 걷고 있다고, 저 빛에 혹시라도 희망이있지 않을까 해서 걷고 있다고 말했고, 그는 자신도 목적지가 같으니 같이 걸으면 좋겠다고 말했다. 먼 여정에는 걸어온 길들을추억할 수 있는 거리가 있으면 좋다 하지 않았는가. 하지만 날이갈수록 빛에는 닿지 못했고 네가 처음으로 이런 말을 꺼냈다. 그만하자고. 나는 그가 뭔 생각을 하나 싶어 그에게 무슨 소리를 하냐고 물었고 그는 대답도 없이 고개만 떨구고 있었다. "너무 힘들어. 난 더 걷고 싶지 않아. 마음이 꺾여 버린 것만 같다." "조금만 힘내자. 노력이 우리를 배신할 리가 없잖아. 저 앞을 봐. 빛은 아직도 우리를 향해 빛나고 있잖아." 나는 그를 격려하려고 했다. 사실 그때 그를 놔두고 나 혼자 걸어갈 수도 있었다. 하지만 나의 괜한 연심일까, 아니면 뭔가 켕기는 것이라도 있어서일까는 모르겠지만 나는 차마 그를 포기할 수 없었고, 이렇게, 이렇게, 그를 강제로라도 걷게 만들고 있다. 그가 하는 불평들은 날이 갈수록 심해졌고 그의 모습도 날이 가면 갈수록 처음 만났을 때의 활기찬 모습과는 달리 점점 초췌해져만 갔다. 나와 그와 뭔가 연결된 것마냥 나도 그의 모습에 점점 동화되어 가고 그것들은 점점 불안함과 분함으로 바뀌어 나의 마음에 차곡차곡 쌓여 갔다. 원망스러웠다. 뭐가 그리 원망스러운지는 잘 모르겠다. 그가 하는 푸념들이 너무 나를 화나게 한 것일까. 아니면 닿지도 않는데 환하게 나를 매혹하는 저 빛이 나를 화나게 한 것일까. 그 원망은 가장 가까이에 있던 그에게 쏟아 내는 지경에 이르렀고 나는 참을 수 없다. 회상을 마친다. 나는 그를 노려본다. 마음에 들지 않는다. "그래 그만해. 그만하라고." 나는 그에게 말한다. "뭐?" "희미하다면서. 포기하고 싶다면서. 포기하면 편해지겠네." "그건 맞지만……." "나는 포기 안 할 거야. 너만 여기서 푹 썩고 있어. 나는 계속 걸을 거야." "무슨 소리야, 그게." 그가 난처하다는 표정을 짓고는 내 팔을 붙잡는다. "난 이제 질렸다. 네가 하는 푸념들이 내 신념을 망가뜨리려 해. 너를 이해해 보려고도 했다. 왠지 네가 없으면 마음에 족쇄라도 박힌 듯이 옴짝달싹할 수가 없었어. 그래서 나는 너를 그냥 놔 버리려고. 처음부터 그랬어야 했는데." "헛소리 그만해, 내가 멈추더라도 너랑 같이 멈춰." 그가 팔을 붙잡고는 놓지 않으려고 한다. 생각보다 힘이 강해 쉽게 뿌리칠 수 없다. "나는 너랑 같아. 넌 나 없으면 아무것도 아니야. 멈추더라도 나랑 같이 멈춰. 넌 못 가." 그가 역정을 낸다. "그만 좀 해. 너야말로 아무것도 아니야. 이제 좀 그만 떨어지란 말이야!" 내가 그의 얼굴을 잡고 강하게 밀어낸다. 내 머릿속에서 훼방을 놓는 그가 사라지길 빌었다. 내 몸을 붙잡고 놔주질 않으려 했던 그를 뿌리친다. 그가 사라진다. 어둠 속으로 사라진다. 소리 하나 내지 않고 그는 나의 시야에서 사라진다. 사라졌다. 그는 완전히 없어졌다. 없애 버렸다. 마음에 족쇄가 풀린 듯 덜컥하는 느낌이 난다. 이내 그 느낌은 후련함으로 바뀌며 내 시야를 맑게 만든다. 멀리 빛을 본다. 빛이 더욱더 가까워졌다. 더욱 밝게 빛난다. 내 빛은 진짜임에 틀림없다. 방해꾼도 사라졌다. 나는 서둘러 걸음을 옮긴다. 나의 길로 걸음을 옮긴다.

　나보고 자기 편한 대로만 바라보는 사람이라고 얘기했다. 누가 그랬는지는 잘 모르겠는데, 언젠가 들은 말은 확실하다. 내가 그 사람한테 나는 그런 사람이 아니라고 했다. 뭐라고? 아니라고? 네 행동을 보면 누가 봐도 너는 그런 사람이라고. 자기 목표는 누구보다도 중요하게 여기고 남들이 존중해 주기를 바라는 놈. 나는 생각했다. 나한테 이런 말을 하는 이유가 뭔가. 나를 그저 까 내리고 싶어서인가? 나는 누구보다도 나에게 충실한 사람이다. 나는 내 빛이 뭔지 알고 있다. 그 빛을 향해 열심히 걸어가는 나의 행동이 잘못된 것인가? 아니라고 생각한다. 오히려 다른 사람들이 나에게 빛을 맹신하지 말라고 경고하는 것이 더욱더 하면 안 되는 짓이다. 나는 걸어간다. 나의 길로. 당신들은 아무 노력도 하지 않거나 조그마한 빛에 만족해 버리지 않는가. 내 길은 멋진 희망을 향한 길인데, 그래서 더욱 노력하는 것뿐이고. 그 노력에 뭐라 거드는 사람에게 따끔하게 한 소리 한 것뿐이다. 나는 어둠 속에서 살고 싶지 않다. 그렇다고 꺼져 갈 듯한 작은 빛 속에서 자신의 처지에 안주하고 싶지도 않다. 다른 사람들이 나보고 불나방이라 해도 상관없다. 나도 알고 있다. 나는 내 길을 걸어간다. 그게 불나방이다. 뭐라고? 헛된 꿈 좀 품지 말라고? 웃기는 소리다.

확실히 진전이 있다. 날개를 펴고 달리니 더욱더 빨리 빛에 도착하는 기분이 든다. 날개가 지금까지 달려 있었나? 애초에 사람한테 날개가 달려 있다고 생각해 본 적은 없었지만, 그건 솔직히 말해서 신경 쓸 이유가 없다. 나의 길에 더욱더 빠르게 도착할 수만 있다면 뭐든 좋은 방법임에 틀림이 없으니. 나는 빠르게 활강한다. 얼마나 더 지났을까, 빛이 더욱 커진 모습으로 주위를 비춘다. 더욱더 밝은 빛을 선사해 주는 나의 희망을 바라본다. 그런데 그 옆에 풍경을 방해하는 무언가가 있다. 잘 보니 커다란 망원경이다. 그 망원경은 어리석게도 환하게 빛나는 빛을 향하는 것이 아닌 시커먼 칠흑 같은 하늘을 향해 우뚝 서 있다. 나는 그 망원경의 주인이 누굴까 문득 궁금해져서 찾아가 보기로 한다. 그곳에는 누더기를 뒤집어쓴 한 사내가 망원경을 보면서 노래를 흥얼거리고 있었다. 이내 그는 내가 다가왔다는 사실을 깨닫고 나를 가만히 바라본다. "참 신기하게 생겼네." 사내가 말한다. "뭐가 말이죠?" 내가 그의 환한 미소를 무표정으로 맞받아치며 말했다. "사람인데 날개가 달리고 더듬이가 있잖아. 아, 진짜 웃기게 생겼어." "무슨 소리를 하시는지 모르겠네요. 저는 멀쩡합니다." 나는 기분 나쁘다는 말투로 그에게 쏘아붙인다. "그렇구나, 나방 친구." 사내가 나를 나방 친구라 부르며 친근함을 표했다. 조금 이상한 기분이 들었지만 그러려니 했다. "그래서 지금 뭘 하시는 거죠? 망원경을 펼쳐 놓고선." 내가 사내에게 묻는다. "나는 빛을 보고 있단다. 나는 수많은 빛을 보는 것을 좋아해. 너도 빛을 보는 걸 좋아하니?" 사내가 고개를 옆으로 한번 까닥인다. 나는 위아래로 고개를 흔든다. "빛은 언제나 우리에게 아름다운 것들을 보여 주지. 빛이 있으면 새파란 하늘도 볼 수 있고 사랑하는 사람들의 얼굴도 볼 수 있으니까. 그래서 나는 빛이 좋아." "하지만 당신은 이상한 곳을 향해 망원경을 설치해 놨군요." 내가 사내에게 말한다. 사내는 잠시 생각을 하는 듯 눈썹을 꿈틀거렸다. "무슨 말이야?" "당신도 설마 저기에서 커다랗게 빛나는 빛을 없다고 하실 겁니까? 분명 저기에는 밝은 빛이 있는데 당신은 왜 하늘을 향해 망원경을 설치하신 거죠?" 내가 묻는다. "내가 찾는 빛은 거기에 없으니까. 나는 다른 곳을 보는 거야." "또 그 소리네. 지난번부터 왜 자꾸 나한테 망할 가짜 빛 타령하는 사람들이 많은 거죠? 당신도 제 빛이 없다고 부정할 건가요? 예?" 나는 화를 냈다. 만나는 사람마다 내 빛이 가짜라고 떠들어 대거나 포기하라는 말을 들었으니 지칠 만도 했다. 따지고 싶었다. 누구에게라도 따지고 싶었다. 몸뚱어리는 비명 속에 묻혔고 콧수염은 꺼져 가는 작은 불씨들 사이에서 사라졌다. 내 옆의 그는 어둠 속에 묻힌 채로 어디론가 사라져 버렸다. 더 이상 하소연할 사람이 없다. 나는 분명 내가 원하는, 옳다고 생각하는 빛을 향해 날아가고 있을 뿐인데 같이 걸어가 주는 것도 안 해 줄망정 왜 이렇게 나를 못살게 구는지, 억울했다. 나는 사내에게 소리쳤다. "뭐가 그리 화가 나? 나는 네 빛이 없다고는 말 안 했다?" 사내가 어이없다는 듯이 나에게 말한다. "너도 어차피 내 빛은 신경 하나 안 쓰고 있으면서 왜 나한테 네 빛을 보라고 난리야?" "나는 바빠, 나방 친구, 네가 생각하는 것보다 더 바쁘단 말이야. 네 빛이 보이고 말고는 너랑 비슷하게도 신경 쓸 이유가 없어. 난 계속 내 빛을 봐야 해. 그것만으로도 나는 충분히 바빠." "지금 내 빛을 무시하겠다, 이거군." 내가 그에게 쏘아붙인다. "신경을 안 쓰는 것뿐이야. 도대체 화내는 이유가 뭐야? 내가 네 부모도 아닌데 네 빛 좀 신경 안 써 줬다고 이런 난리를 피우는 거야?" "나는 적어도 빛에 도달하려고 노력이라고 하고 있잖아. 당신은 하는 게 뭐지? 망원경으로 시키면 하늘이나 쳐다보기? 그게 의미가 있나? 노력도 안 하고 바라만 보는 빛은 의미가 없는 거야. 그건 존재 가치가 없지. 나는 어떤 줄 알아? 내 빛은 나를 향해 점점 커지고 있어. 내가 거의 다 왔다는 뜻이야. 내 빛은 그 누구의 빛보다도 확실한 길이야. 네가 무시할 거리가 아니란 말이야." 내가 말한다. "넌 진짜로 삐뚤어져 있구나, 나방 친구. 남 생각은 하나도 안 하고 자기 생각만 밀어붙여. 그러면서 네 빛은 존중받길 원하고 있어. 심지어 네 빛에 대해서 신중하지도 않아서 그게 너한테 길이 되어 줄지 아니면 너를 완전히 불태우고 갉아내 버릴 빛인지 신경도 안 쓰고 있잖아. 나는 신중한 거야. 적어도 어떤 빛이 나에게 알맞을지 보고 있는 것뿐이야." "나한테 보이는 빛은 단 한가지뿐이었어. 그것밖에 없었어." "그냥 그건 네 편협한 시선이었을지도 몰라. 너도 네가 어떤 빛을 원하는지 제대로 인식도 못하고 있었던 걸지도 모르지." "당신이 계속 그렇게 말한다면 나는 떠나겠어." "마음대로 해. 나는 계속 여기서 빛을 봐야 해." "나는 빛에 언젠가 도달하겠지. 당신은 평생 그렇게 고르기만 하다가 살아. 그 하늘에 있는 빛까지는 어떻게 도달하겠다는 건지는 모르겠지만. 한심한 놈." 사내는 완전히 내 말을 무시해 버리고는 망원경의 초점을 맞추기 시작한다. 나는 그를 잠깐 응시했다가 빛을 향해 걸어간다. 안 좋은 마음이 내 몸을 감싸는 기분이다. 그 기분을 털어 내려 눈을 게슴츠레 뜨고 얼굴을 마구 비벼 댔다. 얼굴이 찢어질 것 같았다. 한숨을 내쉬었다. 내 옆에 있던 그의 말들이 떠올라 머리를 휘휘 저어 댔다. 다시 걸음을 옮긴다.

빛은 언제나 내 곁에 있었고 나는 선택할 수 있었다. 빛은 여러 종류였으니. 시간이 지나면서 그 여러 가지의 빛들은 점차 작아지기 시작하더니 어둠이 찾아오며 그들은 내 곁을 떠나려 들었다. 하나라도 붙잡아 보려고 했는데 내 까다로운 취향에 정확히 들어맞는 빛은 찾기 힘들었나 보다. 하나 선택했다. 내 마음에 드는 빛, 내 마음에 드는 길이다. 아직 이 길을 어떻게 걸어가야 할지도 모르겠는데 그러면 또 어떤가, 열심히 걸어가다 보면 언젠가는 도착할 것 아닌가. 그래서 걸었다. 시간이 지나고 얼마나 지났는지도 모르게 되었을 즈음, 사람들은 말하기 시작했고, 나는 애써 뿌리치고, 그들에게 한 소리 하고, 마음을 다잡고. 나는 믿고 있으니까. 언젠가는 그 빛에 도착한다면 모두가 부러워하는 그런 희망을 움켜쥘 수 있을 테니까. 나는 멋진 빛, 멋진 길을 원한다. 멋진 것인 만큼 그것을 쟁취하는 것이 어렵다는 것을 알지만, 그만큼 어떻게든 해 보면 되지 않을까. 그만 좀 망상하고 꿈 좀 깨라고? 웃기는 소리 아닌가.

이제는 빛이 코앞에 있다고 해도 될 만큼 커졌다. 그러나 전에 들었던 말들이 겹쳐지면서 머리가 아파 오기 시작하는 바람에 마저 걸을 생각도 하지 않고 멍한 표정으로 그 빛을 쳐다보고만 있었다. 그때 내 앞쪽에서 누군가가 다가온다. 나방 머리를 하고 날개가 달린 누군가가 나에게 다가온다. 또 기분 나쁜 만남을 할까 두려웠던 나는 그 나방의 얼굴을 한참 동안 쳐다본다. 그다. 모습이 완전히 뒤바뀌어 외형은 딴판이었지만 그럭저럭 살펴보다 보면 그였다는 것이 확실했다. "너야?" 내가 묻는다. 그는 아무 말도 하지 않는다. "너냐고 물었잖아." 역시 대답이 없다. "왜 다시 나타난 거야? 이번에도 나보고 가지 말라고 할 거야?" 내가 언성을 높이면서 말한다. 대답이 없다. 그는 그저 커다란 날개를 퍼덕거리고만 있다. "비켜, 이제 여정에 종지부를 찍어야지." 내가 말한다. 그는 내가 마저 걸어갈 수 있게 옆으로 길을 터 준다. "그래 이제야 좀 마음에 드는 행동을 하네." 내가 그에게 말한다. 대답은 없다. 그를 뒤에 제쳐 두고 빛 쪽으로 걷는다. 따뜻한 느낌이 나를 감싸 오기 시작했다. 문득 그의 얼굴이라도 다시 볼까 하는 마음이 들어 뒤를 돌아본다. 그는 아직 나를 바라보고 있다. "나한테 할 말 있어?" 내가 묻는다. 아무 말도 하지 않는다. 서로 바라보기만 한다. 그가 날개를 퍼덕거린다. "나 이제 들어갈 거야. 막으려면 지금뿐이야." "들어가. 네가 원하는 거잖아." 그가 입을 뗀다. "그래, 그러려고 했어." 내가 걸음을 옮긴다. 혹시나 하는 마음에 다시 뒤를 돌아봤는데 그는 없다. 이상한 마음이 들었다. 나는 다시 빛을 쳐다본다. 나의 빛은 어둠과 함께 찾아왔다. 지금은 그 어둠은 보이지 않을 정도로 커졌다. 빛난다. 나를 끌어들인다. 나는 홀린 듯 그 빛을 만지려고 했다. 그 빛 속으로 들어간다. 밝은 빛이 내 몸을 완전히 감쌌고 그 빛은 내 몸 사이사이로 불타는 느낌을 집어넣는다. 환하다. 주위가 너무나 환하다. 기쁘다. 말로 형용할 수 없는 기쁜 마음이 내 마음속을 집어 삼키고 나는 눈물을 흘려 댄다. 내가 해냈지 않은가. 내가 내 희망에 도달했다. 어느새 그가 내 옆으로 다가와 있었다. 뭐라고 말한다. 뭐라고? 꿈 깨라고?

눈을 뜬다. 시커먼 어둠뿐이다. 나는 눈을 비비적거린다. "충분히 쉬었나 봐?" 그가 말한다. 아무 말도 하지 않는다. "다시 걸을 거지?" 그가 저 멀리를 가리키며 말한다. 어둠 말고는 아무것도 없다. "어? 어 그래야지." 나는 얼떨결에 대답한다. 다시 걷기 시작한다. 아무 말도 하지 않는다. 손전등에만 의지해서 어디로 가고 있는지도 모른 채 걷는다. "발밑 조심해." 그가 나한테 경고한다. "뭐라고?" 그에게 되묻는다. "발밑 조심하라고. 유리병 굴러다니잖아." 그가 손전등을 바닥에 대고 이리저리 비추며 투덜댄다. 손전등을 주위에 비춰 댄다. 몸뚱어리가 말한다. "내가 말했잖아. 그건 가짜야. 넌 못 가." 그도 말한다. "시간이 너무 지났어. 그만하자. 포기하자. 다른 걸 찾아봐." 내 몸을 살펴본다. 날개가 짓이겨져 있다. 어느새 다리도 못 쓰게 되었다. "그래. 그만하자." 내가 말한다. "듣기 좋은 말이네." 손전등을 모조리 모아 바닥에 꽂아 버린다. 손전등들이 빛을 내고 있다. 나는 그 빛을 향해 머리를 연신 박아 댄다. 나는 빛으로 계속 몸을 던진다. 전보단 낫다. 차라리 이건 지금 당장 붙잡아 둘 수는 있으니.

네가 알지 못하는 기적

영훈고등학교 1
박지윤

어떤 여름이 있었다. 언제나 일정한 간격으로 반복되던 날씨들이 제때를 잊어버린 듯한 그런 여름이. 어느 적도 부근의 나라에는 서리가 내렸다. 몇 세기를 걸쳐 쌓아 온 인간의 업보였다. 언론은 전 세계 각지에서 일어나는 이상기후에 대해 보도하느라 떠들썩했다. 마치 언제고 인간에게 축복을 약속하던 지구가 더 이상 인간에게 자비롭지 않기로 다짐한 것처럼 말이다. 사람들은 그제야 깨달았다. 이미 모래시계는 깨어졌다는 것을. 흘러나오는 모래 알들을 주워 담기에 우린 너무나 늦어 버렸다는 걸. 시계의 몸체가 비어 가는 걸 우린 그저 지켜볼 수밖에 없다는 것을.

누군가가 지구 외의 다른 터전을 찾아야 한다고 말했고, 누군가가 동의했다. 아예 불가능한 일은 아니었다. 이미 많은 이들은 예상하던 일이었으니까. 사람들은 오랜 논의 끝에 겨우 적당한 행성을 찾았다. '두 번째 지구'로 일컬어진 그곳은 물의 존재 유무, 기온과 대기, 모든 것이 적당했고, 수많은 이들이 천문학적인 비용을 들여 이주 계획을 세웠다. 그러는 사이 지구는 더욱 망가져만 갔음에도 불구하고, 사람들의 관심은 이주 계획에만 쏠려 있었다. 설령 당도한 그곳이 낙원이라 한들, 분명 모두를 수용할 수 없음을, 결국 어떤 이들은 이곳에서 계속 살아가야 함을 그들은 정말 몰랐을까.

나의 증조부이기도 한 임준우는 당시 촉망받는 지질학자였고, 그 덕에 이주 계획에 동참하게 된 운 좋은 연구자였으며, 지구가 비교적 온전하던 시절, 그 대지를 밟고 누리던 마지막 세대였다. 평생 떠날 리 없다고 생각했던 행성이, 점차 희미한 점으로 멀어질 때 그는 어떤 생각을 했을까. 이제는 알 수 없게 되어 버린 일이다, 전부. 그는 이주한 뒤 제법 그런대로 평탄한 삶을 살았던 모양이다. 함께 지구를 떠나왔던 그의 아내, 즉 나의 증조모와의 사이에서 내 조부를 낳았고, 평생 동안 쌓은 재산과 명성으로 나름 여유로운 말년을 보냈다. 그는 죽기 전에 아주 잠시라도, 자신이 젊은 시절 버려두고 온 지구와 그곳에 남겨진 이들에 대해 생각했을까. 이제는 아무래도 상관없는 일이다.

그가 그의 생에서 마지막으로 남긴 말은 그것이었다. 이보다 완벽한 인생이란 존재할 수 없을 것이라고. 그의 아들, 즉 나의 조부였던 이는 그를 그렇게 정의했다. 평생을 학자와 연구자로 살아왔으면서, 자신의 근원이기도 한 그 행성에는 무지했던 사람이라고. 할아버지는 그가 세상을 떠나기 무섭게 재산의 대부분을 처분했다. 어쩌면 당연한 일이었을 것이다. 부친의 명성이 그에게는 치부였을 테니까. 결코 씻어질 리 없는 원죄(原罪)였을 테니까. 그리고 시의 외곽으로 떠났다. 모든 것을 버린 채. 그는 그곳에서 일평생을 살아간다. 일찍이 죽은 아들을 대신해 손녀들, 한 살 터울의 나와 언니를 키웠으며, 또한 그는 두 번째 지구에서 가장 위험 부담이 크고, 그 때문에 시의 외곽으로 밀려난 사람들이 주로 도

맡던, 그렇기에 천시당하던 일을 했다. 아직 인간의 손이 닿지 않은 구역을 탐사하고, 본격적으로 학자들의 손이 닿기 전에 그 땅을 개척하는 일을.

내가 기억하는 그는 자신의 일에 대해 나름의 자부심을 가지고 있었던 것 같다. 오래전, 나와 언니가 잠들지 못하는 밤이면 그는 거주 구역 바깥에 무엇이 있는지에 대해, 아주 오래전 이 땅에 생명체가 존재했을 거란 증거, 이를테면 물이 흐른 흔적 같은 것들에 대해 이야기했다. 혹은 자신조차 밟지 못했던, 어른들에게 전해 들은 게 전부일 첫 번째 지구에 대해 이야기했다. 그 이야기를 할 때마다, 그는 이렇게 덧붙였다. 그들은 어떻게 되었나. 우리에게 떠나올 자격이란 게 과연 존재했을까. 그 말이 무엇을 의미하는지 나와 언니는 알지 못했고, 그렇기에 그도 그런 회한 섞인 말을 할 수 있었을 것이다. 그럴 것이다.

언니는 성년이 되자마자, 할아버지처럼 탐사자가 되어 떠났다. 거주 구역 바깥의 미지로. 그런 생각을 했다. 어릴 적 할아버지를 통해 침대에서 들었던 그 이야기들이, 분명 언니의 삶에서 알게 모르게 어떤 작용을 했을 거라고. 그녀가 기억하지 못하고 알아차리지 못하는 동안에도 언제고 그녀의 영혼 어딘가에 새겨진 채로, 아무도 알지 못하는 곳을 향한 지도가 되어 주었으리라. 임지한. 그녀가 탐사복에 새겨진 자신의 이름 세 글자를 보고 조용히 미소 지을 때면, 나도 그녀를 따라 웃었다. 그리고 어릴 적 할아버지가 그랬던 것처럼, 거주 구역 바깥에서 무엇을 보았는지에 대해 이야기했다. "세계는 온통 네가 알지 못하는 기적으로 가득 차 있어. 언젠가 너도 분명 확인하게 될 거고." "난 탐사자가 되지 않을 텐데도?" "그래, 너라면 아마 그럴 거야. 그래도 너는 어떤 방식으로든 알게 될 거고." 그녀가 어째선지 확신으로 찬 눈을 하고 희미하게 웃었다. 그 얼굴을 차마 잊을 수가 없었다. 빛이 아무리 바래도 끝내 버리지 못할 기억이었다.

언니는 탐사자가 된 지 1년 만에 죽었다. 내가 성인이 되던 바로 그해에. 시에서 운영하던 관광 프로그램이 있었다. 시에 일정한 기부금을 내면, 거주 구역 바깥의 절벽 지대를 견학하는 프로그램이었다. 결코 낮다고는 할 수 없을 금액이었지만, 일반인이 거주 구역을 벗어날 기회는 흔치 않았기 때문에 고위 지도부나 재력가, 혹은 그 자녀들에게 인기가 많았다. 그날 우연히 관광객들이 언니가 있던 절벽 지대에 방문했고, 그중 한 소년이 아래를 향해 굴러 떨어졌고, 그를 구하려던 관광객 하나와 탐사자 둘도 저 아래를 향해 떨어지는 사고가 발생했다. 다행히 절벽과 바다 사이 몇 개의 언덕이 있었기 때문에, 그들은 중상자는 있을지 몰라도 사망자는 없어 보였다. 함께 있던 동료의 말에 따르면, 언니는 조금도 망설이지 않고 그들의 상태를 살피러 내려갔다고 했다. 단지 거주 구역의 외곽 지대에 살며, 모두가 위험을 이유로 기피하는 일을 한다는 이유만으로, 자신과 동료들을 무시하던 그들을 단지 그곳에 그들이 있었다는 이유만으로 구하러 내려갔다고, 그가 말해 주었다. 그 동료를 제외하고는 그날 그 장소에서 살아남은 유일한 생존자는 소년 한 명이었다. 절벽이 워낙 가팔랐고, 관광객 셋과 탐사대원 셋을 모두 구조하기에는 물자와 인력이 부족했기에, 절벽 위에 남아 있던 탐사대원과 관광객들이 우선 가장 먼저 떨어졌던 소년을 먼저 구조한 뒤, 도움을 요청하러 전파조차 잡히지 않는 그 지역을 떠났다가 다시 돌아왔을 때, 좁고 가파른 암석에서 버티던 나머지 사람들은 그보다 한참 밑의 언덕에서 발견되었고, 그들은 살아서 돌아오지 못했다.

그날 언니와 함께 그곳에 남겨진 이들은 총 네 명이 더 있었다. 언니를 포함하면 다섯 명. 그런데도 애도 받는 건, 기억되는 건 둘뿐이었다. 언니와 다른 탐사대원 한 명의 이름은 지역 신문의 한 귀퉁이에서야 가까스로 찾을 수 있었다. 기적처럼 살아남은 소년과 그 아이를 위해 생을 내어준 두 관광객. 사람들이 안타까워한건 바로 그들이었다. 두 관광객 중 한 명은 시에서 촉망받던 연구자들이었고 그건 사람들을 애도케 하기에 충분했다. 그들에게 탐사대원의 죽음은 먼 세계에서 일어나는 어쩔 수 없는 사고였다. 두 연구자의 죽음도 나는 안타깝다고 생각했다. 어찌 됐든 간에, 그들 또한 구조되지 못하고 죽어 간 시민이었으며 애도 받아 마땅했다.

그런 사고가 존재하지 않았다면, 우리가 다른 날에 다른 곳에서 만났다면, 나는 그들을 제법 좋은 사람이라고 생각했을지도 몰랐다. 그들의 생이 그곳에서 끝나지만 않았더라면. 그들의 죽음이 안타깝다고 생각한 건 나도 마찬가지였다. 설령 그렇다 해도, 나는 기억되지 못하는 언니의 죽음이 더 안타까웠다. 어떤 애도도 없이, 어떤 마음도 받지 못한 채 떠난 언니와 동료를 생각하면 마음의 어딘가가 계속 어수선했다.

사람들은 그 소년의 생존을 기적이라 말했다. 언니도 내게는 기적이었다. 다른 탐사대원도 누군가에게는 다시없을 기적이었겠지. 세상이 일흔일곱 번 소멸과 탄생을 반복해도 돌아오지 못할 기적이었겠지. 나는 그 모든 일이 애초에 존재조차 하지 않았던 것처럼 지냈다. 할아버지도 마찬가지였다. 단지 달라진 점이 있었다면, 할아버지가 다시는 거주 구역 바깥에 대해 이야기하지 않았다는 점이다. 어쩌면 그 또한 그렇게 생각했을까. 어린 시절 그가 이야기하던 미지의 광야에 대한 것들이 언니의 안에서 어떤 지도가 되어 주었다고. 그리하여 그녀가 그곳으로 떠날 수밖에 없게 하는 어떤 것이 되어 주었다고. 그렇게 믿었을까.

간혹 어떤 날은 해가 질 때까지 일부러 도시를 헤맸다. 그렇게라도 하지 않으면 도저히 이 별에서 견딜 수 없을 것 같았다. 한 사람의 존재는 어떤 기적과도 같다는 말을 이 도시에서 귀에 못이 박히도록 들었다. 그런데도 불구하고 수많은 기적들이 아무도 알지 못하는 곳에서 스러져 가고 있다는 사실이, 세상을 사랑할 수 없게 했다. 어쩌면 그랬을지도 모른다고 생각한다. 존재할 리 없는 목적지를 찾아 헤매던 시간들이 떠나온 적도 없는 첫 번째 지구에 대해 상상하게 만들었을지도 모른다고. 할아버지는 언제고 돌아가야 한다고 말했다. 그게 언제가 될지는 모르겠지만, 어쩐지 그런 마음이 든다고. 나는 그 마음들이 그의 부친으로부터 온 일종의 죄책감이었으리라고 어렴풋이 짐작하고 있었다. 그런데 어쩌면 그 마음의 일부분은 다른 곳에서 왔을지도 모른다는 생각이 들었다. 어떤 이유로 인해 세상으로부터 떨어져 나온 이들은 어딘가에 존재할지도 모르는 자신의 근원을 찾아 세상을 헤매는 운명이라는 것을 나는 알고 있었다. 그는 그래서 탐사자가 되었던 것일지도 모른다. 그 무엇 때문에 당신은 자신도 알지 못하는 무언가를 평생토록 찾아 헤맸을까. 그리고 그제야 나는 짐작할 수 있었다. 나도 당신과 같은 운명을 가졌다는 걸. 나 또한 어딘지도 모를 근원을 찾아 헤메리라는 걸. 그날이었다. 내가 첫 번째 지구로, 한 번도 떠나온 적 없는 고향으로 돌아가야겠다고 처음 마음먹은 것은.

시에서 운영하는 두 지구 사이의 왕복선은 드물게 있었고, 그마저도 간간히 그곳을 방문하곤 하는 연구원과 지도부의 인사들이 자주 이용하는 수단이었으며, 민간인에게 기회가 돌아오는 일은 더욱이 없었기에, 조금 덜 안전하더라도 첫 번째 지구의 환경 정화, 생태계 회복 등을 이유로 간간히 그곳을 방문하던 민간단체에 탑승에 따르는 일정 비용을 제공하고, 의탁하는 편이 나았다. 그들의 목적은 대체로 비슷했다. 인류의 기원이기도 한 저 행성을 포기할 수 없다고. 아무리 깨어지고 부서져도 여전히 저곳에 살아가는 이들이 있다면서. 이상하리만치 선한 사람들은 어디에나 있었다. 마치 언젠가의 절벽 위에 서 있던 당신처럼. 자신과 타인이 어떠한 이유로든 연결되어 있다고 믿는 사람들이.

그 민간단체의 이름은 지오(geo)라고 했다. 지구 혹은 토양, 대지를 의미하는 단어였다. 크게 의미를 두고 생각하진 않았다. 내 이름과 음절은 같을지라도 뜻은 다른 말이었으니까. 이 단체를 선택한 것은 그저 탑승에 따르는 비용이 저렴했기 때문이었으니까. 왕복선이 떠나던 날, 단체에서 선체를 관리하는 일을 맡던 이들은 하나같이 행운을 빈다며 짧게 인사했다. 이상할 것 없는 인사말이었다. 아무리 철저히 왕복선을 관리한다고 해도 공영 왕복선에 비해서는 안전도가 떨어질 수밖에 없었으니까. 나는 어쩌면 마지막이 될 행성의 정경을 바라보았다. 분명 이곳에 애정을 가진 적은 없다고 생각했는데, 막상 떠나려니 어쩐지 어색한 마음이었다. 비록 사랑할 순 없어도 미워할 수도 없던 곳이었다. 떠나기 전날, 할아버지가 말했다. 따라가라고, 끝내 붙잡을 수밖에 없는 것들을 따라가라고 했다. 담담히, 그 어떤 감정도 회한도 섞이지 않은 눈으로 말했다. 너는 탐사자의 운명을 가졌다고, 그러니 네가 원하는 어디로든 떠나라고 했다. 언니가 그렇게 된 이후로 탐사에 관한 이야기는 결코 꺼낸 적도 없던 그였다. 왕복선의 창 바깥으로 점점 멀어져 가는 두 번째 지구를 바라보면서 나는 조용히 어떤 이름을 입안에 굴려 보았다. 임지한. 그리고 중얼거렸다. 당신도 참, 탐사자라니. 언젠가 언니에게 했던 말이 있었다. 그녀가 탐사에서 돌아온 뒤, 내게 세계는 기적으로 가득하다고 말했고 나는 언니처럼 탐사자가 될 일은 없을 거라고 답했다. 언니는 특유의 보조개를 띤 채로, 나를 마주 본 채 살짝 웃어 보였다. 내가 결코 버리지 못할 무언가였다. 끝을 가늠할 수 없는 광야와도 같은 우주를 고요히 응시하면서, 잠에 들었다.

그새 얼마나 흘렀을까, 왕복선의 총책임자가 탑승자들을 깨웠고, 그런 다음에는 드디어 첫 번째 지구에 도착했다는 말과 함께 착륙 시 주의 사항에 대해 설명했다.

첫 번째 지구에 도착한 뒤로는, 단체의 본부에서 자료를 정리하는 일을 했다. 함께 일하던 이들 중에는 홀로 그곳을 떠나온 나에 대해 의문을 품는 이들도 더러 있었지만, 대개 호의적이었고 그에 대한 불만은 없었다. 그들에게는 어떤 근원을 알 수 없는 선함 같은 것이 있었고 그들은 그것에 이끌려 이곳으로 온 이들이었으니까. 타인의 고통을 자신의 고통으로 여기는 사람들. 그리하여 자신의 생조차 그들에게 내어줄 수 있는. 언젠가의 그녀를 떠올리게 했다. 어느 날 다른 지부로 떠난다던 동료는 마지막으로 건물을 나서기 전, 무언가 잊은 것처럼 다시 돌아와서는 특유의 보조개가 파인 얼굴로 말했다. 지오 씨가 그곳에서 잃어버린 것을 꼭 찾았으면 좋겠어. 항상 무언가를 어딘가에 두고 온 듯한 눈을 하고 있었거든. 그것이 무엇이 되든 간에.

144

나는 무엇을 찾으러 이곳으로 무작정 떠나왔는지에 대해 답이 나올 리 없었다. 나는 찾으러 온 것이 아니었다. 나는 도망쳐 왔다. 당신의 마지막 숨이 허공에서 스미어 간 그곳으로부터, 셀 수 없이 많은 기적들이 스러지는 동안 어떠한 애도도 주어지지 못한 그곳으로부터. 그렇게 도망쳐 왔다. 그리고 도망쳐 온 그곳에 네가 서 있었다.

단체의 지부이자 숙소로 쓰이는 건물의 가장 아래층에는 회원들이 자유롭게 사용할 수 있는 다용도실이 있었다. 그러나 이미 다른 층에 비슷한 용도의 시설이 생긴 뒤라, 그곳은 잊힌 지 오래였다. 그럼에도 불구하고 내가 그곳을 찾아낸 것에 대해 특별한 이유가 있던 건 아니었다. 아무도 깨어나지 않은 새벽에 건물 안을 산책하는 것은 몇 없는 취미 중 하나였으니까.

불이 켜지지 않은 새벽의 건물 안이 딱히 스산하게 느껴지거나 하진 않았다. 새벽의 적막함 속에서는 평소에 들리지 않던 소리들이 들려오곤 했다. 보이지 않던 것들이 눈에 들어왔다. 이를테면 나무 바닥이 조금씩 울리는 소리 같은 것들이. 날이 추울 때면 내게서 스며 나오는 입김마저도 유난히 고결하게 느껴지곤 했다. 내 폐부에 이런 온기가 존재한다는 사실이 그 무엇보다 안온하게 다가왔다. 그렇게 새벽의 고요한 건물을 거닐다가 그 지하실에서 새어나오는 희미한 불빛이 눈에 띄었다. 내 또래로 보이는 누군가가 딱 보기에도 오래되어 보이는 물건들을 이리저리 건드려 보고 있었다. 내가 다가서려는 찰나, 그녀가 나를 발견하고는 꽤나 놀란 표정을 지었다. 당연했다. 이런 시각에 손전등 하나 없이 건물을 돌아다니는 사람이라니. 내 신분을 밝히자, 그녀가 다소 멋쩍은 듯한 어투로 인사했다. "어쩐지 그럴 것 같았어요. 이 지부에 오래

머무른 이들은 이런 곳을 일부러 찾진 않으니까." 그녀는 부연 설명처럼 그 방을 한번 쓱 돌아봤다. 확실히 그럴 만했다. 먼지투성이에다 지하인 탓에 햇빛이라곤 볼 수도 없는 공간.

"뭔가 고치고 계시던 것 같은데, 무엇인지 알려 주실 수 있을까요?"

"그저 보시다시피 고물일 뿐이에요. 그리고 굳이 그렇게까지 존대하실 건 없는데, 말은 편하게 하세요. 여기서 그런 거 신경 쓰는 사람도 없고."

따지고 보면 맞는 말이었다. 단체는 수직보다 수평적인 관계를 장려했고, 웬만해선 서로 간에 존대를 필요로 하지도 않았으니까. 나는 며칠 동안 새벽을 틈타 새벽에 그곳을 찾아갔다. 처음에는 그녀 또한 나를 낯설어 했으며 이름조차 알려 주지 않았다. 그녀가 고치고 있는 물건들에 대해 물어보면 아주 잠시 그녀의 눈이 빛났다. 그렇다 해도 그것이 전부였다. 그러던 어느 날, 그녀가 내게 말을 걸어왔다.

아주 오래된 친구를 대하듯이 편한 어투로. 그 새벽을 공유한다는 것이 우리 사이에 어떤 유대감으로 작용했을 것이다. 모두가 잠든 그 새벽에 우리는 서로에게 세상에 존재하는 유일한 타인이었으니까.

그녀는 자신을 잔이라고 소개했다. 본명 따윈 버린 지 오래고, 그러니 네가 알 것도 없다고 했다. 잔은 낮에는 단체의 서무를 보고, 새벽이면 이 다용도실에서 오래된 물건들을 고치며 살고 있다고 했다. "세상에는 이런 걸 좋아하는 사람도 의외로 많으니까. 버려진 것들을 고쳐 놓으면 마음 맞는 사람이 와서 사 가더라고. 제법 돈이 되더라." 잔은 자신 옆에 놓인 오래된 모니터를 가리켰다.

"방금 고친 거야. 이 정도면 상태가 양호한 편이지." 낡은 모니터에는 당신은 누구입니까, 라는 건조한 질문이 띄워져 있었다. 그녀는 이전 기록들을 복구할 수 없어 어쩔 수 없이 초기화되어 보이는 화면이라고 했지만, 내게는 마치 태초의 인간이 최후의 인간에게 건네는 질문처럼 보였다. 이 기계를 만든 이의 후손은 이 행성에 존재하고 있을까. 의미 없는 생각이었다. 설령 그렇다 해도 이 헌 기계가 버려졌다는 사실은 변치 않았으니까.

나는 당시 나름대로 좋은 관계를 유지하고 있던 회원들로부터 그녀에 대한 이야기를 들을 수 있었다. 예를 들어 잔이 두 번째 지구가 아닌 이곳에서 나고 자랐다는 것과 잔의 서류상, 그러니까 원래 이름은 이자라는 것. 성실함으로 정평이 나 있는 단체에서 추앙받는 인재라는 것. 그게 전부였다. 맞는 말이었다. 새벽이 아닌 환한 낮에 만난 잔은 정말로 다른 사람이었으니까. 아무렇게나 흘러내리도록 내버려 두었던 머리는 힘주어 묶어 올린 채, 그녀가 나를 향해 살짝 웃어 보이고는 아무 일도 없던 듯 지나쳐 가지 않았다면 나는 아마 그녀를 알아보지 못했을 것이었다. 나는 낮이면 단체의 회원들과 별다를 것 없는 일상을 보냈고 잔도 아마 그러할 터였다. 그 새벽 바깥에도 삶은 분명히 존재하고 있었으니까.

우리는 그 후로도 새벽이면 지하의 그 공간을 찾았다. 어스름 속에서 우리는 한 시절의 망령처럼 보였다. 틀린 말은 아니었다. 우리는 어떤 이유로든 보통의 세계에서 떨어져 나올 수밖에 없던 이들이었으며 동시에 우리는 수많은 새벽이 지나는 동안 서로의 눈을 들여다보고 목소리를 이해하는 유일한 존재였다. 잔은 오래된 물건들 중에서도 누군가의 흔적이 남아 있는 것들에 특히 애정을 쏟았다. 누군가의 숨의 아주 작은 일부분이나마 나눠 받은 듯한 기분이 든다고 했다. 비록 고쳐진 뒤에 또 다른 누군가에게 판매될 물건이라고 할지라도. 잠시나마 타인의 숨을 나눠 받을 수 있다는 사실이 더없이 안온하다고. 그녀를 이해했다. 나 또한 그런 순간들이 있었으니까. 누군가의 목소리와 숨이 더없이 그리워지는 순간들이.

어떤 새벽에 잔은 자신과 자신이 발을 딛고 있는 세계에 대해 이야기했다. 잔은 이 도시에서 멀리 떨어진 해안 도시에서 나고 자랐다고 했다.

"그 도시는 이곳에 비해 그나마 상황이 나은 곳이었어. 비록 약간의 차이이긴 하지만 기후도 조금 더 안정적이었지. 너는 이곳에서 자라지 않아 모르겠지만 그런 곳은 드물어. 그래서인지 가족들은 내가 평생을 그 안온한 도시에서 보내기를 바랐어. 그렇지만 나는 그곳을 떠나야 했지. 새장 밖을 아는 새는 불행해."

"나는 거주 지역의 외곽에서 줄곧 살았어. 나는 아무도 들여다보지 않는 곳에서 어떠한 애도도 없이 소멸하는 게 두려웠어. 어쩌면 나는 내가 세상에서 사라지는 순간에 내 이름을 불러 줄 누군가를 찾아서 이곳에 왔는지도 몰라."

우리는 각자가 지나온 세계에 대해, 서로가 알지 못하는 서로의 시간에 대해 이야기했다. 그러고 나서 잔은 조금 뜸을 들이더니 이렇게 말했다.

"네 말처럼 그곳도 내가 알지 못하는 비애로 가득하겠지. 그래도 난 그것들을 보러 갈 거야. 오늘은 너와 내가 존재하는 마지막 새벽이야."

단체에서는 이번에는 이곳에서 두 번째 지구의 본부로 떠날 이들을 모집했고, 잔은 얼마 전 참여 의사를 밝혔다고 했다. 나는 두 번 다시 그곳으로 돌아갈 생각이 없는데, 잔은 기꺼이 한 번도 밟은 적 없는 땅으로 떠나겠다고 했다. 내가 어째서냐 이유를 묻자 잔은 잔 특유의 보조개가 팬 얼굴을 하고 이렇게 말했다.

"내가 조금 전에 말했을 텐데. 새장 밖을 아는 새는 더 이상 행복할 수 없다고."

나는 앞으로도 이곳에서 머무를 생각이었다. 그리고 언젠가 삶의 마지막 순간에는 태초의 인간이 머물렀던 곳, 인류의 모든 문명들이 태어나고 가라앉은 곳에서 흩어져 가는 것도 나쁘지 않았다고 생각했으니까. 그녀도 그녀 나름의 이유가 있었을 것이다. 한 번도 밟지 못한 행성으로 가야만 하는 이유가. 나는 잔의 의사에 대해 그녀에게 간섭할 이유도, 권한도 없었다.

"나는 그 행성에 언니를 두고 왔어. 사실 두고 왔다는 표현이 맞을지는 모르겠다. 그녀는 더 이상 시간과 공간의 제약을 받는 유기체로 존재하지 않으니까. 그래도 그 행성에 도착하면 마음속으로 한마디만 대신 전해 줘. 당신의 말이 맞았다고, 세상은 정말로 내가 알지 못하는 기적으로 가득했다고 말이야."

"좋아. 그 말은 무슨 일이 있어도 전해 줄게."

이튿날 잔은 정말 자신의 말처럼 떠났고 나는 남았다. 내가 사랑하는 것들은 이 행성에 있었으니까. 나는 이곳에 와서 보았다. 사람들에 의해 부서지고 깨어진 행성은 그럼에도 불구하고 여전히 그들을 안은 채로 언제나와 같이 공전하고 있었던 것을. 망가진 대지에서도 어떤 씨앗들은 죽지 않고 싹을 틔웠음을. 여전히 삶을 지키는 사람들이 있었다는 것을. 그것들을 기적이라 부르지 않을 수 있을까.

본부의 건물에서 그해의 지구에 대한 자료를 정리하다 보면 창

밖으로는 석양이 비치고 있었고, 해가 아주 조금씩 보이지 않는 곳으로 스러져 가는 것을, 나는 넋을 잃고 바라보았다. 이 행성에 오고 몇 달이 지났음에도 그것들을 경외하지 않을 수는 없었다. 첫 노을을 본 최초의 인간이 그랬던 것처럼.

첫 탐사를 마치고 집에 돌아와 세계는 온통 네가 알지 못하는 기적들로 가득하다면서 희미하게 웃던 당신이 떠올랐다. 임지한. 아주 가끔 유난히 하늘이 맑아, 내가 떠나온 행성을 희미하게나마 맨눈으로 볼 수 있는 날이면, 나는 허공에서 스미고 말 목소리임을 알면서도, 아무도 대답하지 않으리란 걸 알면서도, 당신의 이름을 불러 보았다. 아무도 기억하지 않을 이름을 그렇게 우주에 새겼다.

그리고 잔과 나. 다시 우리가 새벽의 어스름 속에서 만나는 일은 없었고 나는 새벽의 적막함보다는 대낮의 환함과, 고요보다는 사람의 온기를 더 좋아하는 사람이 되었지만, 그래도 나는 가끔 유난히 창백한 새벽이면 잔을 위해 빌었다. 네 모든 숨이 기적의 일부분이기를.

그리고 아주 가끔, 기적과도 같이 살아남았다던 그 소년에 대해 생각했다. 그 소년은 기억할까. 절벽 아래에서 보았을 그녀의 얼굴을. 다급한 목소리를. 위험하다는 주변의 만류에도 불구하고 자신에게 내밀어진 손을, 그 온기를.

총체적 난국(國)

저동고등학교 3
임하늘

바람에 5만 원짜리 리넨 재킷의 끝자락이 펄럭였다. 라면 국물이 좀 튀긴 했어도 꽤 고민하고 산 비싼 옷이라 그런지 만족스러웠다. 대통령의 모습치고는 너무 추레한가 싶긴 했지만, 러브라이브 티셔츠를 입고 있는 국무총리에 비하면 그래도 양반이었다.

오늘 우리의 건국식에는 총 세 분의 귀빈이 참석해 자리를 빛내 주었다. 우선 대통령인 나, 그리고 내 옆에 있는 국무총리인 준서. 선서를 하느라 살짝 걷어 올린 준서의 소매 사이로 「러브라이브」 캐릭터인 노조미가 보였다. 아무리 돈이 없어도 늘 노조미 짱과 함께해야 한다며 받은 타투다. 준서는 타투를 받기 위해 컵라면으로 며칠씩 때우곤 했는데 나중에는 그렇게 먹던 컵라면을 노조미 짱 옆에 다시 타투로 새겼다. 그리고 마지막 귀빈은 삼천이었다. 삼천이는 츄르를 한 번 먹여 준 이후로 틈만 나면 우리 집에 들락거리는 길고양이다. 색깔이 노란 게 치즈 같은데 치즈라는 이름은 너무 흔하니 엽기떡볶이 치즈 추가가 삼천 원이니까 삼천이로 이름을 짓는 게 어떠냐는 준서의 의견이 적극 반영된 이름이다. 그렇게 해서 나, 준서, 삼천이. 이 세 명……은 아니고, 두 명과

한 마리가 이 위대한 건국식에 참석했다. 그리고 이제, 대통령이 연설을 하는 식순이 되었다.

이 국가의 초대 대통령은 앞서 말했듯 나다. 이래 봬도 그냥 막 정한 게 아니라 민주적인 절차에 의해 결정되었다. 준서도 나에게 투표했고, 삼천이도 내 이름이 불릴 때만 야옹 하고 울고 준서 이름이 불릴 때는 조용히 있었기 때문에 나에게 투표한 것이나 마찬가지다. 그렇기에 나는 전 국민의 만장일치로 뽑힌 대통령이다. 전무후무의 백 퍼센트 지지율을 기록한 초대 대통령!

"결국 이렇게 저와 여러분의 꿈을 이룰 수 있는 나라를 세우게 되어 참 기쁩니다……."

멋지게 연설을 하려고 했는데 건국까지의 험난했던 날들을 생각하니 목이 자꾸만 멨다. 큼큼, 헛기침을 한번 하고 다시 말을 이었다.

"존경하는 국민 여러분, 너무나도 냉혹했던 지난겨울을 기억하십니까……."

올해 겨울은 정말이지 너무나 추웠다. 수능 점수는 최악을 기록했다. 모의고사에서 단 한 번도 받아 본 적 없는 등급이었다. 가채점을 마친 날 기억나는 것은 깜깜한 방뿐이다. 볕도 잘 들지 않는 방 안에서 눈을 질끈 감고 머리를 쥐어뜯었다. 부모님은 재수를 권했다. 나도 어느 정도 재수를 생각하고 있었기에 그렇게 하겠다고 했다. 부모님은 적잖이 실망한 눈치였다. 혼자서 해 보겠다는 내 말을 더 이상은 못 믿겠는지 아예 서울로 가서 공부를 하라고 했다. 이번엔 정말 정신 차려서 잘해 보겠다고 했지만 그 불신에 찬 눈빛을 빤히 보고 있자니 숨이 막혀 서울로 올 수밖에 없었다. 그렇게 나는 아무런 연고도 없는 서울로 쫓기듯 왔다.

기숙 학원에 들어간 첫날부터 나는 내가 버틸 수 없을 것이라는 걸 직감했다. 교도소가 이런 느낌일까 싶었다. 어쩌면 교도소보다 고통스러울지도 몰랐다. 교도소에서는 강제로 공부를 시키진 않잖아. 아무튼 기숙 학원은 신종 지옥이나 다름없었다. 비명조차 지르지 못한 채로 불구덩이로 빨려 들어가는. 결국 3월 모의고사를 치자마자 도망 나왔다. 서울로 올라올 때보다도, 수능 결과를 확인하던 날보다도 허무하게 재수 생활이 끝이 났다. 올겨울은 지독히도 추웠고, 바람을 제대로 막아 주지도 못하는 집들을 전전하던 나는 혼자서 집을 구해 사는 건 도저히 무리라는 생각이 들었다. 같이 살 룸메이트를 구하다가 SNS에서 준서를 만났다.

준서와 나는 옥탑방을 구해 같이 살게 되었다. 곧 재개발이 될 거라는 소식이 도는 동네에 위치한 허름한 옥탑방이었다. 처음 만난 날부터 같이 살게 된 우리는 생각보다 잘 맞는 점이 많았다. 내가 알바가 끝나고 오면 애니메이션을 좋아하는 준서와 같이 「러브라이브」를 보기도 했다. 준서는 자신이 좋아하는 대사를 따라하기도 했는데 실제로 일본어를 꽤 잘하는 것 같았다. 나는 옆에서 사과 맛 맥주를 홀짝이며 노조미를 따라하는 준서를 흉내 내곤했다. 그러면 준서는 특유의 칼칼대는 웃음을 지으며 한 번 더 노조미를 따라해 줬다.

그러나 역시 대한민국은 호락호락한 상대가 아니었다. 세상은 우리를 가만히 두지 않았다. 집주인 아주머니는 오전에 옥탑방 화단에 물을 주러 와서는 꼭 집 안을 들여다보며, 근데 학생들은 어째 매일 집에 있냐고, 학교는 안 다니냐고 물었다. 대학을 나오지 않았다고 답하자 혀를 끌끌 차며, 에그, 공부 열심히 안 했구나?

하면서 나를 훑겨보았다. 준서는 대학교를 다니고 있었지만 카카오톡 프로필 사진이 애니메이션 캐릭터라는 이유만으로 동기들로부터 은근한 따돌림을 받았다. 준서가 발표라도 하려고 하면 야, 쎕덕 나왔다, 하고 쑥덕이기도 했다. 대한민국에서 배척받는 우리는 이제 이 나라에 신물이 나 새로운 나라가 필요하다고 생각했고 그렇다면 우리가 완전히 보호받을 수 있는 우리만의 나라를 만들자는 데까지 생각이 미쳐 지금 이 나라를 세우게 된 것이다.

다행히 왈칵 울음을 쏟아 내지 않고 무사히 연설을 마쳤다. 이제 만찬을 즐길 시간이었다. 그래 봤자 삼겹살 수준이긴 하지만. 그래도 특별한 날이랍시고 그냥 삼겹살이 아니라 칼집이 나 있는 걸로 준비했다. 소고기 한 점 사 먹을 순 없지만 오늘 우리는 모두 진심으로 즐거웠다. 우리만의 나라가 세워진 날이니까. 나라 이름은 '총체적 난국(國)'으로 명명했다. 이것 역시 '난국(難局)'에서 벗어나기 위해 건국한 나라니까 총체적 난국(國)이라고 짓는 게 어떻겠느냐고 준서가 제안한 결과물이다.

고기에 맥주까지 몇 입 들어가니 기분이 들뜬 준서는 삼겹살을 공들여 찍어 건국을 축하하는 글과 함께 사진을 자주 하던 SNS에 올렸다. 글에는 #차별없는나라 #건국식 등과 같은 해시태그와 이 나라의 건국 모토도 쓰여 있었다. 차별 없는 나라. 그것만이 우리의 건국 모토다.

손재주가 좋은 준서가 직접 바느질해 완성한 국기가 바람에 펄럭거렸다. 힘차게 제 몸을 흔드는 국기를 보고 있자니 마음이 웅장해졌다. 하지만 이 나라의 영토는 온전히 우리의 것이 아닌 주인아주머니의 것이다. 영토를 제공해 준, 우리에겐 절대적인 존재

154

인 아주머니에게 고기라도 대접해 드리고 싶어졌다. 우리는 고기를 먹다 말고 일회용 접시에 고기를 담아 우리를 허락해 준 아주머니에게 드리기로 했다. 아래층으로 내려가는 발걸음이 왠지 모르게 비장했다. 술기운이 도는 데다 국기의 활기찬 펄럭임까지 보았으니 내가 꼭 대통령 이상의, 제왕이 된 것 같았다. 아니지, 따지자면 제왕은 주인아주머니지. 나는 마치 제왕에게 바치듯 아주머니에게 무릎을 꿇으며 고기를 건넸다. 아직은 속국을 면치 못하는 신세니 예의를 갖춰야 했다. 엉겁결에 고기를 받은 아주머니는 당황해하며 술을 너무 많이 마시지는 말라고 말하고는 들어가 버렸다. 그래, 한 나라의 대통령이 술을 비뚤어질 때까지 마셔서는 안 되는 법이지. 나는 대통령에게 어울릴 법한 절도 있는 걸음걸이로 다시 계단을 올라갔다.

●

아주 뜻깊었던 건국식의 설렘도 며칠 가지는 못했다. 우리는 다시 일상으로 돌아와 나는 언제까지 알바살이를 해야 하는가에 대한 답을 구하지 못해 머리만 북북 긁어 댔고 준서는 자신의 팔뚝에 새겨진 컵라면을 먹으며 끼니를 때우곤 했는데 한 번 먹을 때 기본 두 개씩은 먹어서 이건 뭐 돈을 아끼겠다는 건지 안 아끼겠다는 건지 싶은 생각이 들게 했다. 나는 알바 개수를 하나 더 늘렸기에 집에 있는 시간이 좀 더 줄어들었다.
　ㅡ큰일 났다. 알바 끝나자마자 바로 와.
　휴대폰에는 웬일로 준서가 심각한 말투로 보낸 메시지가 있었다. 프로필 사진이 생긋 웃고 있는 여고생 애니메이션 캐릭터라 잘 어울리지 않았다. 아무튼 웬만한 일은 다 그냥 유들유들 부드럽게 넘어가는 준서가 이렇게 진지해진다는 건 정말로 무슨 일이 있다는 의미였다. 주로 돈과 관련해서 문제가 있을 때 그랬다. 돈과 관련된 문제만큼은 나도 누구보다 진지하기 때문에 서둘러 집에 갔다.

문을 열고 들어가자 울고 있는 준서가 보였다. 내가 놀라서 무슨 일이냐고 묻자 준서는 종이 한 장을 보여 줬다. '과태료'라는 말이 가장 먼저 눈에 띄었다. 아니, 우리가 뭘 어겼는데? 준서가 준 종이의 내용을 믿을 수 없어 손까지 떨자 준서는 울먹거리며 말했다.

"소방법 위반이래. 계단에 물건 두면 안 되는데 뒀다고……. 원래 가끔 이렇게 불시에 검사하는데 하필 재수 없게 우리가 걸린 거래."

계단에는 준서의 오래된 자전거와 곧 버리려고 미리 내다 놓은 전공 서적 몇 권, 그리고 나의 자질구레한 물건들 몇 개가 있었다. 하지만 주인집의 물건도 있었고 수로 따지면 오히려 그게 더 많아 보였다. 내가 세운 나라에서 대한민국의 법에 의해 돈을 뜯기게 되다니. 묘한 패배감에 부득부득 이를 갈며 아주머니를 찾아가 이건 아니지 않느냐며 내야 한다면 아주머니도 같이 내시라고 따졌지만 주인아주머니는 옥상의 관리 책임이 임차인에게 있다는 계약서를 들이밀었다. 계약서를 꺼내니 할 말이 없었다. 옥상엔 집이 없느냐, 나라도 세우는데, 이 대한민국 놈들아. 옥상에 서서 저 멀리 대한민국의 영토를 보며 읊조렸다.

과태료는 수십만 원 남짓이었지만 살림이 빠듯한 우리에게는 꽤 부담스러운 금액이었다. 그나마 알바를 하나 더 구했기에 망정

156

이지 원래 같았으면 하루에 컵라면 하나씩만 먹어야 했을 것이었다. 준서는 아직도 눈물을 흘리고 있었다. 내가 왜 우냐고 묻자 토라진 듯한 말투로 억울해서, 라고 답했다. 그렇게 말하고서는 곰곰이 생각을 하는 것 같더니 별안간 주인집으로부터 독립하자고 말했다. 뭘 어떻게 하겠다는 거냐고 묻자 이 옥탑방을 아예 사 버리겠단다. 나는 애가 돈을 내야 한다는 압박감에 아주 돌아 버렸구나 싶어 준서를 재워야겠다고 생각했지만 준서의 눈빛은 사뭇 진지했다. 하지만 그렇다고 해서 우리가 할 수 있는 건 그저 과태료를 내고, 쌓여 있는 물건들을 치우는 것뿐이었다.

그날 새벽, 깊이 잠들어 있던 나를 준서가 갑자기 깨웠다. 준서는 무언가에 놀란 얼굴이었다. 잠에서 깬 나는 약간 짜증이 나 또 무슨 일이냐고 했다.

"난민…… 난민 신청이…… 들어왔어."

너무 황당한 소리를 하니 오히려 아무 생각이 들지 않았다. 뭔 심사? 난민? 하고 한심하다는 듯이 되묻자 준서는 다급하게 휴대폰 화면을 보여 줬다. SNS 메시지였다. 꽤 긴 글이었는데 그 글을 읽어 내려갈수록 잠이 확 달아났다. 정말로 우리의 국가에 난민으로 들어오고 싶다는 말이었다. 장난이라고 하기에는 너무나도 진지했다.

받아 주자. 내가 메시지를 채 다 읽기도 전에 준서가 말했다.

"받아 주자고? 얼굴도 모르는 사람을 이 메시지만 보고? 그럼 이 작은 집을 셋이서 나눠 쓰겠다는 거야?"

나는 기가 차 단호히 그건 안 된다고 말했다. 하지만 준서는 간절한 눈빛으로 독립하려면 돈과 국민이 더 필요하다고 사정했다.

물론 준서의 말도 일리는 있었다. 국가의 3요소는 국민, 주권, 그리고 영토였다. 우리에게는 영토가 없었다. 단지 주인아주머니에게 월 45만 원, 그것도 대한민국의 통화를 주고 빌릴 뿐이었다. 게다가 저렇게 간곡한 준서의 눈빛을 무턱대고 외면하기는 어려웠다. 나는 알겠다고, 그럼 내일 저녁에 바로 난민 심사를 하자고 하고 자리에 누웠다.

다음 날, 알바가 끝날 시간이 다가오자 점점 가슴이 두근거렸다. 처음에는 반대했지만 이 나라에 소속되고 싶은 사람이 있고, 그걸 심사하는 사람이 나라는 사실이 믿기지 않았다. 알바 끝나고 집에 돌아오는 길에서는 몇 번이나 심호흡을 하면서 무엇을 질문할지를 고민했다. 하루가 끝나고 기다려지는 일이 있다는 건 대단했다. 온몸의 감각이 깨어나는 기분이었다. 아무래도 그 난민이라는 사람은 준서가 SNS에 올린 게시물을 보고 우리의 건국 이념이 마음에 들어 우리나라에 살고 싶었던 모양이었다. 진짜 대통령이 된 기분이었다.

하지만 약속 시간이 30분이 지났는데도 난민 신청자는 오지를 않았다. SNS 계정으로 메시지도 보내 봤지만 답이 없었다. 역시 장난이었나 생각하며 난민이고 뭐고 다 접자고 말하려고 하는 순간 초인종이 울렸다. 왔다! 준서와 나는 둘 다 반가워 엉덩이를 들썩거렸고 누가 먼저랄 것도 없이 문을 열어 주려는데 준서가 물었다.

"근데 출입국 관리는 누구 담당이야?"

나는 한 2초간 고민하고 답했다.

"그냥 네가 출입국관리사무소장까지 해."

준서는 내가? 하고 되물었지만 나는 대통령의 명령이니 받아들이라고 했다. 그리고 네가 그나마 외국어를 할 수 있으니까. 너 일본어 잘하잖아. 그러자 준서는 잠시 고민하더니 알겠다고 고개를 끄덕이고는 문을 열어 주었다.

문 앞에는 웬 험상궂게 생긴 사람이 있었다. 빡빡 깎은 머리 덕분에 더 위협적으로 느껴졌다. 안 그래도 무섭게 생겼는데 비장한 표정까지 하고 있어 더 무서웠다. 아주 여기로 바로 떠나올 작정인지 캐리어도 챙겨 왔다. 준서는 짧게 인사를 건네고 들어오라고 손짓했다. 남자는 멋쩍게 고개를 꾸벅 숙이고 인사를 하더니 엉거주춤 들어왔다.

방바닥에 준서와 내가 나란히 앉았고 남자는 그런 우리를 마주 보고 앉았다. 우리는 난민 심사를 해 본 적도, 하는 걸 본 적도 없어 무엇을 말해야 할지 몰라 머뭇거렸다. 무거운 적막이 귓가를 웅웅 울려 대 긴장된 분위기가 만들어졌다. 숨이 막혀 오지만 무슨 얘기를 해야 할지 몰라 어떻게 물이라도 한잔 줘야 하나, 고민하는데 준서가 말을 꺼냈다.

"난민 신청은 왜 하신 거예요?"

기본적이지만 아주 적절한 질문이었다. 역시 출입국관리소장을 잘 뽑았다. 일단 침묵이 깨지자 나와 남자 모두 표정이 한결 부드러워졌다. 남자는 괜히 잠시 음, 하고 뜸을 들이더니 자신에 대해 이야기하기 시작했다.

"싸우기 싫어서요. 정확히 말하자면 죽이기 싫어서? 아니지, 죽이는 방법을 배우기가 싫어서라고 해야 하나?"

남자의 첫 마디를 들으니 몸이 뻣뻣해졌다. 죽이기 싫다니. 깡패가 우리한테 찾아왔구나. 이대로 죽는 건가. 방이 약간 후덥지

근했는데 그래서 그런 건지 아니면 무서워서 그런 건지 등에서는 땀줄기 하나가 삐죽삐죽 흘러내렸다. 네? 하고 목소리를 떨며 되묻자 남자는 오히려 자신이 긴장된다는 듯한 얼굴을 하고 차근차근 설명하기 시작했다.

시원하게 깎아 놓은 머리 때문에 군인인가 착각하게 되는 그는 자신을 양심적 병역 거부자라고 소개했다. 자신은 싸움이 싫고 총은 더더욱 싫고 죽음은 정말이지 생각하기도 싫다고, 곧 있으면 군대로 끌려갈 텐데 그걸 생각하면 눈앞이 깜깜하다고 했다. 이제야 그가 했던 충격적인 말이 이해가 됐다. 하긴, 총이나 전쟁에 격렬한 거부감이 없는 나도 군대에 갈 생각만 하면 어디로든 도망가고 싶은 심정이었다. 자의가 아닌 억지로 가야 하는 그곳을 가기 싫은 건 준서도 마찬가지일 것이었다.

우리는 방에 들어가 난민으로 받아 줄지 내부 회의를 거쳐 결정하겠다고 했다. 그때까지 여기서 기다리시라고 하는데 문득 남자의 이름을 묻지 않았다는 걸 깨달았다. 근데 성함이 어떻게 되시죠? 하고 묻자 남자도 중요한 걸 잊어버렸다는 듯이 놀라며 아, 저는 박상욱입니다, 라고 답했다. 네 박상욱 씨, 여기서 잠시만 기다리세요. 우리는 방문을 닫았다.

난민. 인종, 종교 또는 정치적, 사상적 차이로 인한 박해를 피해 외국이나 다른 지방으로 탈출하는 사람들. 남자, 아니 상욱 씨는 난민의 뜻에 걸맞은 사람이었다. 박해받는 사람을 구하자는 게 우리의 원래 의도 아니었니, 저분을 받아 주자. 하는 말들이 오갔고 상욱 씨를 받아 주자는 쪽으로 결론이 났다. 하나 있는 작은 방을 상욱 씨에게 주자는 것까지 다 결정했다. 우리는 상욱 씨에게 난민 신청이 허가되었고 앞으로 작은 방에서 지내시면 된다고 했다.

상욱 씨는 감사하다고 고개를 꾸벅 숙이고는 작은 방으로 들어갔다. 그렇게 우리에게 첫 난민이 생기고 이로써 시민은 세 명이 되었다. '난국(難局)' 할 때 '난(難)'이 '난민(難民)'할 때 '난(難)'과 같았다. 난민을 받아 주는 나라, 우리의 건국 이념과 딱 어울리는 말이었다.

그렇게 새로운 난민이 생기고 며칠 뒤, 준서가 다시 놀라며 자신의 휴대폰을 들이밀었다. 두 번째 난민 신청자가 생긴 것이었다. 상욱이 준서의 게시물에 난민 신청도 받느냐고 남긴 댓글을 보고 따라 신청한 것 같았다. 한 번이 어렵지 두 번부터는 쉽다고, 우리는 2차 난민 심사를 하자고 의견을 모았다.

이번 난민 신청자는 동성애자인 강준 씨였다. 강준 씨는 여기서는 동성 결혼을 할 수 있냐고 물었다. 그런 건 생각해 본 적이 없는 문제였다. 하지만 안 될 것은 또 뭔가. 차별을 하지 않는 것이 이곳의 원칙이었다. 나는 그렇다고 했다. 준서는 인구를 늘리는 데에 적극적이었고 나도 거기에 딱히 반대하는 의견을 갖고 있지 않았다. 그렇게 강준 씨 역시 별 무리 없이 난민 심사를 통과했다. 그렇게 며칠 사이에 우리나라의 인구는 무려 네 명이 되었다. 100퍼센트의 인구 성장률이었다.

●

상욱과 강준은 이곳에 빠르게 적응했다. 다들 모난 곳이 없었고 네 명이면 부딪힐 법도 한데 다툼 없이 잘 지냈다. 나이와 하는 일은 전부 달랐지만 서로를 존중할 줄 알았다. 특히 나이가 가장 어린 내가 대통령이라는 사실을 모두 존중해 줘 고마웠다. 우리는 가끔씩 평상에서 고기를 구워 먹었다. 밤이 되면 가로등 불빛이 옥탑방까지 밝혀 주지 못해 헛젓가락질을 하기 일쑤였지만 그건 또 그것대로 재밌어 하며 즐겁게 식사를 하곤 했다.

강준이 어머니가 보내 주셨다며 웬일로 좋은 고기를 가져와 그걸 구워 먹던 날이었다. 약간은 쌀쌀해 버너의 열기가 따뜻하게 느껴지는, 고기 굽기 참 좋은 날씨였다. 우리는 고기엔 역시 술이 빠질 수 없다며 맥주 캔을 부딪치며 고기를 술술 넘겼다. 다들 기분이 좋아 보였다. 나 역시도 그랬다. 비싼 고기는 역시 맛이 달랐다. 강준은 상추에 쌈장을 묻히며 그런데 자신들은 왜 직함이 없냐고 물었다. 나는 고기 두 점을 한꺼번에 입에 넣고 우물거리며 그럼 강준이 형은 풀을 많이 먹으니까 환경부 장관을, 상욱이 형은 아이돌을 좋아하니까 방통위 위원장을 하라고 했다. 강준과 상욱은 자신들의 직책에 만족하는지 웃으며 좋다고 했다.

저녁 시간이 되어 가자 노을 때문에 하늘이 온통 붉어졌다. 우리는 그 풍경을 안주 삼아 이제는 소주까지 곁들였고, 식사 자리는 더욱 무르익어 갔다. 하늘만이 존재하는 듯한 나의 나라에서 이렇게 맛있고 좋은 밥을 먹을 수 있다니 왠지 모르게 벅차올랐다. 그런데 갑자기 준서가 탁 소리가 나게 술잔을 내려놓더니 입을 열었다.

"우리 독립합시다. 이 옥탑방, 우리가 사 버리는 거예요."

준서가 강준과 상욱에게 독립 계획을 말하는 것은 처음이었다. 물론 그래서 난민 신청을 받게 된 것이기는 하지만 현실적으로 너무나 어려운 일이었다. 나는 조심스럽게 다른 사람들의 눈치를 살폈다. 그런데 강준과 상욱의 눈은 반짝이고 있었다. 자신들도 그러고 싶었다는 것이다. 아침에 아주머니가 화단에 물 주러 올라오는 것도 불편했고, 언제 나가라고 할지 무서웠다며 아주 좋은 생각이라고 했다. 얘기는 빠르게 진행되었고 각자 얼마를 모아 뒀으니 대출을 조금만 받으면 정말 살 수 있을 거라고 완전히 사 버리는 계획을 순식간에 세웠다. 심장이 뛰기 시작했다. 어쩌면 정말로 독립을 이뤄 넬지도 모른다는 생각이 들었다.

●

말이 한번 나오자 옥탑방의 매입, 즉 국가의 독립은 아주 빠르고 순조롭게 진행되었다. 각자 모아 뒀던 돈을 합치고 각자의 명의로 대출을 받았다. 주인아주머니를 설득하는 것은 말재주가 가장 좋은 준서가 담당했다. 처음에 아주머니는 꺼림칙한 표정이었지만 시세보다 천만 원을 얹어 주겠다는 말에 금방 알겠다고 말을 바꿨다. 그렇게 정말 거짓말처럼 우리는 독립하게 됐다. 집의 명의는 넷의 공동 명의로 올렸다. 우리 넷만의 나라가 이제야 세워진 것이다.

이런 역사적인 날은 기념해야 마땅했다. 우리는 독립 선포식을 치르기로 했다. 장롱 속에 소중히 개 놨던 우리의 국기를 다시 꺼냈다. 강준과 상욱이 이런 게 다 있었냐며 놀랐다. 개 놓은 대로 주름이 지긴 했지만 건국식 때 부서질 듯 펄럭이던 위엄이 아직 서려 있었다. 내가 딛고 서 있는 이 옥상 바닥이 이제는 완전한 우리의 것이 되었다. 그 사실은 눈물겹기까지 했다. 오늘은 머리에 왁스까지 단정히 바른 나는 대통령으로서 연설을 하기 위해 평상에 올라갔다. 며칠 전 구워 먹은 삼겹살 기름이 제대로 닦이지 않아 양말이 끈적하게 달라붙었다. 나는 헛기침을 한번 하고는 연설을 하기 시작했다.

"오늘부로 우리 총체적 난국의 역사적인 독립을 선포합니다."

단상 아래에 일렬로 서 있는 세 명은 와 환호를 지르며 박수를 쳤다. 그 옆에는 언제 사 놓은 건지 모를 참치 캔을 먹고 있는 삼천이도 보였다. 건국식에 참여했던 초대 귀빈들이 모두 모였다. 나는 가슴속에서 무언가 끓어오르는 느낌을 잠시 뒤로하고 말을 이었다.

"그리고, 오늘부로 초대 대통령은 하야합니다."

오늘 갑작스레 결정된 것은 아니었다. 독립을 하기로 했을 때부터 내가 대통령 자리에서 물러나는 게 맞다고 생각했다. 우리의 독립 과정에서 내가 보탤 수 있는 돈은 얼마 없었고, 집이 잘사는 강준이 선뜻 큰돈을 내놓자 눈치가 보이는 게 사실이었다. 강준이 은근히 눈치를 주기도 했다. 밥을 차려 먹고 나서 치울 때도 돈을 조금 낸 애들이 치우라며 장난 식으로 말했지만 마음이 불편한 건 어쩔 수 없었다. 그동안 대통령으로서 무언가를 제대로 하지도 못한 것 같고, 능력도 없으니 이만 이 자리에서 내려오는 게 맞았다.

"에이, 그건 아니지."

박수를 치다가 눈이 휘둥그레진 준서가 나의 하야를 반대했다. 상욱도 옆에서 그래, 그건 아니라며 왜 그러냐고 이유를 물었다. 강준은 팔짱을 끼고 그 둘을 잠자코 바라봤다. 나는 우물쭈물하며 낸 돈도 적고 전체적으로 능력이 없어서 그렇다고 답했다. 강준은 여전히 침착하게 나를 바라보고 있었다. 야, 뭐 부자만 대통령 할 수 있냐? 차별 없는 게 이 나라의 모토 아니냐, 모토. 내 말을 듣던 상욱이 말했다. 하긴, 경제적으로든 뭐든 차별을 두지 않는 것이 이곳의 원칙이긴 했다. 준서도 격하게 끄덕이며 그냥 계속 내가 대통령을 하라고 했다. 아직 임기도 다 되지 않았다고. 임기가 정확히 얼마나 되는지 정해진 것은 없었지만 그게 얼마든 임기가 다 됐다고 하기엔 짧은 시간이었다. 강준은 여전히 팔짱을 낀 채로 우리 셋을 번갈아 보다가 그래 그냥 네가 계속 하라고 했다. 나는 그렇게 독립 이후에도 대통령을 맡게 되었다.

●

어느덧 다시 겨울이 찾아왔다. 여러 번의 계절을 거치면서도 우리 넷은 특별한 마찰 없이 잘 지냈다. 겨울이라 날도 춥고 영토도 우리 건데 삼천이를 우리가 키우는 건 어떠냐고 말이 나오기도 했다. 사실 독립 이후 삼천이는 이미 이곳에서 살다시피 해 우리가 키우고 있는 거나 마찬가지였지만 그래도 정식으로 받아들인다는 것은 조금 다른 의미였다. 동물을 좋아하는 준서가 대찬성이라며 예쁜 밥통과 물통을 사러 가자고 흥분해 말하는데 강준이 말을 잘랐다.

"난 이제 여기 뜰래."

난민을 신청해 왔던 순간만큼 당황스러운 말이었다. 방금까지 신이 나 말이 빨라졌던 우리는 모든 동작을 멈추고 강준을 바라보았다. 강준의 눈빛은 차갑게 식어 있었다.

"지긋지긋해, 이젠. 대만으로 갈 거야."

그러면서 강준은 그동안 감추고 쌓아 왔던 불만들을 토로하기 시작했다. 수압도 너무 낮고 집은 또 더럽게 작아 에어컨을 틀면 5분 만에 얼어 죽을 것 같고 그렇다고 끄면 쪄 죽을 것 같다고, 이게 사람이 살 만한 곳이냐고 성토했다. 엘리베이터 없이 매일 계단을 오르는 것도 숨이 차다고 덧붙였다. 그건 우리의 잘못이 아니었다. 돈이 없는 우리의 잘못이라 생각할 수도 있겠지만.

강준은 자신의 말을 다다다 쏟아 내더니 휴대폰 화면을 보여 줬다. 이 동네가 재개발된다는 기사였다. 강준은 기사 화면을 보여 주며 자신의 지분을 정리해 달라고 했다. 강준의 말대로 정말 이 동네의 집값은 천정부지로 뛰고 있었다. 당장 팔아도 몇 배의 수익을 남길 수 있을 정도였다. 강준은 그렇게 해서 남긴 수익으로 동성 결혼이 합법화된 대만으로 이민을 가겠다고 했다. 나는 황당, 아니 황망에 가까운 눈빛으로 준서와 상욱을 바라보았다. 아무리 그래도 이건 좀 아니지 않느냐는 은근한 강요였다. 그러나 그 둘은 나와 어딘가 묘하게 어긋나 있는 것 같았다.

상욱이 조심스럽게 자신의 몫도 달라고 했다. 징병제가 아니기만 하면 자신은 어느 나라를 가도 상관이 없다고 했다. 한국만 벗어날 수 있으면, 이라고 하고는 차마 말을 잇지 못했다. 어쨌든 자신에게도 돈을 돌려달라는 의미였다. 나는 어이가 없어 준서를 바라보았다. 준서만은 나와 같은 생각일 거라는 기대가 있었다. 하지만 휴대폰 화면 위로 떠오른 금액을 바라보는 준서의 눈빛은 요동치고 있었다. 이 돈이면 일본으로 갈 수 있어……. 준서가 중얼거렸다. 이대로 가다가는 정말 나라가 무너질 위기였다.

"잠깐만, 다들 왜 이래. 우리 지금까지 잘 지냈잖아."

떠나려는 셋을 막아야겠다는 마음이 들자 무슨 말이라도 해야 할 것 같았다. 그래, 우리는 여태껏 잘 지내 왔다. 이렇게 한순간에 무너진다는 건 말이 안 됐다. 다들 순간의 감정에 휩쓸린 건 아닐까. 나는 준서가 난민을 받자고 부탁했을 때보다도 더 간곡하고 눈빛으로 그들을 쳐다봤지만 돌아오는 시선은 너무 차가웠다.

"솔직히 네가 대통령으로서 뭘 한 것도 없잖아, 돈도 조금 내고."

강준이 차가운 시선을 비집고 말을 던졌다. 강준의 한마디로 실금이 갔던 불만의 주머니가 순식간에 터져 와르르 그 안의 불만들을 쏟아 냈다. 아침에 바빠 죽겠는데 화장실을 너무 오래 쓴다거나 신은 양말을 꼭 빨래 통에 갖다 놓지 않는다는 종류의 불만들이 터져 나왔다. 다들 나에게 이렇게 불만을 가지고 어떻게 같이 살았는지 궁금할 정도였다. 하지만 나는 분노한 국민들의 진의를 알고 있었다. 다들 돈 때문에 그러는 거잖아. 돈 앞에서 가장 무력한 나는 이 나라가 무너지는 꼴을 그저 바라볼 수밖에 없었다.

난민을 받고, 독립을 하던 순간처럼 나라의 몰락도 순식간에 이뤄졌다. 나라의 마지막까지 우리가 가장 중요하게 생각했던 '평등'이 이뤄졌는지에 대한 질문이 머릿속을 가득 메웠다. 우리는 공평하게 끝을 맺은 걸까. 하지만 그 질문에 대한 답은 아무래도 상관없었다. 이제 내가 세웠던 나라 같은 건 없으니까.

도망치듯 집을 나온 나는 대한민국의 영토를 떠돌았다. 다시 지독히 추운 겨울이었다. 지난해보다도 매서운 바람이 불었다. 아스팔트 위로 떨어진 눈은 발에 채이고 타이어에 밟혀 진창이 되었다. 그토록 희고 아름다웠던 것도 결국 이렇게 잿빛이 되는구나. 나는 녹다 만 눈을 발로 짓이기며 멍하니 거리를 돌아다녔다. 갈 곳이 없었다. 이제 나는 어디로 가야 하지.

땅만 보며 걷는데 어디서 많이 들은 소리가 정신을 들게 했다. 야옹. 소리가 난 곳을 바라보니 삼천이가 있었다. 자신도 추워 몸을 떨면서도 옛정이 있다고 나를 애처롭게 바라보았다. 너는 다시 길거리로 돌아왔구나. 나는 이젠 삼천이에게 물도 밥도 츄르도 줄 수 없었다. 삼천이는 그래도 괜찮다는 듯 위를 올려다봤다. 나도 삼천이를 따라 아래로만 수그리고 있던 고개를 들었다. 재수 학원의 간판이 눈부시게 반짝이고 있었다. 더 이상 도망칠 수 있는 곳이 없구나. 눈이 부셔 잠시도 보고 있기 힘든 간판을 뚫어져라 바라보았다. 그냥 눈이 아주 멀어 버렸으면 좋겠다고 생각하며.

마블링

고양예술고등학교 2
정지윤

보트의 주인은 나타나지 않았다. 대략 대여섯 명이 탈 만한 크기의 보트는 물이 닿지 않는 해변가에 덩그러니 놓여 있었다. 새벽 동안 뭍으로 바닷물이 들어오면서 배가 서서히 파도에 닿았다. 다음 날, 반쯤 가라앉아 버린 보트 주변엔 검은 띠가 생겼다. 푸른빛이 감도는, 미끈미끈한 액체들은 물과 섞이지 못하고 물결쳤다. 아무도 소형 보트에 관심을 주지 않는 동안 기름은 순식간에 여러 겹씩 층층이 쌓여 갔다. 여러 색으로 겹겹이 쌓인 기름은 서서히 번져 영역을 넓히는 중이었다. 그 모습은 바다와 어울리지 못하고 다소 이질적이어서 이 마을의 이방인 같은 존재인 보트와 처지가 비슷해 보였다. 햇빛이 비칠 때마다 다르게 보이는 색 때문인지 언뜻 보면 하늘에 뜬 무지개가 반사된 그림으로 보이기도 했다. 바람이 불며 잔잔한 바닷물이 찰박거릴 때마다 기름이 일렁였다. 며칠 사이 잠겨 버린 배와 그 배를 둘러싸고 있는 무지갯빛 바다는 주민들의 눈길을 끌기에 충분했다. 가까이 다가가 살펴본 보트 옆구리의 구멍은 열려 있었다. 작은 배는 어떤 소리도, 기척도 없이 유유히 기름을 쏟아 내고 있었다.

169

해변가에 보트가 있는 건 흔한 풍경이었기에 누가 놓고 갔겠거니 하고 넘기던 보트를 결국 어촌계장 박 씨가 경찰에 신고했다. 그간 보트를 놔두던 이유도 주변에 해삼이나 전복 양식장이 모여 있고 거친 바위까지 많은 지형이라 주민들이 아니고선 어지간한 외지인들이 드나드는 일이 없어서였다. 그러나 선박 번호판도 달려 있지 않은 출처 모르는 보트가 일주일 넘게, 그것도 기름 유출구가 열린 채로 있으니 신고한 것이었다. 기름 색을 딱 보니까, 그렇게 많이 유출된 건 아니네. 바다에 둥둥 떠다니는 기름을 보며 사람들은 수군댔다. 다행스럽게 대다수의 추측대로 그리 엄청난 양의 기름은 아니었다. 그럼에도 큰 불만을 표출하는 이들은 존재했다. 아무래도 그 배가 마을 주민들의 과거를 떠올리게 만든 모양이었다. 근처에 있는 해양 경찰서에서 보트의 기름 유출구를 막고 사건은 금방 마무리되는 듯했다. 그러나 모두의 예상과는 다르게 서울에서까지 수사팀이 내려오자 주민들은 보통 일이 아님을 직감했다. 경찰은 좀 전까지만 해도 만질 수 있던 배 가까이에 펜스를 쳤다. 수사가 시작되고 보트가 발견된 그 주변까지 모조리 통제되었다. 막 벌어진 상황을 모르던 주민들은 양식장까지 한참 돌아가게 생겼단 점에만 불만을 내뱉었다. 카메라를 든 기자들이 마을에 찾아온 건 경찰들이 모항에 드나든 지 사흘째 되었을 때였다. 작은 배를 둘러싸고 한참 동안 터뜨리는 플래시 소리가 시끄러웠다. 주민들은 얼떨떨한 표정으로 그 광경을 지켜보았다. 조용했던 마을은 금세 어수선해졌다. 기자들의 등장에 다들 불안감을 느꼈는지 몇몇 이들은 어촌 계장에게 왜 신고를 했냐고 핀잔을 주기도 했다. 박 씨는 각각 다른 방송사 기자들에게 한 말을 하고 또 하며 온종일 인터뷰를 했다. 그는 수상한 보트가 발견되긴 했지만 마을은 안전하다는 점을 강조하며 말하려고 신경 썼다. 여전히 성이 차지 않은 기자들은 마을을 둘러보기 시작했지만 주민들이 카메라를 거부하는 반응을 보이자 방법을 바꾸었다. 기자와 촬영 기자 두 사람이 신 씨의 가게에 들어와 음식을 주문했다. 그들은 밑반찬을 세팅하는 신 씨에게 자연스럽게 말을 걸어왔다.

저 배를 간첩이 타고 왔단 소리 들어 보셨어요?

간첩이란 단어에 신 씨가 화들짝 놀랐지만 티를 내지 않고 대답했다.

처음 들어 봐요. 요새 그런 말이 떠도는데…… 그런 거 몰라요. 신 씨는 기자의 말을 자르고 주방으로 얼른 들어가며 생각했다. 분명 종합 편성 채널의 기자들일 것이라고. 신 씨의 시큰둥한 반응에 두 사람은 음식을 반도 먹지 않고 식당을 떠났다. 다른 식당에 가서 먹을 배를 남긴 요량이었다. 그들이 나가려는 기척이 들리자 그녀는 주방에서 그들이 챙기고 있는 카메라에 붙은 방송사 로고를 확인했다. 그녀의 추측은 빗나갔다.

기사 수십 개가 '모항'이란 단어를 포함한 제목으로 인터넷에 올라갔다. 뉴스에서는 이전에도 타 지역에서 있었던 일처럼 외국인 밀항으로 예상된다는 내용을 전했다. 뉴스 보도와 달리 인터넷에서는 간첩이 타고 내려온 배라는 소문이 돌기 시작했다. 배를 탄 간첩은 노인정과 마을 회관을 돌며 몸집을 키워 나가더니 순식간에 무성한 소문을 뿌렸다. 노인들은 인터넷에 올라온 영상을 보며 빨갱이 욕을 해 댔다. 신 씨도 몇몇 주민에게 마치 재난 알림 같은, 조심하라고 당부하는 듯한 문자메시지로 보트를 타고 건너온 간첩에 대한 이야기를 공유받았다. 메시지 끝에는 이 이야기를 다른 사람에게 꼭 널리 퍼뜨려 달라는 당부가 함께였다. 상인들은 싱숭생숭한 마음에 괜히 스마트폰만 만지작거리며 유튜브에서 개인이 만든 뉴스를 모방한 영상을 보았다. 영상은 '단독 입수'와 같은 타이틀을 달고 얼굴이 모자이크 처리된 사람이 출연해, 북에서 온 정보라며 자극적인 내용을 비밀스럽게 말했다. 댓글 창엔 모항 곳곳에 간첩이 돌아다니는 것마냥 과장하는 댓글들이 가득했다. 어쩐지 예전에 조개구이 먹으러 갔었는데 식당 주인이 홍어를 줬다, 저 마을은 밤에 절대 돌아다니면 안 된다고 하더라, 숨겨 줬을 수도 있으니 주민들 집을 일일이 다 뒤져 봐야 한다…… 주민들이 걱정된다기보다는 이 상황을 즐기는 것 같았다. 모항은 이미 근처에 가서도 안 되는, 위험 지역으로 각인되어 가고 있었다. 다른 지역에 사는 지인과 친척들은 신 씨에게 괜찮은 거냐며 안부 전화를 걸어오기도 했다. 신 씨는 다가오는 성수기에 손님이 없을까 봐 걱정을 했다. 모항에 대한 흉흉한 기사가 쏟아져 나왔음에도 다행히 관광객이 크게 줄거나 하는 일은 없었다. 다른 큰일이 또 터지면서 기사가 묻힌 덕분이었다. 수년 전에 이보다 더한 일을 이미 겪은 탓인지 주민들은 빠르게 일상을 되찾아 갔다. 다만 펜스가 쳐진 쪽 근처엔 그 누구도 얼씬하지 않을 뿐이었다. 해가 지고 철썩거리는 파도 소리만 울리자 바닷가의 낭만은 사라지고 을씨년스러운 분위기만 남았다. 왠지 익숙한 풍경이었다.

해산물을 잔뜩 실은 트럭이 가게 앞에 도착했다. 신 씨는 문을 열고 그에게 반갑게 인사를 건넸다. 매주 해산물을 납품하러 오는 직원으로, 몇 년 전 모항에 온 태국 청년이었다. 신 씨와 청년은 해산물들을 가게 앞 수조에 쏟아부었다. 청년은 장갑 벗은 손을 옷에 쓱쓱 문지르더니 주머니 안쪽에 있느라 꾸깃꾸깃해진 봉투를 신 씨에게 내밀었다. 신 씨와 청년 사이에 오가는 것은 해산물뿐만이 아니었다. 청년은 그나마 마을에서 가장 말을 많이 나눠 본 신 씨에게 자기 대신 돈을 부쳐 달라고 부탁하곤 했다. 신 씨도 사정하는 청년을 무시하기가 어려웠다. 청년의 노력에도 모서리가 다 젖어 버린 봉투엔 그의 월급이 고스란히 들어 있었다. 받은 월급의 대부분을 고향 집으로 보내는 것 같았다. 청년은 꾸벅 고개 숙여 인사한 뒤 가게를 떠났다.

마을 대청소 날이 정해졌다. 매년 계절풍이 닥쳐오는 지점에 진행하는 일정이었다. 사실 대청소라는 이름이 무색하게 해안가로만 장소가 한정되어 있었다. 바다를 머금은 다습한 기운이 마을 전체를 휘감았다. 바람이 파도와 섞여 새벽 내내 방파제와 힘껏 부딪히면 해변가는 그야말로 난리가 났다. 온갖 쓰레기들이 떠밀려 와 해수욕장을 어지럽혀 놓았다. 쓰레기 외에도 새까맣게 물든 방파제와 돌도 문제였다. 수면 위에 떠다니는 까만 덩어리들은 바다 깊은 곳에 굳어 있던 타르 덩어리들이 올라온 것이라고 다들 추측할 뿐이었다. 마을 주민들은 아침부터 해안가로 모여 비옷에 장화를 신었다. 대청소엔 외국인 직원들도 동원이 됐다. 몇몇 주민들은 자신이 참여하지 않고 대신 직원을 시키기도 했다. 대청소 때마다 빠진 적 없이 매번 오는 태국 청년이 신 씨에게 웃으며 인사를 했다. 실장갑과 고무장갑을 이중으로 끼고 본격적으로 작업을 시작했다. 밀물이 다가오면 잠시 뭍으로 가 있다가 다시 작업을 재개하는 방식이었다. 보상금에 관여하지 말라는 문구가 적힌 플래카드가 거센 바람에 나부꼈다. 헝겊과 천을 갖고 돌과 방파제에 묻은 타르를 열심히 닦고 꼬챙이로 돌 사이사이 찌꺼기도 파냈다. 심한 악취에 누군가 얼굴을 찌푸리며 코를 막았다. 모항에 온 지 얼마 되지 않은, 전복 양식장에서 일하는 외국인 청년에게 엄살이 심하다며 다들 나무랐다. 그 냄새는 모항 일상에 박힌 지 오래라 익숙해진 주민들은 불평하지 않았다. 신 씨도 굳이 코를 틀어막을 필요성을 느끼지 못했다. 청소가 끝나고 신 씨는 물이 찰박거리는 소리만 들리는 바다 앞에 홀로 섰다. 파도가 신 씨의 신발을 훑고 갔다. 발밑에 새까만 알갱이가 남았다. 신 씨는 알갱이를 발로 대충 모래 속에 묻었다.

해수욕장 가까이 식당을 운영하던 신 씨는 기름이 바다를 덮쳤다는 소식을 뉴스보다 제 눈으로 먼저 확인했다. 요란한 소리를 내며 고꾸라진 배는 새벽 주민들의 잠을 깨웠다. 뒤늦게 나가 보았지만 이미 바다는 일정하지 않은, 거대한 기름으로 뒤덮인 채였다. 신 씨는 살면서 그렇게 많은 양의 기름은 처음 보았다. 온통 새까만 색의 바다는 보는 것만으로도 두려움을 줬다. 기름에 젖은 돌은 미끄러웠고, 손가락을 문지르면 검정이 묻어 나왔다. 한바탕 난리가 된 바다에는 날마다 수백 명의 사람들이 양동이와 곡괭이를 들고 찾았다. 방제 작업에 봉사 시간을 내걸자 중학생부터 대학생까지 봉사자들이 줄을 이었다. 초등학생이나 아직 학교도 들어가지 않은 어린아이들도 부모의 손을 잡고 작은 손에 장갑을 꼈다. 나중에 가서는 자원봉사를 하러 온 차량이 해수욕장을 꽉 채워 주차 공간이 부족했다. 학교 운동장은 이미 개방했고 관공서에도 외지인들의 차로 발 디딜 틈이 없었다. 극성수기 때도 없던 일이었다. 옆 마을에서까지 공간을 빌려 주고 나서야 주차난이 조금 해결됐다. 각각 다른 원색의 점퍼를 입은 정치인들이 모항을 찾아왔을 땐 지쳐 있던 주민들에게 활기를 주었지만 그마저도 잠시였다. 그들은 노인들과 손을 맞잡고서 희망적인 단어들을 나열했지만 직접 팔을 걷어붙이진 않았다. 신 씨도 만삭의 몸으로 방제 작업에 참여하다가 봉사자들이 늘자 타르를 닦는 일에서는 손을 뗐다. 대신 구청에서 시킨 대로 그녀의 식당에서 봉사자들을 위해 할인을 시행했다. 몇몇 마을 사람들과 모여 봉사자들에게 줄 도시락을 만들기도 했다. 이익도 적고 고되었지만 보람찬 감정 하나로 괜찮았다.

제대로 가게 운영을 못 한 지 몇 달이 되어 가던 때였다. 1년도 안 돼서 모항은 원래의 모습을 되찾아 가는 성과를 보이는 듯했다. 반면 신 씨의 남편은 급격하게 제 모습을 잃어 갔다. 소형 낚시 어선을 타며 낚시 객들을 태워 주고 직접 우럭이나 광어를 잡는 일을 하던 남편은 원유가 모항을 적셔 버린 이후 온종일 해안가에서 기름만 닦았다. 그렇게 3개월 내내 방제 작업에 참여하던 그는 현장에서 혈압을 재고 혈압계에서 생애 가장 높은 숫자를 보았다. 이후에도 고혈압 증세가 자주 나타났다. 가족 중 고혈압은 단 한 명도 없었다. 고혈압으로 쓰러지자 남편은 마침내 방제 작업을 그만두었다. 누구보다 열심히 기름을 닦아 내던 그는 전립선암 판정을 받았다. 절반도 받지 못한 피해 보상금을 돌려받기 위해 누구보다 적극적으로 싸웠던 남편이지만, 암을 앓은 뒤로 그는 나서기를 꺼려 했다. 신 씨는 자신이 온전한 가장이 되었다는 사실에도 크게 좌절하지 않았다. 어미 모(母)에 항구 항(港), 모항이라는 이름 때문일까. 마을에서 남편들이 병에 걸리거나 죽는 일이 늘어났지만 그녀들은 꿋꿋이 가장 노릇을 했다.

병원은 버스로 30분은 나가야 있는 시내에 있었다. 몇 년째 한 달에 두세 번씩 정기적으로 방문 중인 소아청소년과 진료실 앞에는 항상 보던 아이들 그대로였다. 초등학교 졸업을 앞둔 그녀의 딸을 비롯한 기름둥이들. 태어날 때부터 공기 중에 둥둥 떠다니는 기름을 먹고 자란 그 아이들은 툭하면 기침을 토해 내는 호흡기 질환을 달고 있었다. 그건 서울에 있는 큰 병원에 가도 완전히 고칠 수는 없다고 했다. 신 씨는 남편의 오랜 투병이 끝나고 드디어 병원을 벗어날 수 있다고 생각했지만, 딸까지 아플 거라곤 생각지 못했다. 기름둥이 따위의 별명으로 불리는 게 기분 나쁠 법도 했지만 신 씨와 다른 기름둥이의 부모들은 티를 내지 않았다. 예민하게 반응한다는 건 현재의 모항을 부정하는 것과 같았기에. 그저 속으로만 10여 년 전 바다로 나가 팔을 걷고 열심히 기름을 닦아 내던 자신들을 원망할 뿐이었다. 대외상 모항은 정상으로 돌아왔지만 사람들은 아니었다. 이곳 사람들 중 누구도 함부로 회복이란 말을 꺼내지 않았다. 다만 아이의 질병이 인정 질환에 포함되는 것만을 다행으로 여겼다.

잠잠해지나 싶던 마을이 다시 떠들썩해진 건 또 보트 때문이었다.

기자들이 카메라를 들고 다시 모항을 찾았다. 마침내 보트의 주인이 밝혀진 것이었다. 범인은 주민들 사이에 돌던 지라시의 간첩이 아니라 불법 밀항한 외국인들이었다. 아직 추적 중이고 잡히지는 않은 상태라며, 그리 멀리 도망가지 못하고 아마도 모항과 가까운 곳에 숨어 있을 것이라고 경찰은 말했다. 그들은 마을 주민들에게도 협조해 달라고 요청했다. 모항 벽 곳곳에 그들의 흐릿한, 마치 CCTV에서 가져온 것 같은 사진이 담긴 전단이 붙여졌다. 시선 닿는 장소마다 붙어 있는 전단에 긴장감이 돌았지만, 주민들은 바다를 건너온 게 간첩이 아닌 외국인 노동자들이란 사실에 곧 안심했다. 당장 전복 양식장에서 일을 돕는 직원들 모두가 외국인들이었다.

인터넷 커뮤니티엔 '모항의 근황'이라는 글이 올라왔다. 게시글에 따르면 외국인 노동자들이 이 마을 전체를 장악한 것처럼 보였다. 이게 다 우리로도 모자라 일자리를 줘서 그렇다, 불법체류자 처벌을 제대로 안 해서 그런 것이다…… 갑자기 외국인 범죄와 그들의 종교, 그리고 정치까지 끌어들여지기도 했다. 신 씨는 문득 태국 청년이 떠올랐다. 병원에서 나와 은행에 가 청년에게서 받은 계좌 번호로 돈을 이체하려고 했지만 '없는 계좌 번호'라며 오류가 나서 보내지 못했다. 청년은 매번 다른 계좌 번호를 신 씨에게 알려 주었다. 아마 불법체류자 신세를 들키지 않기 위함이겠지. 신 씨는 추측만 할 뿐 굳이 그 이유를 정확히 알고 싶다는 생각은 없었다. 다만 제대로 된 계좌 번호를 묻기 위해 청년을 찾았지만 그는 보이지 않았다. 주말엔 부업을 하러 가기에 그 때문인가 싶었지만, 이젠 신 씨의 가게에 해산물을 납품하러조차 오지 않은 지가 한 달 가까이 되어 가고 있었다.

이제 더는 모항이 뉴스의 헤드라인이나 신문 기사에 대문짝만하게 박힐 일이 없을 것이었다. 아니, 없어야만 한다고 신 씨는 되뇌었다. 더 이상 손님이 줄어들면 안 됐다. 신 씨도 걱정이 많았다. 당장 직원에게 줄 월급도 막막해 어떻게든 매출을 늘려야 했다. 10년간 애써 노력해 근래에 완전히 회복한 모항의 이미지를 다시 망칠 순 없었다. 여전히 검은 알갱이들이 모래와 섞여 해안가에 굴러다녀도 마찬가지였다. 주민들은 주민회관에 모여 지역의 이미지 회복에 대한 방법을 궁리했다. 별다른 방안은 나오지 않았다.

신 씨는 문득 보트를 타고 밀항했다는 그 외국인 노동자들이 몇 주 전 일어난 승합차 전복 사고의 당사자들이 아닐까 하는 생각이 들었다. 갑자기 사라진 태국 청년까지 포함해서. 요즘 뉴스를 꼬박꼬박 챙겨 보는 신 씨는 짤막하게 지나간 한 사건이 잊히지 않았다. 밭일 작업에 동원되어 노인 몇몇과 외국인 노동자들을 태워 가던 승합차가 가드레일을 들이받고 전복되는 사고가 발생했다. 한 시간 정도 걸리는, 모항과 타 지역을 오가는 외진 도로에서 발생해 사건이 발견되는 데에도 꽤 오랜 시간이 걸렸다. 그 자리에서 네 명이나 사망한 처참한 현장에서 몇 명은 실종 상태였다. 정확한 신분은 밝혀지지 않았지만 불법체류자로 추정 중이라고 했다. 신 씨는 컨테이너 박스로 발걸음을 옮겼다. 예전에 태국 청년에게 사는 곳이 어디냐고 물었을 때 그는 머뭇거리며 양식장 옆 작은 컨테이너 박스를 가리켰었다. 그곳에도 청년은 없었다. 정말 그 사고를 당한 게 맞는 걸까. 양식장 옆 컨테이너 박스는 매우 작았다. 언젠가 저 작은 컨테이너 박스에 대여섯 명이 한꺼번에 들어가는 것을 보았다. 폭염이 이어지는 한여름에 에어컨은 고사하고 탈탈거리는 소형 선풍기 하나로만 버티는 그들을.

태국 청년 대신 다른 직원이 왔다. 신 씨는 그 직원에게 태국 청년이 어떻게 됐는지에 대해 묻지 않았다. 새로 바뀐 직원도 외국인이었는데, 왠지 말을 거는 게 꺼림칙해서였다. 소문의 내용이 다 엉터리임을 알면서도, 무의식적으로 말 섞는 것조차 꺼려지는 건 어쩔 수가 없었다. 다만 성에 차지 않는 해산물의 상태에 그녀는 직접 수산물 직판장으로 가 보기로 했다. 그곳이라고 다를 건 없었다. 특히 전복은 새끼라고 착각할 만큼 크기가 작았다. 모항의 양식장은 겉으로는 기름의 흔적조차 찾아보기 힘들지만 바닷

속은 달라서, 전복의 종패만 넣어도 쉽게 죽어 버렸다. 미역이나 다시마가 바위에 붙질 못하는 것도 고충이었다. 신 씨가 직판장을 찾을 때마다 신 씨의 단골인 소매상은 그녀에게 가져와 판매할 수산물의 양이 너무 적다고 자주 토로하곤 했다.

주민들이 다시 주민회관에 모였다. 외국인들을 마을에서 내쫓자는 의견이 나와서였다. 그건 불법으로 체류 중인 외국인 노동자를 말하는 것이었다. 우리한테 해코지라도 하면 어떡하느냐면서, 불안한 마음에 당장 돌아다니기도 무섭다고 했다. 말이 떨어지자마자 양식장을 운영하는 이들은 절대 안 된다며 핏줄까지 세우며 소리쳤다. 그런 식으로 다 걸러 내면 양식장에서 일할 직원이 아예 없다는 이유 때문이었다. 논의 끝에 외국인들이 밤늦게 다니지 않게 하는 쪽으로 합의를 보았다.

결국 모항에서 꽤 떨어진 지역에서 외국인 일당이 잡혔다. 정확히 말하자면 밀항을 계획한, 손가락이 없거나 한쪽 발을 저는 외국인 세 명. 그들은 일자리를 구하려 중국에서 보트를 타고 건너왔다고 자백했다. 노인정에서 간첩 얘기는 이젠 한물간 주제였다. 당장 브로커에 의해 양식장에서 전복을 잡고 있는 외국인 노동자들을 코앞에 두고 노인들은 끌끌 혀를 찼다. 신 씨도 그들과 가까이 마주할 일이 생기면 자리를 피했다. 이유 모를 서늘함이 느껴진다는 이유였다. 모항을 10여 년 만에 재차 들썩이게 한 사건이 끝을 향해 달려가고 있었다. 일주일간 모두가 참여했던 마을 대청소도 마무리되었다. 주민들은 그제야 한숨을 돌렸다. 모두가 배를 타고 건너온, 그렇지 않아도 시원찮은 모항의 경기를 또 어렵게 만든 범죄자들의 욕을 했다. 외국인 노동자들이 고기를 몰고 있는 양식장 앞을 지나가면서. 특히 노인정에선 봇물 터지듯 욕이 쏟아져 나왔다. 간첩 얘기는 애초에 나오지도 않았던 것마냥 쏙 들어갔다.

신 씨의 생리 예정일이 어느새 한 달을 훌쩍 넘어가고 있었다. 생리 주기가 일정하지 않게 된 건 오래였지만 이번처럼 늦은 적은 없었다. 그 많은 시간 동안 산부인과에 가서 진료를 받지 않은 건 안일함 탓이었다. 생리 불순은 모항의 여자들이 모두 겪는 증상 중 하나였다. 마을의 젊은 여자들까지 생리 불순을 겪으니 별일이 아닌 것마냥 넘겨 왔다. 더 이상 예정일은 의미가 없었다. 옆 가게 주인인 홍 씨가 얼마 전 자궁에 문제가 있다는 진단을 받았다고 했다. 그녀도 덩달아 겁이 나 이번엔 정말 병원에 들러야겠다고 다짐하던 차였다. 신 씨는 수술을 받기 위해 '연중무휴' 간판이 무색하게 몇 년 만에 가게를 일주일 넘게 비우고 있는 홍 씨를 만나러 갔다. 두 사람의 대화에서 자연스럽게 얼마 전 모항의 이름을 뉴스에 오르내리게 한 외국인 노동자들 얘기가 나왔다. 신 씨가 꽤 친하게 지냈던 태국 청년이 사라졌다는 얘기를 꺼내자 홍 씨가 놀란 모양이었다. 그 청년, 일 내팽개치고 다른 곳 간 거 아냐? 자네 포함해서 마을 사람들까지 다 배신한 거지 뭐…… 그렇게 안 봤는데…… 홍 씨는 치가 떨린다는 표정으로 청년에 대해 추측했다. 그리고 아무것도 모르는 신 씨를 안타까워했다. 정말 그런 것일까?

신 씨는 집으로 돌아가는 길에 아래에 묵직한 무언가가 나온 것을 느꼈다. 그녀는 배가 사르르 아픈 것과 동시에 안도감을 느끼며 서랍을 열었다. 생리대를 찾기 위해 뒤적거리는데 무언가 손에 걸리적거렸다. 예전에 태국 청년에게서 받은 뒤 처박아 둔 돈

봉투였다. 그녀는 봉투가 잠길 때까지 훨씬 깊숙이 밀어 넣었다. 서랍을 닫은 손이 왠지 모르게 축축했다. 신 씨는 돈 봉투를 꺼낼 일이 다신 없을 거라고 되뇌며 화장실로 향했다. 화장실 칸 안에서 바지를 내렸다. 팬티에 묻은 시꺼먼 덩어리에 작은 알갱이들이 보였다. 어디선가 바다 냄새가 났다.

바로잡다

충주미덕중학교 2
박제준

"여기가 어디죠?"

태웅이 눈을 뜬 곳은 캄캄한 아스팔트 도로였다. 길게 이어진 아스팔트 도로에는 듬성듬성 가로등이 있었다. 태웅은 첫 번째 가로등에 기대어 있는 남자를 발견하고 그에게 물은 것이다.

남자는 볼품없는 누더기를 고쳐 입고는 짧은 정적 끝에 대답했다.

"자네는 죽었어. 기억나?"

태웅은 그제야 기억이 났다. 지난밤 배달이 밀려 오토바이를 타고 가다가 사거리에서 차와 충돌, 수많은 자동차의 경적 소리 사이에서 그는 정신을 잃었다. 태웅은 기억하고 싶지 않았던 소름 끼치는 기억에 남자를 붙잡고 울었다.

"저는 이제 어떻게 되는 건가요. 제발 살려 주세요. 전 아직 죽으면 안 된단 말이에요…… 제발……."

남자는 조용히 눈을 감았다. 그러고는 익숙한 듯이 우는 태웅 옆에서 울음이 그칠 때까지 기다려 주었다. 2020년 2월, 아직 새싹이 돋기엔 이른 시기에 그는 거름이 되었다.

태웅은 남은 사람들을 생각하며 울었다. 부모님, 여자 친구, 사촌, 하다못해 치킨을 못 받았을 손님까지 기억 속의 모든 사람에게 죄송했다. 아직 나는 잘해 준 것 하나 없는데 먼저 떠나간 마음에 울화통이 터졌다. 죽음은 생각보다 훨씬 더 절망적이었다. 한참을 울어 더 이상 눈물이 나오지 않을 즈음 남자가 입을 열었다.

"환영해."

태웅은 어느 정도의 이성을 되찾고 그에게 물었다. 그의 말 하나하나는 분노와 짜증이 묻어났다.

"누구신데요."

"누구는 날 신이라고 부르기도 하고, 저승사자라고 부르기도 하지. 아, 최근에는 부처냐고 묻는 사람도 있었어. 그렇지만 난 그냥 길거리의 나그네일 뿐이야."

태웅이 대답이 없자 나그네는 멋쩍은 듯이 웃고는 말을 이어 갔다.

"자네는 죽으면 어떻게 될 것 같았어? 혹시 환생이나 천국, 지옥 이런 걸 믿었나?"

"나는 그런 거 믿지 않아요. 천국이든 지옥이든 다 거짓말쟁이들이 쓴 비과학적인 소설일 뿐이라고 생각했어요. 그런데 죽어 보니 이게 뭐야. 그냥 끝날 줄 알았는데 뭐가 하나 더 있네요. 어두컴컴한 걸 보니 여기는 지옥인가 보죠?"

"지옥은 아니야. 환생하기 전의 중간 단계 같은 곳이지. 사람들이 죽으면 주마등이 스쳐 지나간다고 말하잖나? 지금부터 주마등 속을 여행한다고 생각하면 될 거야."

나그네는 잠깐 쉬고 말을 이어 갔다.

"너는 이곳에서 기억을 바꿀 수 있어. 기억을 바꾸면, 원래의 역

사는 바뀌지 않겠지만 적어도 네 기억 속에서는 바꾼 기억을 사실
로 믿게 돼. 원래 기억은 사라져 버리고, 자네는 환생할 때까지 그
기억을 되새김질하며 기다리게 될 거야. 요즘이 저출산 시대라 네
차례까지 시간이 조금 많거든."

"……제가 그걸 믿을 것 같아요?"

"터무니없는 소리라 생각하겠지. 그렇지만 어떡해. 이게 사실인
걸."

태웅은 어이없다는 듯이 웃었다.

"나한테 왜 이런 걸 하는 건데요?"

"자네가 생전에 보험을 많이 들어 놨잖아."

나그네의 그 한마디로 표정은 순식간에 얼어붙었다.

"내가 이런 농담을 들으려고 당신에게 물어본 것 같아요? 나는
지금까지 이렇게 화나고 미칠 것 같은 적이 없었어요. 말하는 걸
보니까 내가 처음도 아닌 것 같은데 그런 걸 뻔히 알 것 같은 당
신이 왜 내 속을 긁어요?"

"그렇지만, 그렇게 우울한 건 내가 없을 때 해도 좋잖아. 나 없
이 혼자 기다릴 오랜 시간 동안 우울한 것만 해도 충분해. 지금은
웃어야지, 안 그래?"

나그네의 말과 목소리에는 사람을 설득시키는 호소력이 있었
다. 그가 풍기는 독특한 아우라 앞에서 태웅은 할 말을 잃었다.

나그네는 낮은 목소리로 말했다.

"물론 보험은 농담이야. 기억을 바꿀 기회는 누구에게나 공평
하게 주어지거든. 조금 뒤에 다시 올게. 그때 다시 이야기하지."

태웅은 눈을 깜빡였다. 방금까지 앞에 있던 나그네는 순식간에
사라졌다. 어디선가 둔탁한 발소리가 들려왔지만 도무지 나그네

가 어디에 있는지는 알 수 없었다. 발소리는 얼마 지나지 않아 멈추었고, 조금 뒤에 다시 온다 말했던 나그네는 하루가 넘게 지나서야 돌아왔다.

나그네는 가로등에 붙어 있는 태웅에게 조용히 다가갔다. 그는 태웅의 어깨를 가볍게 두드렸다.

"이봐, 가로등에 낙서는 하면 안 돼. 어디로 갈지 정하기는 했나?"

태웅은 화들짝 놀라더니 이내 괜찮은 척하며 비아냥거리는 말투로 말했다.

"네, 정했어요. 여덟 살 때 학교 텃밭에서 몰래 방울토마토를 따 먹다가 걸린 적이 있었는데, 그때로 갈 거예요. 당신이 아까 나에게 말했죠? 생전에 보험을 많이 들어 놨다고. 일단 당신 말이 사실인지 의심스럽고 만약 사실이라고 해도 큰 역사를 바꾸다가 잘못 될 수도 있잖아요? 그래서 보험 삼아 해 보는 거예요. 불만 없죠?"

태웅은 들으란 듯이 '보험'을 강조해서 말했다. 나그네는 피식 웃으며 말했다.

"재미있는 친구네. 이성적인 면도 있고 말이야. 좋아, 안내해 주지."

나그네는 천천히 가로등 사이를 지나가다가 여덟 번째 가로등에서 멈춰 섰다. 그가 가로등의 스위치를 올리자 알록달록한 불이 들어왔다. 조금 시간이 지나자 빛깔들은 이내 자신의 자리를 찾고 학교의 풍경을 이루었다. 학교의 한 귀퉁이에는 태웅이 말했던 방울토마토 텃밭이 있었다. 나그네는 태웅을 가로등 불빛 아래로 안

내했다.

"제한 시간은 5분이고 미래에 대해 언급하면 안 돼. 간단하지?"

나그네는 다시 스위치를 내렸다. 그러자 태웅은 불빛과 함께 도로에서 사라졌다.

자신이 생각하던 그 장소가 눈앞에 펼쳐졌다. 18년 전이긴 하지만, 학교의 풍경을 보고 단번에 알아차릴 수 있었다. 그날의 맑은 날씨와 학교 풍경, 들리던 매미 소리까지 모든 게 일치했고, 키는 난쟁이가 되었다.

"……쓸데없이 잘 만들었네."

태웅은 잠깐 고민하다가 방울토마토 옆에 있던 상추를 하나 가득 뽑고 선생님이 텃밭에 도착할 때까지 기다렸다. 선생님은 태웅을 보고 놀라 소리쳤다.

"태웅아, 이게 무슨 짓이야! 선생님이 생명을 소중히 다루어 달라고 말했잖니!"

선생님은 태웅이 기억하던 역사와 완전히 똑같이 말했다. 태웅은 해맑게 웃으며 말했다.

"집에서 삼겹살을 구워 먹는다고 하기에 좀 가져가려고요!"

태웅은 농담을 던진 뒤에 생각했다. 시간이 거의 끝나 가려나? 그 남자가 나를 보고 있으려나? 생각을 마친 태웅은 한마디 더 하고 끝내기로 결심했다.

"조금 뒤에 나그네 한 명이 올 건데, 그분께 보험 처리해 달라고 부탁하시면 돼요."

선생님이 무언가 말을 꺼내려고 할 즈음 태웅은 도로로 돌아왔다. 나그네는 배꼽이 빠지도록 웃고 있었다.

"뭔 일이 있었기에 이렇게 웃어요? 빨리 과거로 보내 주세요."

나그네는 간신히 웃음을 멈추고 태웅을 바라보았다.

"기억은 안 나겠지만 넌 이미 여덟 살 때 기억을 바꾸고 왔어, 내가 널 보면서 얼마나 웃었는지 아냐?"

"어떤 역사를 바꿨는데요?"

"텃밭에서 상추를 뽑고 왔지."

태웅은 첫 번째 가로등으로 달려갔다. 가로등에는 태웅이 나그네 몰래 새긴 글씨가 있었다.

"여덟 살 때 방울토마토……라고 적혀 있네요."

태웅은 할 말을 잃었다. 이제는 정말 믿을 수밖에 없었다.

"당신의 말이 진실이어서 분해요. 당신 같은 사람이 나에게 기회를 주고 있어 분해요. 그렇지만 제일 화나는 건…… 무언가 바뀔 거라는 실낱같은 희망을 품고 있는 저 자신이 미워요."

나그네는 태웅이 먼저 말을 꺼낼 때까지 두 번째 가로등에서 대기했다.

"……나그네님."

"편하게 불러."

"바꾸고 싶은 기억이 생각났어요."

나그네가 반응이 없자 태웅이 이어서 말했다.

"2009년 10월 13일. 우리 할머니가 심정지로 쓰러지신 날이에요. 조금만 앞으로 가서 사거리를 돌면 할머니의 집이 있었죠. 저는 그날 친구들과 자전거를 타고 놀러 나가서 할머니가 쓰러지셨다는 사실도 몰랐어요. 제가 그때 할머니를 보러 갔었다면……. 조금은 달라지지 않았을까요?"

나그네는 잠깐 인상을 쓰며 말했다.

"미리 말하지만 네가 뭔 짓을 해도 넌 2020년 2월 19일에 26세의 나이로 죽고 너희 할머니는 2009년 10월 13일에 죽어. 운명을 거스를 수는 없어."

태웅은 고개를 떨어뜨렸다.

"괜찮아요. 그냥 제 죄책감과 욕심 때문에 하는 거니까. 날 보내 줘요."

나그네는 또다시 가로등을 켜 주었다.

"그날 아침이야. 5분이 지나면 할머니가 쓰러지실 즈음이 될 거 다."

태웅은 묵묵히 그날의 기억으로 향했다. 조금 전과 다를 것 없는 도로였지만 왜인지 지금은 조금 더 공허해 보였다.

태웅은 과거로 오자마자 할머니의 집으로 달렸다. 슬리퍼를 거 꾸로 신은지도 모른 채. 그의 바람막이가 요란하게 펄럭였지만 그의 귀에는 들리지 않았다. 태웅은 앞문이 잠겨 있을까 봐 뒷문을 통해 집으로 들어갔다.

"할머니, 괜찮아요?"

남은 시간은 4분 정도였다.

"이놈아 집 부서지겠다. 나는 맨날 팔팔한데 뭘 그리 호들갑이 야? 에잉."

태웅은 마른 숨을 턱턱 뱉으며 집에 들어갔다. 슬리퍼를 거꾸 로 신었다는 것도 그제야 알았다.

"할머니, 내가 무서운 꿈을 꿨어. 나 없는 동안에 할머니가 사라 져 버린 거야. 글쎄 할아버지 찾으러 간다고 떠나 버린 거 있지? 그 꿈 때문에 덜컥 무섭고 할머니가 생각나서 달려왔어."

"에잉, 이놈아! 나 버리고 먼저 죽은 영감이 뭐가 예쁘다고 내 가 따라가! 헛소리하지 말어."

태웅의 눈에는 눈물이 맺혔다.

"내가 말할 기회가 없었는데, 정말 많이 고마워. 할머니와 함께 했던 추억이 많이 있어서 다행이야."

"아니, 얘……."

그는 좀 더 다가가 할머니를 끌어안았다.

"잠깐만 이대로 있어 줘. 3분만, 3분만……."

시계 소리가 유난히 크게 들렸다. 똑딱똑딱 하고 초침이 달리는 소리는 태웅에게 무언의 재촉을 가했다. 태웅은 짧은 3분의 시간 동안 할머니의 숨소리를, 낮게 고동치는 심장의 울림을 들었다.

태웅은 돌아갈 시간이 얼마 남지 않았을 때, 눈물을 뚝뚝 흘리며 말했다.

"할머니, 사랑해요. 내 꿈 꿔요."

더 이상 그의 바람막이가 펄럭일 일은 없었다.

눈물을 닦고 고개를 들자 태웅의 눈앞에 나그네가 있었다. 태웅은 눈물을 멈추려 했지만, 눈물은 그의 의지와 상관없이 계속해서 흘러내렸다. 그는 나그네의 바짓가랑이를 잡고 목 놓아 울었다.

왜 슬픈지도 모르는데 눈물이 멈추지 않았다. 이내 태웅은 제발 자신의 눈물을 멈추게 해 달라며 나그네에게 빌었다. 그러나 나그네에겐 그런 능력이 없었고, 대신 작은 위로의 말을 건넸다.

"자네, 자네는 내 생각보다 멋진 사람이었어. 마음껏 울 자격이 있는 사람이야. 강이 흐르면 그 지역이 번창하듯이, 눈물이 흘러야 다음날에 웃음이 찾아오는 법이거든."

그가 처음 이곳에 왔을 때처럼, 그의 울음은 자연스레, 천천히 잦아들었다.

태웅은 몇 번 더 역사를 바꾸었다. 슬픈 역사를 바꾸고 오면 몇 시간 동안 목 놓아 울었고, 즐거운 역사를 만들면 실실 쪼갰다. 물론 자신이 어떤 역사를 바꿔서 기쁘고 슬픈지는 알 수 없었다. 태웅은 역사 속에서 학교 선배의 머리를 시원하게 쥐어박은 다음에 도로로 돌아왔다.

태웅은 기분 좋다는 듯이 흥얼거리며 나그네에게 말했다.

"이제 어느 정도 역사를 바꾼 것 같아요. 별로 생각나는 게 없네요."

나그네는 반짝반짝한 가로등에 얼굴을 비춰 보면서, 기다란 수염을 다듬는 데 온 정신을 쏟고 있었다.

"음, 잘 생각해 봐."

둘이 사이좋게 지내는 듯싶다가도, 나그네가 건성으로 대답한 게 태웅은 기분이 나빴다. 태웅은 나그네가 서 있는 가로등 주변을 서성거렸다. 그래도 아무런 반응이 없자 나그네 옆에 앉아 조약돌을 주워 공기놀이를 하기 시작했다.

나그네는 그러거나 말거나 수염을 다듬고 옷매무새를 깔끔하게 정돈했다. 누구 잘 보일 사람이 있나? 태웅은 나그네의 관심을 끌 만한 말을 던졌다.

"나그네님은 어쩌다 이런 일을 하게 됐어요? 대답 좀 해 줘요."

"애기야, 다른 데 가서 놀아라."

태웅은 옳거니 하고 밀어붙였다.

"빨리 알려 주세요. 본업에 충실해 주세요. 안 그러면 가로등 다 뽑아 버리고 수염도 다 뽑아 버릴 거예요."

나그네는 크게 한숨을 쉬고는 태웅을 쳐다보았다.

"집요한 놈이네, 이거."

태웅은 어깨를 으쓱였다. 나그네는 옷매무새를 마저 정리하고는 허공을 바라보았다.

"나는 자살했어. 내가 계속해서 살아가기엔 세상이 너무나 벅찼고, 나는 도망쳤지. 내가 죽기로 결심하고 뛰어내린 순간에 가장 먼저 든 생각이 뭔지 알아? '살고 싶다'였어. 참으로 우스워. 살면서 수만 번을 죽고 싶다고 외친 사람이 정작 죽을 때는 살고 싶대. 그제야 나에게 주어진 기회가 얼마나 소중한 건지 알게 된 거야. 나는 생명을 소중히 여기지 않은 벌로 수많은 생명의 죽음을 지켜보게 된 거지."

그는 평소보다 목소리를 낮게 내리깔았다. 그 진정성 있는 목소리는 태웅을 사로잡기에 충분했다.

"우아!"

"하하. 이제 마음에 드나? 죽은 자에게 이런 말을 하는 건 또 처음이네."

나그네는 멋쩍은 듯이 웃었지만, 그의 얼굴은 전혀 웃고 있지 않았다.

"그렇다면 나그네님의 벌은 언제쯤 끝나나요?"

"행복하게 끝을 맞이한 백 명의 망자, 과거의 미련을 모두 털어낸 백 명의 망자, 현생을 낭비 없이 보낸 백 명의 망자에게 작별 인사를 받아야 하지."

"저의 작별 인사가 그 숫자에 보탬이 되었으면 좋겠네요."

"말만으로도 고맙네."

나그네는 눈을 감고 가로등에 기대어 말을 이어 갔다.

"죽고 나서 후회되는 것이 많아. 벌도 받고 말이야. 이곳에서 사람들이 가장 많이 하는 일은 지나간 인연을 끊으려 하는 것이더라고. 나의 기억을 지워 나갈 나의 친구, 가족들을 생각하니 마음이 편치 않더군. 이제 내 기억들은 흐릿해졌고 현생의 감정은 많이 닳아 없어졌지만 내 인연들은 아직도 머릿속에 남아 있어. 지금 생각해 보면 어차피 죽을 거 괜한 인연을 만들지 말걸 그랬네."

태웅은 잠시 생각했다. 그러고는 깨달은 듯이 말했다.

"나에겐 과거를 바꿀 기회가 있어요. 그 사람들도 마찬가지였겠지요. 정말로 인연을 끊을 수 있어요?"

"인연을 끊는 걸 성공한 사람도 있어. 도전해 볼 가치가 있겠지만, 운명을 거스르는 건 쉬운 일이 아니야."

태웅은 가로등 사이를 천천히 걸어갔고, 나그네는 몇 걸음 뒤에서 그를 따라갔다. 태웅은 25번째 가로등에서 멈춰 섰다.

"제가 운명을 거스를 수 있을까요?"

"너라면 가능할지도."

태웅은 크게 숨을 내쉬고 나그네를 똑바로 바라봤다.

"마지막으로 바꾸고 싶은 역사가 생각났어요."

도착한 역사는 태웅이 여자 친구 시아에게 고백하던 날이었다. 원래의 역사대로라면 태웅은 놀이공원에서 퍼레이드가 끝남과 동시에 시아에게 풍선 다발을 주며 고백했어야 했다. 태웅은 퍼레이드를 보고 있는 시아에게서 천천히 멀어져 갔다.

'내가 고백하지 않았다면 네가 슬퍼할 일도 없었겠지.'

태웅은 발걸음을 옮기며 하나둘 풍선을 하늘로 날렸다. 고백한다고 멋지게 차려입은 명품 카디건이 한순간에 못나고 초라해 보였다. 마지막 풍선을 날리는데, 뒤에서 누군가 날린 풍선을 움켜쥐었다.

"야, 한태웅!"

태웅은 무시하고 빠르게 앞으로 걸어갔다.

"오늘 나 불렀으면서. 같이 재미있게 놀고 나서 뭐하는 거야?"

태웅은 역시나 대답이 없었다. 시아는 시끄러운 퍼레이드의 소음 속에서 그런 뒷모습을 바라보며 소리쳤다.

"좋아한다고!"

태웅은 뒤를 돌아봤다.

"이 멍청아, 이제야 돌아보냐."

"아니야……. 더 좋은 사람 만나. 내일 죽어도 안 이상한 못난 날 만나서 어쩌려고."

시아는 울먹이기 시작했다. 태웅은 시선을 피하려 바닥을 바라보았다. 그곳엔 하이힐을 신고 달리느라 붓고 아픈 발이 있었다. 퍼레이드의 소음은 귓가에 들리지 않고, 누군가 훌쩍이는 소리만이 남았다.

"네가 못난 사람인 게 뭐가 중요한데. 내가 좋다는데……. 넌 내가 왜 싫은데?"

"모, 몰라. 다 싫어."

시아는 눈물을 닦고, 웃으며 말했다.

"그거 알아? 넌 거짓말할 때마다 왼쪽 다리를 덜덜 떤다? 지금도 그래."

태웅은 가슴이 벅차올랐다. 시아는 그런 찌질한 태웅을 붙잡고 함께 울었다.

"……성공했나요, 나그네님?"

태웅은 울음을 그치고 물었다.

"찌질하게 실패했네."

"하하, 이제 됐어요. 한 번 도전해서 안 바뀌는 역사라면 두 번 해도 안 될 팔자인 거예요. 이제 여행은 그만하고 환생하러 가야죠."

나그네는 살짝 웃어 보였다.

"자네는 내 생각보다 더 특별한 사람이군. 많은 사람들은 미련을 버리지 못하고 끊임없이 같은 과거로 뛰어들거든. 미련에 둘러싸여 이 도로를 영원히 빠져나가지 못하는 사람들도 꽤 많다네. 자네는 남은 미련이 없나?"

"미련이 없다 하면 거짓말이겠죠. 하지만 저는 이제 만족해요. 과거를 바꾸면서 생각해 보니, 꽤 나쁘지 않았던 인생인 거 같네요. 지금 미련 가져 봐야 좋은 게 뭐가 있겠어요? 빨리 환생이나 해야지. 어느 방향으로 나가야 하나요?"

나그네는 자신 위에 있는 27번째 가로등을 켜고는 끝없는 아스팔트 도로를 가리켰다.

"이쪽 도로를 따라가면 환생의 문이 보일 거야."

태웅은 나그네를 쳐다보았다.

"작별 인사도 못 드리고 떠날 뻔했네요. 나그네님이 굴레에서 벗어나 환생했을 때, 우리 꼭 다시 만나요. 나그네님도 환생하고 행복하게 살아가셨으면 좋겠어요. 안녕히 계세요."

나그네는 작별 인사를 듣다 말고 어느새 사라졌다. 태웅은 사라진 나그네를 뒤로하고 앞으로 나아갔다.

가로등 사이 간격이 점점 멀어지더니, 어느 순간부터는 가로등도 보이지 않는 무한한 도로의 연속이었다. 그때, 태웅은 자신 바로 곁에서 걷고 있는 나그네를 보았다. 그는 왜 자기를 두고 먼저 갔느냐고 따졌다. 멋진 작별 인사를 준비하느라 늦었다고 하면서 말이다.

"만약 네가 살아 있다면, 햇빛이 들어 너를 비춤에 감사하라. 비가 내려 세상이 번창함에 감사하라. 바람이 살갗을 스침에 감사하라. 디딜 수 있는 땅이 있음에 감사하라. 네 손으로 직접 개척하고 나아가며 세상을 바꿀 기회가 있음을 감사하라. 마지막으로 살아 있음에 감사하라. 목숨은 세상이 하사한 가장 아름다운 선물이니라."

나그네는 태웅과 눈을 맞추었다.

"우리 다음 생에는 친구로 태어날지도 모르겠군. 자네가 나의 마지막 망자야."

"제 작별 인사가 정말로 도움이 되었다니, 기분이 좋네요."

"자네와 이나마 인연이 닿아서 기쁘고 또 고맙네."

그들은 한참을 더 걸었다. 아주 오랜 시간을 걸었지만 그들은 배고픔도, 지침도, 어떤 육체적 피로도 느낄 수 없었다. 그저 끊임없이 감정이 요동칠 뿐이었다.

긴 도로 끝엔 가로등 하나가 홀로 빛을 내고 있었다. 가로등에 다가갈수록 태웅과 나그네의 몸은 밝게 빛났다. 그들은 가로등의 불빛 속으로 들어가 이내 도로에서 흔적도 없이 사라졌다. 가로등은 꺼졌고, 거리엔 적적한 어둠만이 남았다.

들꽃: 제 행복에 당신은 어떤 존재죠?

충주미덕중학교 2
박제준

그 사람이 돌아왔다. 아무 말도 없이.

엄마는 소스라치게 놀라 다급히 도어록을 열었다. 그는 왼손에 들려 있던 가방을 거실에 툭 던져 놓고는 묵묵히 방으로 들어갔다. 엄마는 문을 열고 들어가려고 했지만, 방문은 딸깍 소리와 함께 잠긴 뒤였다.

"아버님, 문 좀 잠깐만 열어 주셔요, 아버님!"

어제 요양원에 가셨던 할아버지가 일주일 만에 탈출했다.

할아버지의 탈출이 나는 너무나 반가웠다. 금방이라도 문을 부수고 들어가 안아 드리고 싶은데 엄마는 그렇지 않은가 보다. 그녀는 몇 분간 문과 실랑이를 벌였지만, 할아버지는 계속 문손잡이를 붙잡고 계시는지 열쇠를 써도 열릴 기미가 보이지 않았다. 나는 그동안 할아버지가 던지고 간 가방을 열어 보았다. 퀴퀴한 냄새가 깊이 스며든 옷 두 벌, 꼬질꼬질한 현금 3만 원, 그리고 가족사진. 5년 전, 내가 열 살 때 찍은 가족사진이 아직도 지갑에서 고

이 잠자고 있었다. 가족사진은 주머니에 넣어 놓고 나머지는 가방에 도로 넣었다. 엄마는 다급히 회사에 있던 아빠를 불렀고, 헐레벌떡 뛰어온 아빠의 간곡한 부탁에 할아버지는 문을 열고 밖으로 나왔다. 불만과 짜증, 슬픔, 원망. 그 모든 복합적인 감정들이 얽힌 할아버지의 표정은 살면서 처음 보는 것이었다. 나는 그런 표정을 한 할아버지에게 뛰어들어 안길 수 없었고, 하는 수 없이 조용히 소파에 앉았다.

책상에는 사과 한 접시가 놓여 있었지만 아무도 접시를 건드리지 않았다. 긴 시간이 흐를 동안 어색한 침묵만이 공기 중에 부유한다.

"……난 다시 거기 들어갈 마음 없다."

정적을 깬 것은 할아버지였다.

"아버지, 안에서 무슨 일 있으셨어요? 저희에게 말씀만 해 주시면 꼭 편히 지낼 수 있게……."

"다시 들어갈 마음 없다고 분명히 말했다."

아빠의 말이 끝나기도 전에 할아버지는 말을 잘랐다. 보통 이럴 때에는 방으로 들어가 찌그러져 있는 게 상책이다. 나는 사과 하나를 집어 들고는 내 방으로 향한다. 발소리조차 들리지 않게, 살금살금.

교과서 하나를 집어 들었지만 밖에서 들려오는 대화 소리 때문에 집중이 되지 않았다. 대화의 시작은 점잖고 차분했지만 어느 순간부터는 난장판이나 다름없었다. 요양원에 몇 개월치 선불을 이미 지급했기 때문에 엄마는 더 다급하게 할아버지를 나무랐다. 이미 낸 돈은 어떻게 하냐고, 우리가 요양원 알아보느라 얼마나 고생했는지 아시냐고. 평소에 숨겨 왔던 엄마의 이기심이 적나라하게 드러나 내 귀에 들어와 박힌다. 물론 엄마의 모습이 이해되지 않는 것은 아니었다. 나라도 엄마의 상황이었다면 저렇게 반응했을 테니까. 둘의 언성이 점점 더 거세지고 할아버지가 소리를 지르기 직전이 되었을 때, 이 싸움을 중재하기 위해 내가 나선다.

"시끄러워서 공부를 못하겠어요. 조금만 조용히 해 주시면 안 될까요?"

최대한 힘없고 연약해 보이는, 토끼 같은 목소리. 내가 봐도 내 연기는 완벽했다. 어른들 목의 핏기가 순식간에 가라앉았다. 그러고는 금세 차분한 목소리로 할아버지가 나에게 말을 건넸다.

"우리 손주, 할애비랑 아이스크림 먹으러 마실이나 갈까?"

"아니 아버님, 다리도 성치 않으신데 가긴 어딜 가요!"

할아버지는 그러거나 말거나 내 손을 잡아당겨 밖으로 향한다. 등 뒤에서는 따가운 시선이 느껴지지만 에라 모르겠다 하고 서둘러 나섰다.

도착한 곳은 편의점이었다. 아이스크림을 먹고 1+1 당첨을 확인해 보는데 우리 둘 다 꽝이었다. 오늘은 영 재수가 없네. 노을이 지고 달이 뜨기 시작할 무렵이 되도록, 보랏빛 하늘 아래 나와 할아버지는 마주 보고 앉아 있었다. 슬쩍 할아버지의 눈치를 보며 내가 먼저 조심스럽게 말을 꺼낸다.

"저는 사실, 처음엔 할아버지가 우리 집에서 나가면 좋을 거라 생각했어요. 실제로 가족회의 때 찬성했고요."

할아버지는 눈을 감고는 내가 하는 말에 귀 기울였다.

"할아버지가 없다면 집에서 홀아비 냄새도 안 나고, 낮에 친구들도 마음대로 부를 수 있고, 다른 가정처럼 무료한 오전을 보낼 수 있겠지요. 그게 내심 부러웠거든요."

"......."

"엄마도 그걸 알고 이런 선택을 하셨을 테죠. 그런데 막상 할아버지가 없으니 그 모든 시간이 그리웠어요. 할아버지의 밥 먹으라던 잔소리, 사소한 물음. 할아버지가 집에 들어왔을 때 제가 얼마나 기뻤는지 아세요? 그런데 그것들이 다시는 없을 거라 생각하니까…… 생각하니까……."

나의 울먹임 사이에서 별똥별이 흘렀다. 할아버지는 투박한 엄지손가락으로 그것을 닦아 내어 주었다. 그때 마주친 할아버지의 눈은 붉게 충혈되어 뜨고 있는 것조차 힘들어 보였다. 하늘이 너무 예뻐서, 하필이면 아이스크림이 꽝이라서, 그런데 지금이 너무나 슬퍼서. 그만 울음이 새어 나오고 말았다.

"도대체, 제 행복에 당신은 어떤 존재죠? 나는 모르겠어요. 어떤 선택을 해야 모두가 행복해질지. 제가 언제 행복해질지."

나는 할아버지의 눈을 마주칠 자신이 없었다. 그저 '꽝'이라고 적힌 아이스크림 막대를 만지작거릴 뿐이었다.

"나는 들꽃이여. 밟고 지나가도 그만, 화분에 놓고 키워도 그만. 하지만 들꽃에게 손주는 제일 비싼 보물이지. 선택은 네가 하는 겨. 원래 들꽃은 말이 없어. 홧김에 나오긴 했는데, 이제 나는 나가 있어야 할 곳으로 돌아갈 거여. 노망이 난 것두 아닌디 일탈은 작작 해야제."

나는 동네 창피한 줄도 모르고 엎드려 엉엉 울었다. 할아버지는 나를 일으켜 세웠고, 우리는 울음이 그칠 때까지 손을 꼭 잡고 천천히 집으로 걸어갔다.

할아버지의 허전한 오른손에 아까 챙겨 둔 가족사진을 쥐여 드렸다. 어딜 가든 꼭 들고 있으라고. 우리 앞으로 나아가되, 절대 과거의 추억을 잊지 말기로 약속했다.

오늘 밤 그 사람이 돌아간다. 작별 인사와 함께.

오늘은 유난히 별빛이 아름다웠고, 그 아래 우리도 아름다웠다.

우리는 가끔 오락실에 간다

내곡중학교 3
김민경

"선생님, 선생님은 괴물이 뭐라고 생각하세요?"

나는 담담하게 종이컵을 손에 쥐고선 말했다. 앞에 앉아 있던 상담 선생님은 그게 무슨 말이냐는 듯한 얼굴이었다.

"그게 무슨 소리니?"

"그냥 궁금해서요. 다들 만화에 나오는 그런 모습을 상상할까 하고."

선생님은 그런 나를 이상하다는 눈으로 지켜보다 뜨거운 물을 마저 마시며 대답했다. 선생님의 눈동자에 불안이 어렸다. 내가 무슨 이상한 말을 더 할까 겁이 나시는 건가. 심심할 때 자주 학교 상담실을 찾아가 대화를 하며 친해졌다고 느꼈기에 가볍게 던진 질문인데. 그 질문이 이상하게 느껴지는 건 어쩔 수 없었나 보다.

대답을 기다리는 동안 컵에선 김이 모락모락 났다. 나는 컵 속에 비친 불안과 나를 위한 다정이 조금 담겨 있는 선생님의 눈동자를 계속 쳐다보았다. 선생님이 조금 시간을 두었다가 말했다.

"괴물이라. 혹시 괴물을 느끼니?"

"……."

"너, 혹시 힘든 일 있으면 선생님한테 구체적으로 말해 볼래?"

나는 번화가와 멀지 않은 곳에 있는 아파트에 살았다.

내가 사는 곳은 서울이었고, 강남이었다. 사람들이 바글바글한 도시였다. 그곳에 살면서 누리는 것은 많았다. 대중교통은 편리했고 사고 싶은 건 집 밖에만 나가도 바로 찾을 수 있었다. 워낙 가게도 많아서 친구들과 놀러 가기 안성맞춤인 곳이었다. 어릴 적에 나는 그 분위기를 어떻게 생각했는가 하면, 기억이 안 난다, 라고 대답할 수밖에 없었다. 그저 기억나는 건 인형 뽑기 기계에서 수없이 추락하는 인형들을 바라보는 신경질 섞인 언니 오빠들의 눈동자를 바라봤던 것뿐이었다. 다른 건 모르겠고 그게 그렇게 생생할 수가 없었다.

어릴 때 인형 뽑기를 하려면 그날 군것질은 포기해야 했다. 한 번만 뽑고 나오자고 생각해도 가지고 있던 돈을 다 쓸 때까지 하루 종일 그곳에서 버튼을 누르고 있을 게 뻔하기 때문이었다. 그래서 그곳을 지나치고, 지나치고, 또 지나치면서 나는 멍하니 사람들이 인형 뽑는 모습을 잠시 구경했다. 사람들이 원하는 인형은 제각각이었다. 그러나 단 하나, 인형이 뽑히지 않는다는 것만은 똑같았다. 그러면서 사람들은 기계에 화를 내고, 가게 주인에게 화를 내고, 이게 다 상술이라며 옆의 사람들은 분통을 터뜨리고 있는 사람을 놀려 대고. 항상 그곳은 그런 것들의 반복이었다. 단언컨대 내가 다닌 곳 중 인형 뽑기 기계가 있는 그 오락실만큼 감정이 획획 바뀌는 곳은 없었을 거다. 분노, 환희, 기쁨. 그 외에도 복잡 미묘하게 생긴 감정들이 순식간에 일어나 사그라든다. 그래서 나는 그곳이 신기했다. 분통을 내다가도 웃는 것이, 잔뜩 우울한 얼굴로 들어왔어도 인형 하나 뽑았다고 신나게 웃는 것이. 그렇게 신기할 수가 없었다.

그 인형 뽑기 기계가 있는 오락실은 동네에 있어서 항상 사람이 붐비진 않았는데 오전의 시간대에는 다들 저마다의 이유로 바쁘다 보니 더더욱 사람이 없었다. 나는 그날 학교가 개교기념일을 맞아 목요일 아침부터 집에 있을 수 있었고 엄마가 차려 준 밥마저 다 먹고 나니 번뜩이듯 떠오르는 게 있었다. 인형 뽑기. 방금 밥을 먹어서 별로 배가 고프지 않았으니 엄마가 준 용돈을 거기다 써도 괜찮지 않을까 싶었다. 그리고 나는 오천 원 하나와 천 원 두 개를 가지고 오락실로 달려갔다. 머리는 바람 때문에 산발이 되어서 대충 가는 길에 정리했고 소매에 오렌지주스가 묻은 옷을 갈아입지도 않고 나와 대충 왼쪽 손만 뒤로 숨겼다. 그렇게 오락실에 들어가려는데 웬 동복을 입은 사람이 인형 뽑기 기계 앞에 서 있었다. 6월이었다. 아무리 6월 초였다고는 하나 분명 더웠을 텐데 셔츠, 니트, 체육복 바지에 치마를 덧대어 입은 그 사람은 확실히 눈에 띄었다. 나는 그때 초등학교 6학년이어서 인근 중학교를 제외하고는 다른 학교 교복은 잘 몰랐으나 그 사람의 교복은 나도 익히 잘 알고 있는 것이었다. 근처에 사는 사촌 언니가 다니는 고등학교의 교복이었으니까. 그 사람은 지폐 투입구에 돈을 넣고 집중하며 기계를 움직였다. 나는 그저 멍하니 그 모습을 지켜봤다. 오락실에 그 사람 말고 사람이 하나도 없어서 들어가면 불편해질 것 같아 그저 그곳에 서 있던 것뿐이었다. 그렇게 인형을 열 번쯤 떨어트렸을 때였나. 갑자기 그 사람이 얼굴을 구기며 울기 시작했다. 엉엉 울면서 헐떡거리듯 내뱉은 말은 조금 충격이었다.

"……왜, 나, 는…… 아무것도 못하고…… 쓸모도, 없고……."

그러다 그 사람은 기계를 주먹으로 쳐 댔다. 기계에게 화가 났다기보단 다른 사람에게 화가 난 것을 기계에 풀고 있는 것처럼 보였다. 나는 당황하다 곧장 집으로 뛰어갔다. 내 집과 오락실은 아주 가까웠고, 뛰어가면 왕복은 금방이었다. 그리고 나는 거기서 대충 노란 인형 하나를 주워 다시 오락실로 달려갔다.

"저기……."

다행히 그 사람은 아직 거기에 있었다. 나는 우물쭈물하다 뒤에 숨긴 인형을 건넸다. 왼손으로 건네면 오렌지주스 자국이 보이는 걸 생각하지 못해서였을까, 그대로 내 소매의 자국은 그 사람에게 보였고 나는 시선이 내 소매로 향하는 걸 봤을 때에야 내가 왼손으로 인형을 건넸다는 걸 깨달을 수 있었다. 솔직히, 조금 많이 쪽팔렸다. 열세 살 정도 되어 보이는 애가 소매에 이런 거 묻히고 다니면 뭐라 생각할까, 하는 생각이 겹치던 그때였다.

"나 주는 거야? 이 피카츄 인형……."

그냥 아무거나 집어 드느라 못 봤는데 자세히 보니 피카츄 인형이었다. 언제부터 가지고 있었는지 기억도 안 날 만큼 오래된 것이라 조금 때가 타 있었다. 그 사람은 가만히 인형을 받아 들더니 작게 웃으며 중얼거리듯 말했다.

"고마워. ……나 우는 거 본 거지?"

나는 가만히 고개를 끄덕였다. 조금 미안한 기분이 들었다. 실례되는 행동이었으니까. 고의는 아니었더라도 말이다. 내가 작게 한숨을 속으로 내쉬던 그때 그 사람이 입을 열었다.

"근데 너 몇 살인데 이 시간에 여기에 있어?"

"언니……는 몇 살이라 이 시간에 여기에 있는데요?"

나는 조금 당황하며 역으로 질문했다. 그 사람, 그러니까 언니는 조용히 웃으며 대답했다. 나? 열여덟 살. 그렇게 말하며 언니는 피카츄 인형을 이리저리 뜯어보았다. 때가 많이 탔는데 왜 이때껏 가지고 있었냐고 묻기도 했고 그러면서 인형이 못생겼다며 깔깔 웃기도 했다.

"언니, 내 질문 답 안 해 줬어요. 왜 이 시간에 여기에 있어요?"

"너야말로 내 질문 답 안했어. 넌 왜 여기에 있는데? 몇 살이고."

"열셋이요. 오늘 학교 개교기념일이라 쉬고요."

"그렇구나. 난 학교 쨴 건데."

갑작스레 들려온 말에 언니를 쳐다보지 않을 수 없었다. 웃던 얼굴은 어디 가고 가만히 피카츄 인형을 바라보고 있을 뿐이었다. 그렇게 한참을 만지작거리다 품에 인형을 꼭 끌어안고는 가만히 일어났다. 그러다 갑자기 다시 주저앉았다. 멍하니 인형만을 바라보다 꺼내는 말이 그거였다.

"너 이제 갈래? 인형은 내가 빨아서 돌려줄게."

나는 그곳을 벗어나기 싫어서 그냥 대놓고 물어봤다. 혹시 혼자 있고 싶어요? 직설적으로 물어보니 조금 놀랐는지 언니의 눈이 동그래지다 곧 다시 원상태를 되찾았다.

응. 그 말이 끝이었다. 나는 알겠다고 하고 오락실을 빠져나왔다. 가는 길에 기분이 이상해져서 몇 번이나 뒤를 돌아봤는지 모른다. 왜 울었는지, 왜 학교를 쨌 건지. 그리고, 왜 여름인데 그런 더워 보이는 옷을 입었는지. 알 수 없어서 더욱 신경이 쓰였는지도 모른다. 그러다 문득 생각이 났다. 돌려주겠다고 했으나 나는 언니가 언제 올지, 언제 나타날지 아무것도 모른다. 가르쳐 주

지도 않았고 물어보지도 않았으니까. 다시 돌아가서 물어볼까 생
각했지만 그날 다시 오락실로 돌아가지는 않았다. 이상하게 다시
만날 거라는 확신이 들었다. 감이었고, 내 감은 정확하게 들어맞
았다.

그다음 날은 학원 수업이 있어 오락실에 갈 여유가 없었다. 그
다음 날도, 그다음 날도 그랬다. 그래서 일주일 정도 오락실에 가
지 못했고 나는 언니를 만났던 날부터 9일 후에야 다시 오락실을
찾을 수 있었다. 언니는 구석에 가만히 기대 서 있었다. 사람들은
그런 언니를 힐끔거리다 자기 할 일을 마저 했고 나는 언니에게
다가가려다 조금 떨어진 그 자리에서 그냥 가만히 서 있었다. 쓸
데없는 불안 때문이었다. 나를 알아보지 못하면 어쩌나 하고. 나
는 아주 잠깐이더라도 민망한 기분이 몰려드는 게 죽도록 싫었으
니 말이다. 하지만 걱정이 무색하게 언니는 나를 발견하고 손을
붕붕 흔들었다. 나는 언니에게 다가갔다. 여전히 언니는 교복에
체육복 바지를 입은 차림이었고 그때와 달라진 게 하나도 없었다.
"여기. 깨끗해졌지?"
언니의 말대로 피카츄 인형은 마치 새것처럼 깨끗해져 있었
다. 내가 어떻게 한 거냐며 인형을 이리저리 둘러보고 있을 때 언
니가 큰 소리로 와하, 하고 웃었다. 주변 사람들의 시선이 갑자기
나와 언니 쪽으로 몰려들어 조금 당황했으나 그 시선은 금세 거
두어졌다.
"바보야. 그렇게 때가 탄 걸 내가 무슨 수로 깨끗하게 해? 어제
너 가고 하나 뽑았어. 주먹으로 쳐서 그런가 하나가 아슬아슬하게
걸쳐 있기에 급하게 뽑았지. 나 성공했다? 인형 뽑는 거. 어제 아

침엔 그렇게 죽어라고 안 됐는데 말이야. 너무 때가 탄 건 빨아 쓰는 게 아니고 그냥 버리는 거야. 빨아 쓰다 보면 나중엔 이도 저도 아니게 되거든."

나는 가만히 피카츄 인형을 바라보았다. 어제와 다른 인형. 내 인형은 언니의 집에 두고 왔다고 했다. 혹시 새 인형이 싫다고 할까 봐 버리진 않았다고. 나는 인형을 바라보던 것을 멈추고 언니에게 인형을 건네주었다.

"그럼 안 빨고 가지고 있으면 되겠네요. 그러면 적어도 이도 저도 아니게 되는 일은 없을 거고. 버리면 아깝잖아요. 나름 때가 많이 탔을 정도로 오래 옆에 있었다는 건데."

언니는 그런 내 모습을 보다 어쩔 수 없다며 기댄 몸을 바로 했다. 그러고선 가만히 무언가 생각하는 듯하더니 대뜸 그리 말했다.

"알았어, 내일 혹시 나올 수 있어? 그때 네가 쓰던 인형 가지고 올게."

"저는 인형 달라고 한 적 없는데. 새것도 좋아요. 쓰던 건, 기념으로 언니 가지세요."

"애 봐라. 때 탄 건 나한테 떠넘긴다 이거지? 무슨 기념인데?"

"저랑 만난 기념이요."

언니는 헛소리를 잘도 한다며 내 이마에 꿀밤을 먹이고 내게 손을 내밀었다. 자기가 쏠 테니 떡볶이나 먹으러 가지 않겠냐면서. 나는 언니에게 돈 없는데 무리하지 말라고 하며 시답잖은 장난을 쳤고 언니는 한 번 더 딱밤 맞고 싶은 거면 계속 말해 보라 그랬다. 결국 그날 분식집에 갔고, 언니랑 떡볶이를 먹었다. 더 먹으려 했더니 자기 돈 없다면서 제지했다. 나는 어이없다는 표정을 지으면서 결국 그만 먹었다. 쏘는 게 뭐 이러냐고 작게 투덜대기도 했고, 그렇게 둘이서 오락실 쪽으로 걸어가던 도중 언니가 중얼거리듯 말했다.

"오락실에는 감정이 다양하고, 변화가 많아서 좋아. 다들 즐거워 보이고."

나도 비슷하게 생각했기 때문에 내 생각도 그렇다고 말하려던 찰나였다.

"그래서 즐겁지 않으면 비참해질 수밖에 없는 거겠지."

언니는 그렇게 말하다 내가 있는 것을 눈치채고 급히 입을 다물었다. 마치 하고 싶지 않은 말이었다는 듯한 표정이었다. 나는 그런 언니를 가만히 바라보다 입을 열었다.

"언니, 내일 또 만날까?"

연장자에게 반말을 써 본 적은 그때가 처음이었다.

그 이후로 언니와 나는 일주일에 한 번은 꼭 보기 시작했다. 나는 언니가 편해져서 반말을 쓰기 시작했고 언니도 딱히 그걸 말리지는 않았다. 언니가 마음에 들었고, 궁금했다. 왜 그런 말을 했는지 알고 싶었다. 언니가 학교에 가질 않는 건지는 모르겠으나 내가 오락실에 가면 언니는 항상 그 자리에 있었다. 분명 고등학교 수업이 초등학교 수업보다 먼저 끝날 리가 없는데 말이다.

"우리 만날 날을 정할까? 언니가 힘들잖아."

언니는 언제나 그 자리에서 나를 기다렸다. 만날 날을 정하지 않았으니 우리의 만남은 둘 중 하나의 기다림을 전제로 이루어졌고 기다리는 쪽은 보통 언니 쪽이었다. 그래서 말을 꺼낸 건데, 언니는 고개를 저으며 마다했다.

208

"나는 너랑 얘기하는 시간이 너무 재밌거든? 근데 그건 2순위야. 나는 너 기다리는 시간이 제일 재밌어. 너한테 별일 없던 하루 얘기를 어떻게 해야 재밌게 할 수 있을까 하루 종일 고민하고 멀리서 너 보이면 그게 그렇게 좋을 수가 없더라? 그래서 난 그냥 기다리는 게 좋아. 오늘일까, 하고 안달 나는 것도 오랜만이라 신기하고. 무엇보다 기다리면 네가 온다는 게, 그때 뭔가 기다린 게 헛되지 않았구나, 싶은 마음이 들거든."

그 얘기를 하는 언니는 짧은 시간이지만 지금까지 본 언니랑 비교할 수 없이 행복해 보여서 나는 결국 아무 말도 할 수 없었다. 정확히는 하고 싶지 않았다. 나를 기다리는 게 즐겁다면, 언니가 그 즐거운 일을 계속할 수 있었으면 했다. 하나 간과했던 건 언니는 내가 오지 않았을 때는 내게 말해 주지 않았다는 것. 내가 오지 않았을 때, 기다림이 전부 소용없어졌을 때 언니가 무슨 생각을 했는지 언니는 말해 주지 않았었다. 지금 와서야 그때 물어볼걸 그랬다고 후회한다. 외로운 시간을 견뎠음에도 아무것도 보상받을 수 없는 그 시간들을 언니는 어떻게 견뎠냐고 나는 그때 묻지 않았더랬다.

언니는 신기한 얘기들을 자주 했다. 가끔 공부에 관해 물어볼 때만 별말 없이 그저 하지 않는다는 말 한마디로 얘기를 끝냈다. 언니는 공부에 뜻이 없어 보였다.

"공부가 중요한 건 알아. 나같이 무언가 특출 나지 않은 애들은 죽어라 공부해야 하는 것도 알고, 우리 집이 부자도 아니니까 그 상황을 벗어나려면 더 열심히 해야겠지. 마치 드라마에 나오는 애들처럼 말이야. 근데 세상 사람들이 다 드라마 속 주인공처럼 살지는 않거든. 누군 엑스트라처럼 살고 누군 길거리에 지나가는 풍경이 되는 사람처럼 살아. 근데 그 사람들도 그렇게 살고 싶어서 그렇게 사는 게 아니야. 그냥 그렇게 태어난 거야. 원하지 않아도 그렇게 살 수밖에 없었던 거야. 돈이 없어서, 공부를 못해서, 의지가 없어서, 끈기가 부족해서 같은 다양한 이유로. 근데 엑스트라가 없으면 이야기는 재미가 없잖아. 풍경이 될 사람이 없으면 장면이 허전해지지. 그런데 사람들은 주인공만 바라봐. 그 뒤편의 사람들은 봐 주질 않아. 그 사람들이 있어서 재밌는 이야기가 나올 수 있는 건데. 안 그래?"

나는 거의 말을 하지 않았다. 짧은 물음을 던지거나, 그마저도 안 하고 가만히 언니의 말을 듣는 것이 전부였다. 언니는 그런 이야기들을 했다. 세상에 대한 불만을 잔잔한 어조로 늘어놓았고 자신의 가치관이 되는 생각을 흘러가는 말처럼 내뱉었다. 그런 언니가 좋았다. 듣고 있으면 마음이 기분 나쁘게 가라앉았다. 그렇지만 그게 언니 때문은 아니었다. 내가 보기 싫은 현실을 담담하게 보여 주기 때문이었다. 나는 주인공이 될 수 없단 걸 알고 있었기 때문에. 백날 나 같은 사람들이, 언니 같은 사람들이 엑스트라와 길거리의 사람들을 사랑해도, 그 사람들이 있기에 세상은 굴러가고 있는 거라고 몇 번이나 외쳐도 결국 주인공을 제외한 나머지는 제외되는 현실 또한 너무 잘 알고 있었기 때문에. 그래서 언니의 말을 들을 때면 몇 번이고 비참해졌다. 주인공만 주목되는 세상에서 나는 주인공이 아니었기에. 아마 앞으로도 될 수 없을 것이기에. 나는 끈기도, 의지도, 그 무엇도 다 부족했기 때문에.

"난 드라마 속 주인공처럼 살 수 없게 태어난 사람이야. 그렇게 살고 싶지도 않고. 근데 다들 나보고 주인공처럼 살래. 돈 많이 벌어서 도움이 되어야 한대. 그러니까 공부도 죽어라고 하래. 근데 난 싫어. 하기 싫은 일을 내가 정말 울어 버릴 때까지 하는 것도 나를 괴롭히는 일이야. 그런데도 세상이 나보고 하라고 하니까, 일단은 했어. 물론 내 마음대로 안 됐지만. 내가 너랑 처음 만난 날 울고 있었던 건 그것 때문이야. 비참했거든. 공부는 그렇다 쳐, 인형 하나 뽑는 것도 내 마음대로 안 되는 세상에서 내가 뭘 할 수 있겠어? 얌전히 사람들이 무시하는 대로 무시당해 주는 게 내가 할 수 있는 전부인데."

아니라고 말하고 싶었다. 언니는 뭐든 할 수 있을 거라고 말하고 싶었다. 우린 아직 어리니까 가능성이 있다고. 그러나 나도 동시에 알고 있었다. 어려서 뭐든 할 수 있지만 동시에 무엇이든 할 수 없는 거라고. 내가 잘하는 걸 찾을 때까지 세상은 기다려 주지 않아서 잘하는 게 없다고 믿어 버리게 되고 내가 즐길 수 있을 만한 것을 찾으면 위험한 선택 대신 안전한 선택을 하라며 밀어 넣는다. 그게 너무 싫었다. 모든 것을 해 보라고 말하면서 모든 것을 막아 버리는 모순적인 상황들. 그 상황들 속에서 자라 온 내가, 언니가, 혹은 다른 사람들이. 나도 어른이 되면 그렇게 되는 걸까. 분명 나의 부모님 세대에도 나와 같은 의문을 가진 사람이 한 명쯤은 있었을 텐데. 그 사람도 결국 자라서 그렇게나 싫어하는 말을 내뱉게 된 걸까. 어쩌면 그 사람이 내 엄마는 아니었을까. 언니와 대화할 때면 항상 머릿속이 어지러웠고, 잔잔했고, 동시에 머리가 아파 왔다. 이상한 기분이었다.

우리는 적당히 나약했고, 적당히 무력했고, 적당히 사랑할 수 있었다. 그 무엇 하나 빼어날 수 없었다. 그게 보통의 사람이었고, 그런 사람들은 주인공이 될 수 없다. 나는 알고 있었다.

함께하는 시간이 늘어나면서 언니의 학교도, 나이도, 이름도, 성격도 웬만한 건 다 알았다. 하지만 나는 언니의 가족만큼은 잘 몰랐다. 애초에 별로 얘기해 주지 않기도 했고 그 부분만큼은 건드리지 말아 달라는 얼굴이었기 때문에 굳이 캐묻지 않았다. 우리의 관계는 이상했다. 선은 확실하게 그어져 있었지만 그 선을 제외한 언니가 그어 놓은 다른 선들을 나는 넘을 수 있었다. 나 또한 언니가 내 선을 넘어도 상관없었다. 내가 언니에 대해 건드릴 수 없었던 건 가족뿐이었고, 언니가 나에 대해 건드릴 수 없었던 건 내 가벼운 우울뿐이었다. 그 외에는 어떤 선을 넘어도 용서가 되었다. 그럴 수 있었던 이유는 단순했다. 하나는 떠들기를 좋아하고 하나는 듣기를 좋아했기 때문에 서로가 편한 관계를 유지할 수 있었다. 언니는 자신이 많이 말하는 것을 좋아했고 나는 내가 많이 듣는 것을 좋아했다. 그래서 같이 있으면 편했다. 따뜻했고, 부드러웠다. 같이 얘기를 나눌 때면 한여름에도 부드러워 보이는 함박눈이 내리는 기분이었다.

언니와 싸운 건 딱 한 번이었다. 그건 어찌 보면 싸웠다기보다는 내 일방적인 분풀이에 가까웠다. 언니와 만난 지 좀 지나서 여름과 가을 사이 즈음 되었을 때 나는 기분이 가라앉아 있었다. 어릴 때부터 좀 불안정한 감이 있었고, 항상 나를 다정하게 대해 주는 사람보다 내가 매달려야 하는 사람에게 더 끌렸다. 이유는 남이 들으면 이해하기 어려울지도 모르지만, 사랑을 누가 받느냐에 달려 있었다. 전자의 경우는 이 사랑이 언제 날 떠날까 무서웠고, 떠나게 되면 한참을 울 것 같아 좋아하지 않았다. 후자의 경우는 떠나도 내가 떠나는 것이기 때문에 괜찮았다. 아무리 내가 이 사람에게 많은 애정을 쏟았더라도 그 사람을 떠나는 건 어렵지 않았

212

다. 반대로 그 사람이 날 떠나도 괜찮았다.

애초에 나를 그렇게까지 좋아한 사람이 아니었으니 크게 상처 받지 않았다. 그래서 나는 상처를 무서워했고, 상처 받을 미래를 걱정했고, 그 미래를 걱정했기에 언니가 불안했다. 언니는 자유로운 사람이었다. 동시에 어딘가에 항상 묶여 있었다. 어디든 가 버릴 것 같았으면서 보면 항상 한자리에 묶여 있었다. 그건 주로 오락실이었다. 암묵적으로 우리가 만나기로 정해진 장소. 하지만 언니가 오지 않는다면 그 만남도 거기서 끝이었다. 언니는 어딘가에 묶여 있다는 느낌이 들어 있었지만 그게 오락실이라 판단한 건 순전히 내 의견이고, 솔직히 말하자면 언니는 좀 더 다른 무언가에 묶여 있는 듯했다. 그래서 결국 그 묶인 곳으로 돌아가려 나를 버릴 것만 같았다. 혹은 그 묶인 것을 풀고 다른 곳으로 갈 것만 같았다. 어느 쪽이든 계속 나와 함께한다는 선택지는 생각나지 않았다.

비가 오는 날이었다. 나는 우산을 가져오지 않았고 부모님은 날 데리러 올 수 없는 상황이었다. 알아서 뛰어오라는 무신경한 문자가 아빠로부터 왔다. 엄마도 비슷한 문자를 보냈다. 나는 가만히 정문에 서서 메시지 창만 뚫어져라 바라보고 있었다. 우리 집은 항상 이랬다. 자기 할 일만 잘하면 끝이었다. 부모님은 돈을 벌어 날 학원에 보내거나 공부를 시켜 나중에 미래에 뭐라도 할 수 있게 만드는 것이 자신의 할 일이라 생각했고 나는 그런 부모님의 행동을 어느 정도 맞춰 드리는 것이 내 할 일이라고 생각했다. 엄마와 아빠는 날 낳고 사이가 안 좋아졌다. 집안일로 많이 부딪쳤고 결국 이혼 직전까지 가셨었다. 나는 한밤중에 엄마와 아빠가 계약서를 작성하시는 걸 보았다. 내가 스무 살이 되기 전까지는 나에게 최선을 다하되 그 이후에는 각자의 인생을 살자는 얘기가 오갔고, 쓰이고 있었다. 말과 글은 조금 달라서, 말은 실체가 없지만 그게 쓰여지는 순간 형체를 갖추는 것이다. 그리고 엄마 아빠의 말은 형체를 갖추었고 더 이상 무를 수 없었다. 좋은 분들이었다.

그들은 나를 위해 최선을 다했고, 앞으로도 그럴 것이다. 나를 사랑하지 않는 것도 아니다. 하지만 두 분 다 사랑까지 챙길 여유가 없었다. 일만으로도 바빴고 주변의 말들을 웃음으로 쳐 내는 것들이 버거운 분들이었다. 그 모든 것을 끝내고 나면 내게는 웃어 줄 기력이 없는 것 같았다. 가벼운 메시지 하나도 부드러운 말투로 보낼 기력도 없으신 거다. 이해는 했다. 나는 이 때문에 어릴 적부터 남들보다 좀 더 성숙한 아이였으니까. 하지만 머리로 이해하는 거랑 가슴으로 이해하는 건 다른 것이었다. 차라리 무작정 나쁜 분들이었으면 사랑 같은 거 필요 없다고 했을 텐데 그런 분들이 아니라 마냥 바랄 수밖에 없었다. 하지만 사랑도 받아 본 사람이 받는다고 나는 사랑을 받는 법조차 몰랐다. 사랑을 받는 순간 이것들이 언제 떠나갈지 두렵기만 했을 뿐이다. 그래서 그냥 외롭게 살았다. 친구는 거의 만들지 않았고 집에서도 방 안에서만 지냈다. 그러면 외로운 게 익숙한 것 같은 착각이 일었으니까.

그래서 언니의 다정이 무서웠다. 언니의 다정은 급격하지도 않고, 너무 느리지도 않았다. 잔잔하게 그 다정에 익숙하게 만들었다. 그래서 그날 무작정 비를 맞으며 오락실에 갔을 때 언니가 없다는 사실이 조금 슬펐다. 매번 있는 일이었는데 어쩐지 위로받고 싶은 기분이었다. 그러나 언니는 없었다. 어쩌면 당연했다. 나는 정문 앞에서 두 시간을 쪼그리고 앉아 있었다. 하늘이 해가 지기 전의 오묘한 색을 띠었고 우리가 만나는 시간은 보통 내 학교가 끝난 뒤였으니까. 평소의 시간보다 두 시간이 지체된 셈이었다.

"……미안, 기다렸어?"

언니가 딱 봐도 높게 올려 묶었던 것 같은 머리가 잔뜩 헝클어져 거의 아래까지 내려온 모습을 하고, 비와 땀에 잔뜩 잠식되어 나를 향해 뛰어온 것 같은 모습을 하고 있었을 때, 손에 들린 두 개의 아이스크림이 비와 습기에 녹아 언니의 손을 줄줄 타고 흘러내리는 것을 보았을 때, 그리고 자신이 비에 젖은 것을 포함하여 지금 자신의 그 어떤 것도 신경 쓰지 않고 비 맞고 왔냐며 잔뜩 걱정에 젖은 얼굴로 내게 말을 걸었을 때 나는 그만 화가 나서 울어 버릴 수밖에 없었다.

"……왜, 나는…… 아무것도 못하고…… 쓸모도 없고……."

이렇게 나약해서는, 결국 또 누군가에게 기대고 싶어지고. 그런 말을 줄줄이 쏟아 냈던 것 같다. 그날 나는 입고 왔던 후드집업의 소매로 언니의 손에 묻은 아이스크림을 벅벅 닦으며 울었다. 언니는 내가 거칠게 닦는 바람에 자신의 손이 빨개질 때까지도 그런 나를 그저 가만히 바라보기만 했다.

"난 다정한 거 싫어. 무서워. 누군가한테 기대지 않고 나 혼자도 살 수 있었으면 좋겠어. 우울한 날에 누군가가 떠오르지 않았으면 좋겠어. 아무도 나를 사랑해 주지 않아도 괜찮았으면 좋겠어. 지금껏 혼자였으니 앞으로도 괜찮았으면 좋겠어. 외롭지 않았으면 좋겠어. 언니를 보고…… 보고 싶었다는 생각이 들지 않았으면 좋겠어. 나는, 나는……."

나는 다정이 꼭 괴물 같아.

그래서 언니가 꼭 괴물 같아.

쉴 새 없이 말을 쏟아 내었다. 비가 내려서, 동시에 내가 울고 있어서 눈이 따가웠다. 언니의 손을 닦다가 멈췄다. 내 후드집업 소매에 끈적한 아이스크림이 잔뜩 묻어 있었다. 그걸 보고 또 울었다. 언제부터 이거 하나 묻는 것조차 무서웠지. 언제부터 나에게 향하는 애정을 보는 게 이렇게 무서웠지. 분명 언니는 나를 여기서 두 시간 동안 기다렸을 것이다. 나 오면 주려고 아이스크림을 사러 갔던 것이었을 거라고 나는 추측한다. 소매에 묻은 아이스크림이 더럽지 않았다. 오히려 무서웠다. 이건 언니가 내게 주려 했던 애정 중 하나인 것이다. 나를 생각해서 아이스크림을 일부러 두 개 사 왔다. 그리고 내가 오락실에 있는 걸 보고 자신의 손에 아이스크림이 다 묻는 것은 생각도 안 하고 내게 달려왔던 것이다.

그래서 무서웠다, 두렵고, 따뜻했다. 이런 애정을 받고 싶었다. 동시에 받고 싶지 않았다. 우리는 어쩌면 친구로, 어쩌면 사랑으로, 어쩌면 친구도 가족도 아닌 그 사이의 무언가로 얽혀 있는 것 같아서 그게 죽도록 무서웠다. 이 관계가 끝나는 순간을 생각했다. 언니가 내 옆에 더 이상 있지 않을 때 내가 홀로 비 오는 날 이 오락실 앞에서 아이스크림을 먹는 상상을 했다. 그러면서 몇 번이고 지금 자신의 앞에 언니가 나타나 주길 바라며 우는 미래의 나를 상상했다. 나는 깨달았다. 언젠가 이 관계가 끝나는 날 나는 울 것이다. 평생 언니를, 괴물을 마음속에 품고 살아갈 것이었다. 이 날을 기억하고, 이날과 같은 비가 오는 날, 같은 아이스크림을 먹으며 또 울 것이다. 그리고 언니가 보고 싶다고 생각하겠지. 어쩌면 나의 친구고, 나의 가족이고, 나의 괴물인 언니를, 언제나.

"다정이 괴물 같으면 그냥 잠시 눈을 감아 버려."

어둠 속에서는 아무것도 느껴지지 않거든. 그러면 동시에 불안이 찾아오지. 그러면 깨닫게 돼. 다정과 불안은 같은 거라고. 둘 다 괴물과도 같아서 무서울 수밖에 없는 거라고. 그걸 알게 되면 지금은 모르겠지만 넌 나중에 깨달을 거야. 언니가 내 눈을 바라보며 그리 말했다.

"괴물이랑 평생 사는 것도 나쁘지 않을 거라고."

언니는 그렇게 말하며 눈을 곱게 접어 웃었다. 언니에 눈에는 불안이 담겨 있었다. 동시에 다정도 담겨 있었다. 아직 불완전한 형태의, 그러나 불완전하기에 완전해질 수 있는 가능성을 담은 사람을 나는 그날 언니를 통해 보았다.

우리의 헤어짐은 예상 외로 빨리 찾아왔다. 아니 사실 어쩌면 조금은 예상했었을지도 모른다. 언니는 갑작스레 내게 말했다. 그날은 내가 중학교 교복을 맞춘 날이었다. 예상 외로 별로 신나는 경험은 아니어서 오랜만에 입을 좀 열었더니 대뜸 언니 입에서 그런 소리가 나왔다.

"캐나다에 가야 할 것 같아."

그렇게 말하고는 가볍게 웃었다. 마치 학교에 가야 할 것 같다는, 그런 단순한 말을 한 사람처럼. 물론 언니에게는 단순하지 않았지만.

"네가 물어보지 않아서 말하지 않았었지만, 나 학교 자퇴했었어. 학교를 쨴 게 아니라 갈 학교가 없었던 거야."

언니가 나와 만날 때 가장 많이 하는 얘기 중 하나는 자신의 부모님이 싫다는 얘기였다. 엄마는 밤에 몰래 도망쳤다고 한다. 가장 행복하게 해 준다면서 캐나다 이주민이었던 엄마에게 다시 한

국에 돌아가서 살지 않겠냐며 모든 것을 포기하게 하고 한국으로 데려왔다고 한다. 외가의 반대가 심해서 엄마는 자신의 부모님과 싸우다 거의 연을 끊었고 말이다.

"아빠가 약 반년 동안이나 쉬지 않고 구애했대. 그만큼 엄마를 좋아했나 봐. 근데 엄마는 대학 졸업한 지 얼마 안 됐고 아빠는 제대로 된 일자리도 없었으니까. 두 분 다 멍청했지. 사랑 하나 보고 그런 위험한 선택을 한 거야. 솔직히 나도 잘 이해는 안 가. 그런 선택을 할 정도까지 서로를 사랑했으면서 돈에 무너진 걸 보면 사랑 참 얄팍하다 싶고."

그렇게 꾸역꾸역 살다 엄마가 제풀에 지쳐 결국 자기 가족이 있는 캐나다로 돌아갔다고 한다. 엄마가 언니에게 같이 가자고 했지만 언니는 아빠를 생각해서 곁에 남았고, 아빠는 그 이후로 술만 퍼마셔서 엄마가 가끔씩 보내오는 생활비로만 생활하다 최근 아빠가 엄마에게 도와달라고 했던 것이다.

"엄마보고 그랬대. 자기 좀 살려달라고. 그러면서 나를 이용해서 감정에 호소했더라. 애가 입을 옷이 없어서 다니지도 않는 학교 교복을 입고 다닌다고. 난 아빠를 사랑해서 곁에 남았었어. 적어도 어릴 적의 아빠는 내게 다정했으니까. 그래서 혼자 남겨질 아빠가 불쌍했거든. 근데 사실 날 그렇게 사랑하지는 않았나 봐. 통화 내내 나를 이용해 감정에 호소하기만 했지 나를 진심으로 걱정하는 말들은 단 하나도 없었거든. 내가 했던 말 기억나? 괴물이랑 평생 사는 것도 나쁘지 않을 거라고 했잖아. 나는 아마 엄마와 외할머니의 다정 속에서, 그리고 마음 한구석으로는 아빠에 대한 불안으로 앞으로 살아갈 거야. 예전에는 어릴 적에 받았던 다정과 현실에 존재하는 불안을 가지고 살아갔는데 이제부턴 좀 달라질

거 같아. 여전히 괴물이랑 평생 산다는 점은 변함없지만. 나도 다정이 무서워. 불안도 무섭고. 무서운데, 같이 살아도 괜찮을 거 같아. 사실 너 만나기 전엔 불안만 가득했어. 다정은 과거에만 있지, 그렇다고 누가 애정을 주면 그걸 또 쳐내 버릴 거 같지. 근데 너 만나고 나서 좀 달라진 거야. 네가 내게 주는 다정도, 언젠가 날 떠날 것 같다는 불안도 다 괜찮았어. 그냥 이런 편안한 기억이면 좀 외롭더라도 미래에도 괜찮을 것 같았던 거야."

언니가 하는 말을 가만히 듣고 있었다. 언니는 언제나 흔들림이 없어 보였다. 괜찮은 줄 알았고, 나와 같은 생각을 하고 있을 줄은 꿈에도 생각하지 못했었다. 그런데 언니가 하는 말들은 내게 조금 충격적이었다. 언니도 불완전했고, 나도 불완전했다. 비 오는 날 내가 언니의 눈 속에서 본 것은 나뿐만이 아니었던 것이다. 불완전한 것은 우리 둘이었고, 둘이어서 언니는 무언가를 배울 수 있었다.

"나는 이제 괜찮아. 조금 무서워도 나아갈래. 나는 괴물이랑 이제 손도 잡을 수 있어. 같이 옆에 누워서 잘 수도 있을 거 같고 가끔 뭐가 그리 불안하냐면서 웃을 수도 있을 거 같아. 다 네 덕분이야. 네가 나한테 가르쳐 줬어. 불안한 건 나뿐만이 아니라고, 다정이 무서운 건 나만 그런 게 아니라고. 그러니까 앞으로 나아갈 수 있어. 너도, 나도."

언니의 엄마가 캐나다에서 같이 살자고 해 앞으로 한국에는 거의 못 올 것 같다고 언니는 말했다. 슬펐다. 그러나 견딜 만했다. 언니의 말대로 다정이 무서운 건, 불안한 건 나뿐만이 아니다. 처음은 힘들 것이다. 분명 처음부터 익숙해질 순 없겠지. 하지만 이겨 나갈 수 있다. 언니가 없어도 나는 괜찮을 것이다. 우리는 모두 적당히 나약하고 적당히 무력하고 적당히 사랑할 수 있는 사람들이기 때문에, 넘어져서 울어 버릴 나약함을 가지고 있지만 동시에 그 울음을 털고 일어날 적당한 강인함도 가지고 있기 때문에. 나는 그리 생각하며 고개를 끄덕였다. 눈이 내리고 있었다. 함박눈이었다. 언니와 나는 처음 만났던 오락실에서 가볍게 인사를 했다. 또 보자, 하고. 언제 나와 같은 미래를 기약하는 하나의 약속이었다.

하늘에서 함박눈이 내렸다. 어찌나 펑펑 내리는지 오락실에 오면서 눈이 한가득 쌓여 들어가기 전에 털었는데 아무리 털어도 끝이 나지 않을 것 같은 느낌이었다. 나는 적당히 머리를 툭툭 털었다. 열여덟이 되었다. 오늘은 언니와 내가 마지막으로 또 보자는 인사를 한 날이었다. 나는 언니가 캐나다로 간 후 가끔씩 오락실에 들렀다. 처음 몇 번은 울며 도망쳤고 나중에는 적어도 마주 볼 수 있을 정도는 되었다. 지금은 오락실에 들어가서 인형도 뽑을 수 있다. 그동안 많이 울었고, 다정을 그리워하고, 또 그리워한 만큼 불안해했다. 그러나 이제는 안다. 어릴 적의 괴물을 나는 끌어안고 갈 수 있다고. 다정도 불안도, 불완전하기에 느끼는 것이라고. 불완전하기에 완전해질 수 있을 거라는 가능성을 믿고 살아가는 거라고. 사실 안다. 사람이 완전할 수는 없다. 하지만 내일보다 조금 더 불완전한 사람이 되려면 다정도, 불안도, 어릴 적에 괴물이라 느꼈던 그 모든 것을 끌어안고 갈 줄 아는 사람이 되어야 한다. 나는 이제 그 괴물과 손도 잡을 수 있다. 같이 옆에 누워서 잘 수도 있고 뭐가 그리 불안하냐면서 웃을 수도 있다. 열여덟에 날 만났던 언니가 그랬던 것처럼 나도 그렇게 되었다. 우리는 서로

가 불완전했기에 나아갈 수 있었다. 나는 어릴 적 언니를 처음 만났을 때의 언니의 나이가 되었다. 열여덟의 언니는 오락실에서 즐겁지 않으면 비참해질 수밖에 없는 거라고 말했지만 내 생각은 좀 다르다. 비참했기에 즐거움도 오는 거다. 즐거움만 있는 인생은 없으니까. 우리는 적당히 나약하고, 적당히 무력하고, 적당히 사랑할 수 있어서 비참함을 딛고 즐거움으로 갈 수 있는 거니까.

그리고 언젠가 그 모든 것을 깨닫고, 가장 불완전했던 날에 다다라 가장 불완전했던 순간을 떠올리게 되면. 적당히 나약해서 함께였고, 적당히 무력해서 곁에 있을 수 있었고, 적당히 사랑해서 서로를 보내 줄 수 있었던 우리를 떠올리게 된다면.

"피카츄 인형은 5년이 지나도 때가 안 벗겨지더라."

그러면 그때서야 가장 불완전했을 시기의 우리를 다시 마주해, 적당히 나약한 우리가 다시 적당히 사랑할 수 있는 날들이 주어지는 것이라고. 내리는 함박눈이 다시 옷을 적시는 순간에 천천히 서로의 앞에 마주 설 수 있을 것이라고, 나는 믿는다.

운명의 소리

운양중학교 2
윤지원

"선아, 내려야 돼."

이수가 살포시 이선의 오른팔을 끌어당기며 들리지도 않을 말을 내뱉었다. 쌍둥이는 종종 서로를 부를 때 이름 앞에 같이 붙어 있는 '이'를 떼고 불렀다. 이선은 창밖으로 작게 보이기 시작한 정류장에서 눈을 떼지 않으며 일어섰다. 이수가 카드 두 개를 연달아 카드 인식기에 찍는 동안 이선은 손잡이를 잡고 서 있기만 했다. 곧 바람 빠지는 소리가 이수의 귀에 들려오고 문이 열렸다. 이수는 이선의 오른손을 꼭 잡고 땅에 발을 내디뎠다.

'한 방에 좋아지는 귀'라니, 이선은 병원 간판이 한 달에 한 번이지만 볼 때마다 촌스럽다고 생각했다. 하얗고 세련된 건물과는 전혀 어울리지 않는 문구였다. 이수는 간판 문구쯤은 상관없다는 듯이 병원 안으로 이선을 이끌었다. 마스크를 뚫고 콧속으로 들어온 나무 냄새는 이선이 병원에서 유일하게 좋아하는 부분이었다. 이선은 자신이 병원에 와야 하는 상황조차 마음에 들지 않았기에 병원 속 모든 것들이 거슬렸다. 이수는 묘하게 굳어 있는 이선의 몸짓에서 그걸 읽었지만 모르는 척 행동했다. 자신은 이선을 위로

할 자격조차 없는데, 굳이 여기서 그렇게 한다면 그것조차 이선의 마음에 거슬릴 것을 너무 잘 알았다.

잘 듣지 못하는 자들을 위한, 조용할 수밖에 없는 병원이었다. 하지만 이수는 그 어색한 적막이 깨졌으면 좋겠다고 생각했다. 자신과 닮은 듯 닮지 않은 쌍둥이와 잡은 손은 아직 놓지 않고 있었지만 둘 사이에 대화는 없었다. 얼마나 지났을까 파란 옷을 입은 간호사가 둘 앞에 섰다.

"이선 님, 맞으시죠? 진료 받으러 들어가실까요?"

간호사는 입 모양으로 말을 이해하는 환자들을 위해 앞면이 투명한 마스크를 쓰고 있었다. 덕분에 이선이 직접 고개를 끄덕일 수 있었다. 들어올 때와는 달리 이번에는 이선이 앞장섰다.

의사도 간호사와 같은 마스크를 쓰고 있었지만 좀 더 답답하고 습해 보였다. 이선이 익숙한 듯 귀에서 보청기를 꺼냈다. 의사는 이선을 데리고 몇 가지 질문을 하며 항상 하는 검사를 했다. 이선은 자신의 귀에 빛이 비춰지고 차가운 쇠가 들어갔다 나오는 동안 다른 사람의 손길에만 몸을 맡겼다. 이수는 시선을 이선의 근처에만 두다가 이선과 눈이 마주치자 민망한 듯 웃어 보였다. 곧 모든 절차가 끝났는지 의사가 다시 자리에 앉았다.

"예, 끝났습니다. 더 나빠진 것이나 염증은 보이지 않네요. 보청기도 한 번 닦아 드렸으니까 안심하고 가셔도 될 것 같습니다. 이제부터는 두 달에 한 번씩 오셔도 됩니다. 우리 이선 님이 관리를 잘하는 것 같아서요."

이수는 이선을 한번 쳐다봤다. 이선도 말하는 내용을 다 이해한 것 같았다. 둘은 동시에 고개를 끄덕이고는 인사를 한 뒤 진료실을 나왔다. 엄마가 병원에 미리 결제해 둔 덕에 바로 병원을 나설 수 있었다. 이수와·이선은 몇 분 전 내렸던 그 정류장 반대편으로 건너갔다. 마침 타야 할 버스가 도착해 있었다.

이수가 카드 두 개를 찍는 동안 이선은 앉을 자리를 찾았다. 창밖 보기밖에 할 게 없는 버스 안에서 이선이 제일 좋아하는 자리는 창을 가리는 방해꾼이 없는 자리였다. 다행히도 밖이 잘 보일 곳에 두 자리가 함께 비어 있었다. 이선은 이수가 오자 자리에 앉았다.

이선은 창밖을 보다 잠이 들었다. 집과 병원 사이의 거리는 버스로 딱 30분 정도였다. 이수는 혹여 집을 놓칠까 잠들지 않기 위해 이선 너머로 지나가는 사람들을 봤다. 잠시 후 이수는 빠르게 바뀌는 창밖 풍경에 괜히 어지러워 시선을 내렸다. 이선의 귀에 끼어 있는 보청기를 보니 바닷가에 널린 돌멩이가 떠올랐다. 몇 년 전만 해도 저 자리는 돌멩이보다는 콩나물처럼 생긴 이어폰의 것이었는데, 이수의 눈에 보청기와 이어폰이 겹쳐 보였다.

그날은 고등학교에 입학하게 된 쌍둥이를 축하하기 위해 가족끼리 놀러 갔다 돌아오는 날이었다. 고속버스 맨 뒤에서 두 번째 자리에 이수와 이선이, 그 앞에 부모님이 타고 있었다. 고속버스의 빨간 의자에만 앉아 있는 시간이 한 시간이 넘어가자 이수의 몸이 근질대기 시작했다. 이수는 이선도 마찬가지일 거라고 생각해 간단한 게임이라도 하자며 이선을 불렀다. 하지만 이선은 이어폰을 끼고 있느라 듣지 못한 것인지 반응을 하지 않았다. 이선이 깨어 있는 것은 분명했기에 이수는 또 한 번 그녀를 불렀다. 여전히 대답은 없었다. 이수는 점점 짜증과 오기가 오르는 느낌에 이선을 흔들었다. 이수가 보기에 이선은 깨어 있었고 이어폰으로 새어나오는 소리가 느껴지지 않으니 뭔가를 듣고 있는 것도 아닌 것 같았다. 그런데도 자신을 무시하는 게 화가 나 이선을 혼내 줄 뭔가를 찾기 시작했다.

이수는 이어폰을 낀 상태에서 볼륨 버튼을 누르는 소리가 얼마나 거슬리는지 떠올렸다. 꼭 소리 크기가 변하는 게 아니라도 딸깍이는 소리 자체로 어딘가 불편하게 만들어 줄 구석은 충분했다. 이선은 이어폰에서 갑자기 딸깍이는 소리가 난다면 이상해서라도 자신을 봐 줄 것이었다. 이수는 이선이 반드시 자신과 눈을 마주치기 바랐다.

이수는 이선이 낀 이어폰에서 볼륨 버튼을 찾아냈다. 이선의 신경을 건드리기 전 마지막으로 불러 보았지만 역시 대답이 없었다. 순간 자는 건가 하는 의심이 피어올랐지만 곧 잦아들었다. 이수는 결국 버튼에 엄지를 대고 여러 번 눌렀다.

이선은 이어폰으로 바깥에는 들리지 않을 만큼 소리를 맞춘 채 노래를 틀어 두고 있었다. 지난밤 거의 잠을 못 자서 잠시 눈이라도 붙이고 싶었다. 좋아하는 아이돌 가수 노래를 틀어 두고 눈을 감고 있으니 차가 움직이는 반동마저도 아늑하게 느껴졌다. 어느 순간 이선은 잠이 들었다.

이선은 자신의 고막을 통해 뇌까지 들이차는 큰 소리에 잠에서 깼다. 이선은 온몸을 때리는 큰 소리에 비명을 지르며 이어폰을 거칠게 잡아 던졌다. 소리의 근원만 없애면 터질 듯 뛰는 심장이 제 박자를 찾아갈 것 같았다. 하지만 곧 TV에서 심장이 멎을 때 나오던 삐 소리가 다시 온몸으로 퍼져 나갔다. 옆에서 이수가 눈물이 찬 눈으로 뭐라 하는 것 같았지만 알 수 없었다.

이수는 이선이 비명을 지르며 일어나는 반응은 전혀 예상하지 못했다. 자신이 괜찮느냐고, 미안하다고 하는 말이 이선의 비명에 섞이자 점점 눈물이 차올랐다. 세상이 온통 뿌예 보였다. 일어나 다가오는 부모님도, 몸을 돌려 쳐다보는 승객들도 전부 뿌옇게 보였는데 자신과 마찬가지로 울고 있는 이선과 두 동강이 난 이어폰만이 뚜렷이 보였다. 잠시 후 자신을 안아 오는 아빠의 품에서 이수는 쓰러졌다. 얼핏 자신의 쌍둥이도 엄마의 품으로 쓰러지는 모습이 보였다.

새하얀 침대에 누워 있던 이수가 마침내 병원의 알싸한 공기를 맡으며 일어났다. 이수는 눈을 찌르는 조명에 인상을 잠시 찌푸렸다가 자신이 누워 있던 침대 옆 또 하나의 흰 침대에 이선이 누워 있는 것을 보고 안도했다. 부모님이 양쪽에서 손을 잡아 왔다. 그때까지만 해도 이수는 이선도 곧 자기처럼 건강하게 깨어날 거라 생각했다.

이수는 집까지 남은 정류장을 헤아려 보다 아직 도착하려면 꽤 남았다는 것을 깨닫고 생각을 이어 나갔다. 이틀 뒤 이선도 일어나고 네 가족이, 정확히 말하자면 이선을 뺀 세 가족이 듣게 된 소식은 충격적이었다.

"아니, 무슨 말씀이세요?"

의사가 전한 소식을 잘못 들은 게 아닌지, 셋 모두 되물어야 했다. 이선은 부들부들 떨고 있는 셋을 쳐다봤다.

"더 정확한 검사를 해 봐야 알겠지만 지금 환자분 상태를 봐서는 앞으로 듣는 게 어려워질 겁니다. 원인은 순간적인 소음 노출로 인한 충격 같습니다. 유전적으로 청각에 문제가 있는 게 아니라면 현재로서는 가장 가능성 있는 원인입니다. 하지만 완전 청각이 손실된 게 아니라 보청기의 도움을 받고 입 모양을 읽는다면 느리게나마 의사소통이 가능한 정도입니다. 지속적으로 치료를 받으시면 악화되지는 않을 겁니다."

그 뒤로 보청기와 자세한 검사에 대해 의사가 무어라 말했지만 이수에게는 들리지 않았다. 이수는 의사가 했던 순간적 소음이라는 말에 눈물을 흘릴 수밖에 없었다.

"어떻게 해, 나 때문이에요. 나 때문에. 선아, 너무 미안해."

수도 없이 미안하다 비는 이수에게 이선이 휴지를 한 장 뽑아 주었다. 이선은 자신에게 닥친 일에 대해 듣지 않아도 알 것 같았다. 이선은 그걸 짐작할 수 없으면 했지만 이미 짐작한 뒤였고 결국에는 자신이 언니를 원망하게 될 걸 알았다. 그래서 이선은 이 순간만큼은 언니를 위해 주고 며칠은 지난 뒤부터 미워하는 마음을 받아들이기로 했다.

이선이 눈을 떴다. 이선에게나 가족들에게나 버스는 좋은 기억이 아니었다. 쌍둥이도 부모님이 일하느라 병원에 데려다줄 수 없어서 두려움을 꾸역꾸역 집어넣고 버스에 타는 것이었다. 이선은 불편한 자세로 자느라 굳어 버린 고개를 돌리다 이수와 눈이 마주쳤다. 이수는 손가락으로 버스에서 나가는 문 쪽을 가리켜 보였다. 곧 도착할 때가 됐다는 신호였다.

이선은 현관문과 중문을 무서운 속도로 지나쳐 소파에 드러누웠다. 이수는 현관문을 꼭 닫고 신발도 정리한 뒤에 들어왔다. 이수가 손을 씻고 마스크를 벗자 이선도 벌떡 일어나서 손을 씻고 옷을 정리했다.

이선은 1년 하고도 몇 개월 전 있었던 그 일 이후에 새로운 취

미를 찾았다. 원래 심심할 때마다 좋아하는 아이돌 영상을 찾아보
곤 했던 이선이었다. 이선은 지금도 그 아이돌을 좋아하지만 영상
을 보는 것은 온 신경을 집중해야 해 자주 할 수는 없었다. 대신
자신이 핸드폰을 쳐다보고 있을 때 이수가 쳐다보곤 했던 책장에
관심을 돌렸다. 그 일 이후 이선이 이수에게 가장 먼저 한 부탁은
읽을 만한 책을 추천해 달라는 것이었다. 이수도 이선이 자신을
죽도록 증오하는 것은 아니라는 사실에 감사하며 온 마음을 다해
책을 골라 주었다.

쌍둥이는 소파에 나란히 앉아 책을 읽었다. 둘은 같은 책 시리
즈의 1권, 2권을 각각 펴 들었다. 이수가 잠시 책갈피를 펼쳐 두고
이선을 불렀다. 이선은 집에서는 보청기를 끼고 있지 않아 이수는
입 모양을 바르게 해 말을 건네야 했다.

"물 한잔 안 마실래?"

이선이 이수의 입에서 시선을 떼지 않은 채 고개를 끄덕였다.
이수는 주방에 항상 자리 잡고 있는 주전자에 담긴 끓인 차를 컵
두 개에 나누어 담았다. 이수는 이선에게 한 잔을 건네며 종종 궁
금했던 것을 물어봤다.

"선아, 근데 너 이 차 뭔지 알아?"

"아니, 이 차 할머니가 주셨다는 차 아니야? 찻잎 함에 뭐라고
안 적혀 있어?"

"응. 찾아봤는데 없어서. 뭐, 모르면 됐어. 나중에 엄마한테 물
어보지 뭐."

"알게 되면 나도 알려 줘."

이 말을 끝으로 둘은 다시 책의 세계에 빠져들었다. 그날 밤에
이수는 물어보려 했던 것을 까먹었다. 그 바람에 이선도 답을 알

지 못했지만 꼭 알고 싶었던 것은 아니기에 상관없었다. 둘은 벽 하나를 사이에 두고 각자 잠에 들었다.

　이선은 오늘 집에 홀로 있어야 했다. 이수의 들쑥날쑥한 등교 일이 찾아왔기 때문이었다. 잠에 질릴 때까지 자고 일어나도 8시 반이 넘지 않았다. 하지만 이미 부모님은 출근하고 이수는 등교한 뒤였다. 이선은 잠자리를 정리하고 간단히 아침을 먹었다. 그 후 집에서 혼자 공부해야 할 때면 으레 하는 것처럼 높은 책상을 끌 어다 각종 자습서를 쌓아 두고 소파에 앉았다. 이선은 아침에는 수학 공부가 가장 잘 된다고 느껴 수학 자습서를 펼치고 공부하기 시작했다.

　점점 흩어져 가는 집중력과 도저히 풀 수 없을 것만 같은 문 제에 이선의 눈 초점이 흐려지고 있었다. 이선은 자신도 모르는 사이 창밖에서 쏟아져 들어오는 햇살을 봤다. 집에 있지만 꼭 학 교에서 햇살을 맞는 것 같은 기분이 들었다. 이선은 학교에서 맞 는 햇살을 좋아했다. 오죽하면 학교를 나가지 않게 되고 제일 아 쉬웠던 부분이 더 이상 제 자리에서 햇살을 맞지 못한다는 부분 일 정도였다. 이선은 자신이 마지막으로 학교에서 맞던 햇살을 생각했다.

　이선은 중학교 때부터 한 번도 창가 자리를 벗어난 적이 없었 다. 처음에 운으로 몇 번을 창가 자리에 앉게 된 후 이선은 창가 자리의 매력에 푹 빠져 버렸다. 후에는 자리를 몰래 바꾸면서 창 가 자리, 그중에서도 네 번째 창 바로 옆에 있는 그 자리에 앉기도 했다. 어떤 아이는 창가 자리에 앉으면 바깥 소음이 방해를 하고 따뜻한 햇살에 졸려 공부에 집중하기 어렵지 않느냐며 물어왔다.

이선은 그럴 때마다 오히려 그런 부분이 나를 매료시키며 공부에 지친 마음을 달래고 다시 공부할 수 있게 하는 힘이 된다고 대답했다.

이선은 고등학교에 들어가서도 운이 따라 주었는지 좋아하는 자리로 앉게 되었다. 하지만 그녀는 더 이상 자리에서 원동력을 얻을 수 없었다. 바깥 소음이 곁들여지지 않은 햇살은 공부에 지친 마음을 충전시키지 않고 계속 쉬고 싶게 했다. 게다가 선생님 말씀도 잘 들리지 않는 데다 마스크라는 장벽에 겨우 익힌 입 모양 읽는 법도 쓸 수 없게 되었다. 고등학생 이선이 등교해 할 수 있는 일이라고는 하루의 반이나 되는 시간 동안 멍때리는 것뿐이었다.

이선이 자퇴하고 검정고시를 준비하겠다는 결정을 밝혔을 때 크게 반대하는 사람은 없었다. 단지 그럼 앞으로 어떻게 공부하면 좋겠는지를 두고 고민할 뿐이었다. 어차피 공부를 어느 정도 하는 이선이었기에 나태해지지만 않으면 우수한 성적으로 시험을 볼 수 있을 거라고 다들 생각했다. 그리고 이선은 혼자서도 딴짓에 한눈팔지 않고 잘 공부했다. 이선은 간간이 이수에게 도움을 받아 가며 진도도 학교와 같게 맞췄다.

잠시 학교 생각에 빠졌다가 배에서 느껴지는 허기에 정신이 돌아왔다. 이선은 풀던 자습서를 잠시 치워 두고 혼자 먹을 점심을 차렸다. 배고플 때 흔히 들리는 '꼬르륵' 소리가 들리지 않으니 식욕이 준 건지 점점 먹는 양도 주는 것 같았다. 이선은 20분 만에 점심을 다 먹고 다시 공부에 집중했다. 그러자 곧 이수가 하교했다. 이수는 야간자율학습을 하지 않았다. 이선은 이수가 바쁘게 가방 정리를 하는 동안 눈으로 이수를 좇기만 했다. 그러다 이수가 숨을 돌릴 때가 되자 그녀를 불렀다.

"이수야."

"어, 왜?"

이수는 사소한 단어라도 이선과 마주 보고 입 모양을 바르게 해 말했다. 몇 개월 전까지는 종종 그것을 까먹어 이선에게 투정을 받기도 했는데 이제는 익숙해진 모양이었다.

"나 혼자 공부하는데 모르는 거 있었어. 물어봐도 되지?"

이선은 이수가 이 질문에 응할 거라는 데 한 치의 의심도 가지고 있지 않았다.

"어, 물어봐."

이선은 어느새 보청기를 끼고 이수에게 모르는 문제를 들이밀었다. 문제는 이수에게도 조금 어려웠지만 마침 학교에서 진도를 나가고 있는 부분이기에 잘 설명해 줄 수 있었다. 이선이 문제를 완벽히 이해했다고 이수를 보낼 때에는 이미 해가 완전히 넘어가 있었다. 둘은 부모님이 두 분 다 늦으신다는 소식에 분식을 배달시켜 먹고 각자 할 일을 했다.

다음 날에도 이수는 학교에 나가야 했다. 이선은 이수가 나갈 때 항상 자고 있었다. 이수는 살짝 열린 이선의 방문 사이로 자신도 저렇게 눈이 떠질 때까지 자고 싶다고 생각했다. 이 순간 이수는 너무나도 졸렸다. 어제 이선이 모르는 문제를 봐주다가 시간이 너무 지나서 학교 과제까지 하고 나니 평소 자는 시간에서 두 시간이나 지나 있었기 때문이다. 다행인 것은, 그래도 과제를 남기거나 망친 것 같지는 않다는 것이었다. 이수가 과제를 하고 있을 때 옆방에서 이선은 이불을 덮고 빈둥대고 있었다. 이수는 이선의 방문 앞에서 그대로 몸을 돌린 뒤 현관을 나섰다.

과제를 다 한 것까지는 좋았지만 잠이 모자랐던 것은 절대 다행이 아니었다. 이수는 딱히 선호하는 자리가 없었기에 되는 대로 앉았다. 이번 자리는 복도 쪽 맨 뒤 자리였다. 하필 수많은 가림막들에 가려 집중이 잘 되지 않는 자리인 데다 어제 늦게 자서 이수의 눈이 자꾸만 감겼다. 점심시간까지는 허벅지를 꼬집어 가며 버텼으나 배가 채워진 후 찾아온 나른함은 이길 수가 없었다. 결국 이수는 수업 중간에 눈꺼풀에 힘을 풀어 버리고 말았다.

이수는 집에 돌아가서 족히 30분은 차가운 거실 바닥에 누워 있었다. 이선도 오늘은 무언가를 물어오지 않았다. 둘은 부모님이 오시자 마중을 나갔다. 오랜만에 외식을 하고 자막이 있는 영화도 봤다. 앞으로 3일은 더 학교에 나가야 하는 이수도 내일 일찍 출근해야 하는 부모님도 마음 놓고 즐기는 밤이었다.

이선이 이수 앞에서 빛을 내는 컴퓨터 화면을 흘기고 지나갔다. 화면에는 여러 사람의 얼굴이 띄워져 있었다. 그중 제일 큰 화면으로 보이는 얼굴이 뭐라 말하고 있었다. 이 사람이 선생님인 것 같았다. 곧 화면에 교과서가 나타났다. 이수에게는 선생님이 교과서를 보이며 하는 말이 들리겠지만 이선에게는 아니었다. 이선이 학교를 그만 둔 또 다른 이유, 동영상에서는 입 모양이 나타나지 않는다는 것이었다.

이수는 의자를 박차고 일어서 몸을 사정없이 털어 댔다. 끊기지 않고 이어지는 수업들 사이 유일하게 쉴 수 있는 점심시간이었다. 이수가 집에서 수업을 들을 때는 이선도 그녀의 점심시간에 맞추어 밥을 먹었다. 이선은 어제 먹다 남은 피자가 냉동고에 있다는 사실을 기억해 냈다. 이선은 어제 그 피자가 정말 세상에서 제일 맛있었던 것 같았다.

"수야, 어제 그 피자 맛있었는데 조금 남았지? 딱히 먹을 거 없으면 그거 먹을까?"

"피자? 나는 좀 질리는데 더 나은 건 없어?"

이수는 적어도 세 끼 전에 먹었던 음식에는 쉽게 질려 하는 데다가 지금은 컴퓨터 앞에 오래 앉아 있어 지친 탓인지 입맛도 없었다.

"그럼 뭐 먹고 싶은데?"

이수는 이선의 말이 끊겨 들리는 것 같았다. 하루 종일 마주 보고 있던 컴퓨터가 진을 빼 놓은 탓이라고 생각했다. 이수의 대답이 늦어지자 이선이 다시 한번 물었다. 이번에는 끊기지 않고 들렸다. 소리가 조금 작게 들리는 것 같기는 했다.

"딱히 먹고 싶지 않아."

이선은 그럼 뭘 먹든지 중요하지 않은 게 아니냐며 피자를 먹자고 했다. 이수는 계속 내빼다 결국 그렇게 하기로 했다. 온몸이 찝찝하고 특히 고막이 먹먹한 것 같은 기분에 빨리 세수를 하고 싶었다. 이선이 웃으며 피자를 데우는 동안 이수는 화장실로 들어갔다.

이수는 수도꼭지를 오른쪽으로 끝까지 돌려 놓고 거울을 바라봤다. 거울 반대편 눈과 마주치고 있자니 무언가 불안해졌다. 이수는 항상 자신의 눈을 보며 용기를 얻곤 했었는데 지금은 그 눈이 용기를 앗아 가는 기분이었다. 이수는 고개를 살짝 젓고 손을 오므려 찬물을 받았다. 손에 물이 다 차자 얼굴을 물속으로 들이밀었다. 기분은 나아졌다. 하지만 귀에서 이상한 소리가 났다. 이수는 심장이 멎을 때 기계에서 나오는 소리를 느꼈다. 몇 년 전 이선이 자신에게 겹쳐지는 것 같았다. 이수는 엄습해 오는 무서움에 이선을 불렀다. 거의 비명에 가까운 부름이었다.

이선은 보청기를 끼고 있지 않았지만 무언가 큰 소리가 자신을 부른다는 것은 알 수 있었다. 이선은 더 자세히 듣기 위해 식탁 위에 있던 보청기를 귓속으로 넣었다. 들리는 목소리는 자신에게 익숙한 이수의 목소리였다. 이선은 당장 화장실로 달려가 문을 박차고 열었다. 세면대에서는 물이 쏟아지고 있는데 이수는 세면대에서 멀리 떨어져 귀를 막고 있었다. 이선은 이수에게 다가갔다. 이수의 눈에 눈물이 고여 있었다.

"이수야, 수야, 괜찮아? 왜 그래? 언니, 어디 아파?"

"아니, 아니야. 안 들려."

이수는 이선의 목소리가 들리지 않았다. 꽤나 단순한 이선의 입 모양을 읽을 수는 있었지만 이수는 자신이 입 모양을 읽어야 한다는 것에 큰 충격을 받았다. 이수가 보기에 수도꼭지에 물이 틀어져 있었고 이선도 뭐라 말하고 있었지만 물소리도 말소리도 들리지 않았다. 이제는 삐 하는 소리마저 들리지 않았다.

이선은 이수를 부축하려 손을 내밀었으나 곧 거두고 말았다. 이수가 눈물이 고인 눈으로 계속 안 들린다고 말하고 있었기 때문이었다. 이선은 상황이 눈에 잘 들어오지 않았다. 어느새 이선의 볼에도 물이 흐르고 있었다. 이선의 마음 한구석에서는 이수가 하는 말이 거짓이 아니라는 걸 알고 있을지 몰라도 이선은 인정하기 싫었다. 뭐에 화가 났는지는 모르겠지만 어쨌든 화가 났다. 이수도 귀가 안 들릴 수 있다는 건 슬펐고, 이수가 자신을 놀린다는 가정도 슬펐다. 얼굴이 빨개지며 이선은 말을 거르지 않고 내뱉었다.

"뭐? 안 들린다니 그게 무슨 말이야? 지금 안 들리는 건 나야, 네가 아니고. 넌 귀가 안 들리는 걸 몰라. 나랑 장난하는 것도 아니고 이게 뭐하는 짓인데?"

결국 이선은 이수를 내버려 두고 돌아섰다. 그대로 현관에 걸린 마스크만 쓰고 뛰쳐나와 버렸다. 고개를 뒤로 젖히고 무작정 달리다 보니 눈물은 멎고 생각도 처음부터 다시 시작할 수 있었다. 일단 다시 이수를 봐야 했다. 그렇게 다리가 움직이는 게 서서히 느려지고 마침내 뒤돌아보니 모르는 건물에 둘러싸여 있었다. 이선은 그 일이 있은 뒤로 절대 혼자 나가지 않아서 동네 길을 찾아 본 적이 없었다. 갑자기 나오느라 어딘가에 도움을 구할 핸드폰도 없었다. 보청기가 귀에 끼워져 있었던 게 다행이라면 다행이었다. 이선은 어딘가에 나 있는 골목으로 들어가 쪼그려 앉았다.

이수는 이선이 나가기 전에 말한 내용을 곱씹고 있었다. 자신을 다그치는 내용 사이 걱정하는 듯한 눈빛이 있었던 것도 같았다. 심장은 아직까지 빨리 뛰고 있었지만 머리는 깨끗해진 것 같았다. 순간, 물소리가 들렸다. 화장실에 들어올 때부터 틀어져 있었을 수도꼭지에서 나오는 그 물소리였다. 이수는 다시 들리기 시작했으니 아까의 것은 일시적인 거라 믿고 다른 일부터 해결하기로 했다. 이수는 흘러 넘치고 있는 수도를 잠갔다. 화장실 밖을 나가 보니 현관문이 열려 있었다. 소파 위에는 핸드폰이 두 개 있었다.

"뭐가 그리 급했다고, 어딜 나간 거지?"

이수는 자신이 정말 말한 건지 알 수 없었다. 지금은 괜찮지만 아무것도 안 들렸다는 게 계속 몸을 떨리게 했다. 그래도 일단 부모님께 연락을 넣은 뒤 이선을 찾아야 했다. 그 애가 언제 위험해

질지 모르니 말이다. 이수는 이선의 핸드폰을 한 손에 들고 다른 손으로 자신의 핸드폰 위로 타자를 쳤다.

─엄마 아빠, 오늘은 좀 일찍 와 주셔야 할 것 같아요.

곧바로 메시지 옆 숫자가 사라지고 진동이 울렸다.

─왜?

─무슨 일 있니?

─어, 일단 제 귀가 갑자기 안 들렸어요. 지금은 괜찮은데 병원에 가 봐야 할 것 같고 선이 집을 나갔어요.

─약간 걱정할 일이긴 한데 너무 걱정하진 마시고 최대한 일찍 와 주세요. 저는 선이 찾으러 가 볼게요.

그 후로 쉬지 않고 핸드폰 진동이 울렸지만 이수는 기어코 무시하고 집을 나갔다. 안 봐도 걱정하고 계실 부모님의 문자를 보면 이선을 찾을 수 없게 눈물이 날 것 같았다. 이수는 집에서 가까운 곳부터 구석구석 찾아다녔다.

남은 수업도 다 빠지고 온 동네를 뒤지다 문득 고개를 드니 이미 노을이 져 있었다. 이수는 가끔씩 확인한 핸드폰으로 이미 부모님이 학교에 연락을 했고 집에도 다 와 간다는 사실을 알고 있었다. 이수는 혹시 또 새로운 소식은 없나 다시 핸드폰을 확인하려다가 눈에 띄지 않는 골목 하나를 놓칠 뻔했다. 이런 골목이 제일 놓치기 쉬우니까, 이수는 골목 어귀로 몸을 내밀었다.

"어?"

작게 웅크린 뒷모습과 헤쳐진 머리카락 사이로 익숙한 돌맹이처럼 생긴 무언가가 보였다. 보청기였다. 그리고 이수가 아는 한 저렇게 돌맹이와 똑 닮은 보청기를 끼고 이 시간에 골목에 웅크리고 있을 사람은 한 명뿐이었다.

"선아, 이선아!"

이수는 이선의 어깨를 흔들었다. 이선은 작게 신음을 내며 이수에게 안겼다. 이수도 이선의 등에 손을 얹었다. 둘은 아무 말도 하지 않고 그렇게 있었다. 얼마 뒤 이선이 먼저 입을 뗐다.

"아, 미안."

둘은 서로를 똑바로 보고 있었다. 사람이라고는 찾아볼 수 없는 골목에서 둘의 마스크는 어느새 거의 벗겨져 있었다.

"뭐가, 너도 놀랐을 텐데."

"아냐, 그렇게 나가서 나 찾느라고 고생했잖아. 게다가 네가 더 놀랐을 텐데. 그런데 이런 말하기 좀 그런데, 정말 어떻게 된 거야?"

"나도 잘 모르겠어. 지금은 다시 잘 들리는데 아까는 정말 무서웠어. 분명 아주 잠깐 그랬던 거지만 그게 완전히 끝난 것 같지도 않아. 엄마랑 아빠, 두 분 오시고 계시니까 오시면 해결되지 않을까?"

이수가 부모님께 문자를 하고 곧 부모님이 골목으로 찾아오셨다. 부모님이 쌍둥이를 껴안으려 다가올 때 이수는 뒤로 물러섰다. 또다시 귀에서 듣기 싫은 기계음이 퍼져 나갔다. 이선과 부모님은 이수를 당황한 눈으로 쳐다보았다. 이수는 귀에서 맴돌던 기계음이 끊겼어도 괜찮느냐고 묻고 있는 입 모양과 다르게 아무것도 들리지 않자 무언가 잘못되었음을 느꼈다. 앞으로 자신이 보청기를 끼고 살아야 할 것이라는 예고인 것만 같았다. 아니, 이미 그렇게 된 걸까, 여기까지 떠오르자 이수는 입을 열었다.

"또, 또 안 들려요. 병원, 병원에 가야 해요."

"뭐?"

모두가 어쩔 줄 몰라 우왕좌왕하는 가운데 가장 먼저 아빠가 말했다.

"알았어. 당장 병원에 가자."

지금은 손이 떨려 운전할 사람이 없으니 버스를 타고 가기로 했다. 이선이 처음 진단을 받았던 그 병원이었다. 응급으로 바로 진료에 들어갈 수 있었다. 검사를 진행하고 상황을 듣겠다는 의사의 말에 이수는 홀로 검사실로 향했다. 남겨진 가족들은 밖에서 다리를 떨어 가며 기다리고 있었다. 이수는 꿋꿋이 모든 검사를 받아 냈다. 결과가 나오기 전 의사는 네 가족을 부른 뒤 최대한 자세히 그때 상황을 들려 달라고 종이 위에 적었다.

이수는 온라인 클래스가 끝났을 때부터 이선의 목소리가 이상하게 들리던 때를 지나 이명을 듣던 때를 설명했다. 그 후로 이선을 부른 때까지 설명하고 이수는 잠시 머뭇거렸다. 이선은 그녀가 무슨 말을 하려는지 다 안다는 듯 손을 잡았다. 둘은 느끼지 못했지만 진료실 안 모든 사람이 숨죽이고 있었다. 부모님도 아까 전 혼란스러운 상황 속 물어보지 못했던 얘기에 신경을 집중하고 있었다.

"근데 선이도 잘 못 듣거든요. 보청기를 보시면 아시겠지만. 선이는 조금 혼란스러웠던 건지 집을 뛰쳐나갔어요. 그 이후에 다시 소리가 들려서 귀의 문제는 일시적인 거였나 생각하고 우선 그 애를 쫓아갔죠. 그렇게 시간이 좀 지나고 선이를 찾고 나서 또 갑자기 귀가 안 들리는 거 있죠? 무서웠어요. 지금도 무섭고요. 저 괜찮지 않은 거죠?"

이수는 시선을 어디에도 두지 못한 채 말을 이어 갔다. 의사는 이수가 조용해지자 부모님을 향해 다시 입을 열었다.

"학생이 많이 놀라고 마음이 어지러울 것 같네요. 일단 이수 학생은 이선 학생과 같은 상태고 앞으로도 별로 나아지지는 않을 것으로 보입니다. 그러고 보니 전에 이선 학생이 왔던 때가 저도 기억이 나는데, 사실 쌍둥이가 둘 다 귀에 이상이 생긴다는 게 우연일 가능성은 아주 적습니다. 저는 혹시 유전적인 부분이 있지 않나 생각이 드는데, 이런 부분을 확실히 하기 위해 두 분이 같이 몇 가지 검사를 더 해 봐야 할 것 같습니다. 보호자님, 괜찮으신가요?"

부모님이 천천히 고개를 끄덕이자 쌍둥이는 함께 추가적인 검사를 받으러 나갔다. 이수와 이선 모두 아무 말이 없었다. 단지 간호사가 하는 대로 몸을 맡길 뿐이었다. 이번에는 검사 결과가 나오는 데 시간이 꽤 오래 걸려서 이수와 이선, 부모님은 병원 밖 외진 곳에 있는 의자에 앉아 기다려야 했다. 아직 검사 결과가 나오지는 않았지만 이수 귀에 대한 진단은 바뀌지 않을 것이니 아무도 웃음 짓지 못했다. 어떻게 보면 침울하고 다르게 보면 차분한 이 분위기는 몇 년 전, 이선의 진단이 나왔을 때와는 사뭇 달랐다. 그때는 모두가 몰려오는 감정을 크게 감추지 않고 서로 사과하고 위로해 주었다면 지금은 속으로 생각과 감정을 정리하고 있다.

이선에게서 의사가 둘 모두에게 유전적인 원인으로 귀 이상이 생긴 것일 수도 있다고 한 말이 떠나가지 않았다. 이선은 여태껏 이수를 보며 원망하기도 했던 나날이 어리석었던 것 같았다. 자신에게 닥친 불행은 이수가 이어폰 볼륨을 올린 순간 시작되었다고 믿었던 이선이었다. 하지만 그 불행이 이수가 무엇을 했든 닥칠 운명이었다면 그동안 이수를 향했던 모든 화살은 서로에게 상처만 입힐 화살이 되는 게 아닌가? 이선은 물밀듯 밀려오는 후회를 간신히 억누르고 있었다.

이수도 이선과 같은 부분에서 헤매고 있었다. 유전적인 원인으로 청력에 이상이 생겼다는 말, 이수 자신에게 닥친 그것과 이선에게 닥친 그것이 우연이 아니라 운명이라는 것을 말하는 걸까? 이수는 이선의 불행은 자신 탓이므로 자신이 이선을 책임져야 한다고 생각해 왔다. 그런데 그게 아닐 수도 있다는 말에 이수는 자신을 목 죄던 죄책감이 사라지는 느낌과 동시에 그래도 조금은 제 탓이 있는 건 아닐까 의심했다. 게다가 앞으로 제 인생에 대한 고민이 몰려와 머리를 더 짓눌렀다.

간호사 한 명이 가까이 다가오더니 진료실로 가야 한다고 안내했다. 아까 그 진료실에서 같은 의사를 보고 있었지만 이번에는 부모님이 더 앞에 앉았다. 의사는 모든 검사 결과가 나온 것은 아니지만 지금까지 나온 결과로도 분석은 정확하게 할 수 있다며 운을 뗐다.

"지금까지 나온 결과로 볼 때, 두 분의 유전자 중 청각에 손상을 입히는 부분이 있는 것으로 예측할 수 있습니다. 이 부분은 청각 기관에 손상을 입히다가 갑자기 이명 등이 들리면서 잘 못 듣게 할 수 있습니다. 보통 유전적인 문제가 있는 부분은 집안에 몇 세대를 걸쳐 나타나서 미리 알고 청력이 저하될 기간을 늦추거나 그 후를 대비하는 사람들이 많은데, 혹시 부모님께서는 들으신 바가 없으신가요?"

이선은 비록 들리지는 않았지만 그때처럼 오가는 대화를 어느 정도 눈치챌 수 있었다. 이선이 대화 속에서 자신과 이수의 불행은 운명이었다는 것을 알아채자 심장이 떨려 왔다. 이선은 이수에게 미안해져 이수를 꽉 껴안았다. 이수는 그런 이선의 마음을 전

달받고 역시 꽉 안아 주었다. 쌍둥이가 화해와 사랑을 나누는 동안 엄마는 과거의 기억 속에서 실마리 하나를 뽑아내었다.

"그러고 보니, 할머니께서 아예 못 들으셨다는 얘기를 어머니께 들은 것 같기도 해요. 아! 이 말을 하면서 어머니는 찻잎 몇 통을 주셨어요. 그 차가 귀에 좋다고도 했었어요. 왜 진작 생각해 내지 못했을까요?"

엄마는 울먹였다.

"아이고, 우실 필요 없습니다. 누구의 잘못도 아니니까요. 또 앞으로 아이들에게 있을 삶은 여전히 밝게 열려 있습니다. 관리만 잘 해 주면 악화되지도 않을 거고요. 이미 알고 계실 테니 따로 주의사항은 말씀드리지 않겠습니다. 이수 학생 보청기 예쁜 걸로 맞춰 주세요. 이선 학생도 같이 해 주셔도 좋을 것 같네요. 혹시 궁금하신 건 없나요?"

부모님이 고개를 젓고 더 이상 안고 있지는 않지만 손을 꼭 잡고 있는 쌍둥이에게 손짓했다. 이수는 진료실 문을 나서려다 급히 뒤를 도는 이선에 의해 멈춰졌다. 이선은 의사에게 무언가를 물어보는 듯했다.

"그럼, 밖에서 큰 충격을 받는다거나 하는 게 청력 악화의 원인이라고는 할 수 없는 거네요?"

의사는 순식간에 종이에 답변을 적어 내려갔다.

"네, 바로 옆에서 폭탄이 터지는 정도의 충격은 청력 악화의 시기를 좀 당기거나 할 수도 있습니다. 하지만 청력 손상은 보이지 않는, 스트레스 같은 부분에서도 영향을 받으니 단정 지을 수 없지요."

이수는 답이 적힌 종이를 보고 이선의 질문이 무엇인지 알아차렸다. 이수는 이선이 그런 질문을 한 이유가 이수를 원망했던 것에 사과하는 것일 수도, 이수에게 더 이상 죄책감 느끼지 않아도 된다는 위로를 건네는 것일 수도 있다고 생각했다. 이수는 내심 질문의 이유가 후자였으면 좋겠다고, 그리고 정말 후자일 거라고 생각했다. 이선은 그런 이수의 마음을 아는 건지 모르겠지만 이수를 병원 밖까지 이끌었다. 부모님은 이미 차에 시동을 걸고 있었다. 이수와 이선은 갑자기 몸을 감싸 오는 햇살에 잠시 걸음을 멈추었다. 이선이 그 상태에서 이수의 소매를 걷더니 무언가 적어 내려갔다.

'너도 보청기 맞추면 우리 작게 이니셜 같은 거 적어 둘까?'

이수도 이선의 소매를 걷고 답을 적어 갔다.

'왜, 헷갈릴까 봐? 근데 우리 이니셜 똑같잖아. 아니면 커플 템으로?'

'응, 우리 귀에 똑같은 글자가 빛나면 좋겠어.'

가만히 선 채 서로의 팔에 대화를 나누던 둘의 앞에 부모님 차가 서자 둘은 뒷좌석으로 올라탔다. 그리고 며칠 후, 나란히 소파에 앉아 책을 펴고 미소 짓는 이수와 이선의 귀에서 같은 글자가 적힌 보청기가 빛났다.

Memory Auction

간석여자중학교 3
최승은

"오래 기다리셨습니다!"

"자, 이건 오늘 중 가장 기대되는 추억인데요! 「열일곱 살의 여름밤」입니다."

메모리 딜러의 목소리가 추억 경매장에 울려 퍼졌다. 다소 무뚝뚝해 보이는 얼굴과는 다른 높고 밝은 목소리였다.

"보존 상태도 최상급인 데다가 학생의 추억인데요. 시험이 끝난 후, 친구들과 함께 학원을 빠지는 내용의 추억입니다. 500부터 시작하겠습니다!"

딜러는 자신이 출품자도 아니면서 꽤나 기뻐 보였다. 아마 지금쯤 오랜만에 한 건 잡았다는 생각을 하고 있겠지. 거만한 표정으로 가면을 쓴 채 앉아 있던 사람들도 술렁거렸다. 품격 있는 인간들의 엉덩이가 들썩거리는 것도 보고, 인생 오래 살고 볼 일이다. 뭐, 그들이 그러는 것도 이해가 안 되지는 않는다. 높으신 분들은 언제나 젊음을 좋아하니까. 아마 저 추억은 오늘 나온 추억 중 가장 괜찮은 가격으로 팔릴 것이다. 그들이 그렇게나 좋아하는 '청춘'의 결정체가 아닌가. 하지만 저건 당사자에게도 소중한 추

243

억이었을 것이다. 저걸 누가 내놓았는지는 몰라도 조금 슬퍼졌다.

●

　22세기를 맞이하고 과학은 무서운 속도로 발전했다. 대부분의 일은 기계로 대체되었고 중산층 정도만 되어도 가정용 로봇이 없는 집은 없었다. 식품 대체 알약 또한 개발에 성공하여 알약 한 알만 삼키면 굳이 음식을 먹을 필요가 없게 되었다. 뇌에 직접 지식을 주입하는 기술도 개발되었다. 가격이 상상을 초월했지만, 돈으로 지식을 살 수 있다는 것에 사람들은 열광했다. 사람들은 여기서 멈추지 않았다. 더 많은 것을 원했다. 국가들은 앞다투어 과학에 투자했다. 덕분에 과학기술은 천문학적인 자금을 등에 업고 빠르게 발전할 수 있었다.

　다만 문제가 하나 생겼다. 과학이 발달하면 발달할수록 빈부 격차가 심해진 것이다. 돈이 많은 사람들은 식품 대체 알약을 먹고 남는 시간에 자기계발을 했다. 굳이 스스로 공부할 필요도 이제는 없었다. 돈만 주면 한 시간도 채 안 되는 시간에 학자 한 명이 평생 공부해야 얻을 수 있는 지식을 얻을 수 있었으니까 말이다. 과학의 발전은 인류적으로는 분명 엄청난 발전이었다. 하지만 그것을 누릴 수 없는 사람들에게는 사형선고나 마찬가지였다. 그들은 이제 무엇을 해도 식품 대체 알약과 뇌에 주입하는 지식을 넘을 수 없다. 이건 사실상 암묵적 신분제의 시작이었다. 나는 그들을 구별해서 부르기 시작했다. 식품 대체 알약을 사 먹을 수 있는 사람들은 HP('high class people'의 줄임말), 식품 대체 알약을 사 먹을 수 없는 사람들은 LP('low class people'의 줄임말)라고 말이다.

나는, 영락없는 LP였다.

우리 엄마는 젖소 농장을 운영하셨다. 엄마는 그 농장이 외할 아버지가 물려주신 소중한 농장이라고 했다. 우리 농장에서는 젖 소를 키우고 우유를 짜 치즈를 만들어 팔았다. 주 고객층은 HP였 다. 그들은 우리 농장의 치즈를 '기계가 만들 수 없는 맛'이라며 좋아했다. 하지만 식품 대체 알약이 개발되자 그 발길은 모두 뚝 끊겼다. 우리 농장을 찾아오는 사람은 아무도 없었다. 참 웃긴 일 이다. 결국 '기계가 만들 수 없는 맛'은 '기계가 만든 영양'에 져 버린 거니까. 엄마는 결국 그 소중한 농장을 팔았다. 농장이 있던 그곳에는 식품 대체 알약 공장이 세워졌다. 그때 나는 두 번째로 엄마의 눈물을 보았다. 첫 번째는 아빠가 돌아가셨을 때였다. 그 후 나와 엄마는 농장을 떠나 바닷가 마을에 정착했다. 평생 소똥 냄새와 풀 내음만 맡다가 소금기 가득한 공기를 들이마시니 인간 소금 절임이 되는 듯한 기분이 들었다. 하긴, 딱히 틀린 말도 아닌 것 같다. 이미 세상에 절여져 몸속 수분은 다 빠져나간 것만 같았 으니까. 우리는 정말 어쩔 수 없는 LP였다.

이제 인간의 과학기술로는 거의 모든 것을 다룰 수 있게 되었다. 하지만 인간은 항상 부족해하고 그 이상을 원한다. 지식까지 얻은 HP들은 그들에게 부족한 것을 찾았다. 그건 바로 '추억'이었다.

HP들은 모든 것을 과학기술에 의존해 살아가니 직접 무언가 를 하는 일이 거의 없었다. 그러다 보니 점점 모든 일에 무감해졌 다. 가정용 로봇이 모든 집안일을 해 주니 몸은 편하겠지만 청소 후 느낄 수 있는 뿌듯함을 느낄 수 없었고 식품 대체 알약으로 끼니를 대신하니 시간을 얻을 수는 있어도 맛있는 음식을 먹었을 때 느껴지는 행복은 느낄 수 없었다. 뇌에 지식을 주입한다면 단시간에 어마어마한 양의 지식을 얻을 수는 있어도 직접 공부했을 때의 성취감은 포기해야만 한다. 하지만 HP들은 이것마저도 가지고 싶어 했다.

그래서 과학자들은 이번에는 기억을 조작하는 연구를 했다. 처음에는 백지 상태인 뇌에 기억을 쌓으려 했다. 하지만 그렇게 만들어진 기억은 부실했고 어색했다. 그래서 과학자들은 다른 돌파구를 찾았다. 바로 다른 사람의 기억을 추출해 이식하는 것이었다. 이는 아주 성공적이었다. 과학자들은 완벽하게 기억을 이식하는 것에 성공했다. 이후 '추억'을 사고 파는 것은 사회의 한 부분으로 자리 잡게 되었다. 추억 전문 판매점이 생기고 추억 경매장, 즉 Memory Auction이 생겼다. 메모리 옥션에서 전문적으로 일하는 '메모리 딜러'라는 직업도 생겼다. HP들은 추억 경매장에 나오는 추억들을 사서, 마치 그것들이 자신의 진짜 추억이라도 된 것처럼 기억을 조작했다. 기억 조작 기술을 만든 연구소 측에 따르면, 효과적이고 건강하게 행복한 삶을 즐길 수 있게 도와준다고들 하는데 글쎄, 나는 그것이 정상적인 현상인지 잘 모르겠다. 뭐, 정상적이지 않다고 해도 어쩌겠는가. 어찌 되었든 LP는 HP를 이길 수 없었다. 나는 아직도 어쩔 수 없는 LP였다.

"2500! 2500 나왔습니다! 이제 없나요?"

딜러는 아쉽다는 듯이 얼굴을 찌푸렸다. 사람들이 한 번 더 웅성거렸다. 제멋대로 섞인 여자와 남자의 목소리, 고음과 저음의 목소리들이 귓가에 맴돌았다. 이런 곳은 나랑 안 맞는다. 경매가 끝나면 귀마개나 하나 사야겠다.

"3000!"

누군가 3000이라 적힌 팻말을 들며 소리쳤다. 어지간히도 급했나 보다. 목소리에 묻어나는 희열이 역겨웠다. 역시, 이런 곳은 정말 나랑은 안 맞다.

"3000! 3000입니다!"

그제야 딜러는 찌푸린 얼굴을 폈다. 무뚝뚝한 얼굴로 사람 좋은 미소를 지은 딜러는 망치를 쳤다. 사람들이 손뼉 쳤다. 누군가는 아쉬움을 담아, 누군가는 부러움을 담아, 누군가는 정말 의미 없이 두 손뼉을 마주쳤다. 박수는 그들의 위선을 담고 있다. 낙찰을 받은 사람은 가면을 쓰고 있었음에도 표정이 다 드러날 만큼 크게 웃었다. 그는 행복할까. 청춘조차 돈으로 사는데도 그는 정말 행복할까.

나는 얼마 전부터 이 추억 경매장 'Memory Auction'에서 일하고 있다. 딱히 내가 하는 일은 없었다. 그냥 금박 장식이 덕지덕지 붙은 화려한 옷을 입고 경매장 입구에 서 있다가 사람들이 들어오면 허리를 숙여 인사를 했다. 친구의 소개로 들어간 자리였다. 이 경매장의 사장은 지금 내가 하는 이 일이 무척이나 중요한 일이라고 강조했다. 조금 웃음이 나왔다. 굳이 안내용 로봇이 아닌 인간을 고용하는 이유는 무엇이겠는가. 그냥 그들은 자신과 같은 인격체에게 인사를 받고 싶을 뿐이었다. 그걸 열심히 포장한다고 이 사장도 고생하는구나, 라는 생각이 들었다. 물론 이 말을 입 밖으로 꺼내지는 않았다. 돈을 받은 이상 나는 그냥 고급스러운 인간들이 행차하시는 것을 보며 허리를 숙이면 된다. 그게 나의 일이었다.

오늘은 유독 연구원으로 보이는 사람들이 많이 왔다. 단체로 온 것 같던데, 아마도 경매장에 오신 지위가 드높으신 인간들과 인맥이라도 쌓으려는 게 아닌가 싶다. 평소라면 거들떠보지도 않았을 텐데, 오늘 밤이 늦어서 그런가 떠오르는 기억이 있다.

엄마는 옛날이야기를 많이 하셨다. 일이 늦어져 밤늦게 집에 들어오시는 날이면 항상 우리 집도 잘살 때가 있었다고 말씀하셨다. 우리 아빠는 연구원이었고 실적 또한 좋았다고, 그런데 윗선과의 의견 차이가 심해 내가 태어날 즈음 해고당했다고 하셨다. 나는 엄마가 그 얘기를 꺼내실 때마다 고개를 끄덕여 주었다. 그 이야기의 반응은 딱 그 정도가 적절했다. 신기할 것도 없고 기쁠 것도 없으며 슬플 것도 없는, 그냥 옛날이야기일 뿐이니까. 내가 기억하는 아빠는 조금 특이한 분이셨다. 밤이 되면 술을 마시면서 나를 붙잡고 의미 모를 말들을 중얼거리셨다. 결국 후회할 거야. 틀렸어, 내가 맞은 거야. 나는 틀리지 않았어……. 지금 생각하면 아빠가 계셨던 연구소의 다른 연구원들에게 하는 말이 아니었을까, 싶다. 아빠는 내가 초등학교 4학년 때 돌아가셨다. 폐암이었다. 암은 아직 인간이 정복하지 못한 병 중 하나다. 뇌에 지식을 쑤셔 넣을 만큼 기술이 발전했는데 정작 암세포 몇 개 죽이는 기술은 아직이라니 정말 나로서는 이해할 수 없는 일이다.

만약 아빠를 다시 만난다면 해 주고 싶은 말이 많다. 아빠는 항상 자신이 틀리지 않았다고 말씀하셨지만, 그 말을 계속 중얼거리는 것부터가 이미 자신이 틀렸다는 것을 증명해 주고 있었다. 적어도, '우리 가족의 생계 유지'라는 주제에서는 작렬하게 실패한 것임에 틀림없다. 우리 가족은 가정용 로봇 하나도 두지 못할 정도의 LP인 데다가 다른 것을 다 제쳐 두고라도 아빠는 나와 엄마를 두고 먼저 떠나셨으니까. 그것만큼은 나는 아빠를 용서할 수 없다. 오늘 단체로 경매장에 온 연구원들은 어떤 아빠일까. 그들이 자식이 있는지 없는지조차 모르지만 조금 궁금해졌다.

"다음은 「민들레 홀씨」입니다."

비싼 값으로 조금 전의 추억이 낙찰되고 웃는 얼굴이었던 메모리 딜러의 표정이 무표정으로 바뀌었다. 아무래도 지금 추억은 그렇게 특이한 건 아닌가 보다. 그나저나 저 사람 얼굴 진짜 험악하게 생겼네. 표정을 조금만 더 풀면 좋으련만 비싸게 낙찰될 만한 추억이 나올 때만 웃으니 인간 낙찰가 측정기가 또 없었다.

"배경 묘사가 아주 뛰어난 추억입니다. 넓은 들판에서 민들레 홀씨를 불어 날리는 내용을 담고 있습니다."

표정이 굳기는 했지만 입꼬리가 살짝 파들거리는 거로 봐서 시작가는 200 정도겠네.

"200으로 시작합니다!"

와. 맞았다. 정말 인간 낙찰가 측정기가 따로 없네.

…….

경매장 외곽에 서서 이런 거나 맞추고 서 있는 내가 조금 불쌍해졌다.

"500."

딜러가 작게 말하고는 바로 망치를 쳤다. 아마도 저 추억으로는 그 이상의 가격을 노릴 수 없다고 생각한 것 같다. 이 일을 시작한 지 일주일이 지났다. 추억 경매는 일주일에 두 번 했다. 오늘로 나는 추억 경매를 세 번째 보고 있는 것이다. 그런데도 도저히 익숙해지지 않는 풍경이었다. 누군가는 지금 이 순간에도 한 푼이라도 더 벌기 위해 뛰어다니고 있을 텐데 이곳에서는 추억을 가지고 가격이나 매기고 있었다. 나도 이 일을 구하지 못했더라면 똑같이 뛰어다니고 있었겠지. 그런 것을 생각하면 가슴에 작은 바늘을 하나씩 꽂는 것만 같은 아픔이 느껴진다. 나에게는 기회가 없었다. 그런데 이 사람들에게는 모든 것이 기회였다. 그런데도 이들은 그것에 만족하지 않고 더한 것을 찾아 헤맸다. 이처럼 추억을 사고팔면서. LP에게 남은 추억까지 모두 가져가 버리면 우리는 앞으로 무엇을 위해서 살아야 하나?

처음에는 그냥 low class people의 뜻으로만 LP를 썼다. 그런데 문득 내가 참 LP판 같은 삶을 살고 있다고 느꼈다. low class people뿐만 아닌 Long Playing Record. 긴 시간 동안 턴테이블의 바늘에 몸을 맡기며 내게로 다가오는 바늘을 피하지 못하는 LP판. 결국 기술의 발전으로 생긴 다른 제품에 밀려 더는 쓰이지 않게 된 LP판이 내 인생과 무엇이 다른가 하는 생각이 든다. 내 인생은 결국 누군가에게 음악을 들려주기 위한 인생이었던 걸까. 내 인생을 바쳐 음악을 재생하면, 그 음악은 결국 누가 듣게 되는 거지? 나? 우리 엄마? HP?

"주목해 주세요!"

하, 크게 울리는 딜러의 목소리에 놀라 상념이 깨졌다. 귀에서 이명이 들리는 것 같다. 경매장 외곽은 이래서 별로다. 스피커가 너무 가까이에 있어 고막이 터질 것 같다. 이번에는 또 무엇 때문에 이렇게 이목을 끄는 건지. 아까 그 「열일곱 살의 여름밤」만 한 추억이 오늘 또 나올 리가 없는데 말이다.

"이건 무려 '음식'을 먹는 추억입니다!"

아까까지만 해도 무뚝뚝했던 딜러의 얼굴이 다시금 밝아졌다. 저 얼굴을 숨길 생각은 하나도 없나. 기분이 나쁜데. 뭐, 음식을 먹는 추억이라면 호들갑을 떨 만도 하다. 여기 있는 HP들은 음식을 많이 안 먹어 봤을 것은 뻔하고, 음식을 먹는 추억은 기억에 잘 남지 않아 웬만해서는 경매장에 팔 수가 없다. 음식이 확실한 추억으로 남기 위해서는 엄청나게 맛있거나 연관된 것들이 많아야만 한다. 그런데 그런 추억을 음식을 몇 번 먹지도 않는 HP들에게 판다니, 오늘 장사 한번 참 잘되네. 안 그래도 좋지 않았던 기분이 더욱 나빠지는 느낌이 든다.

"'기계로는 만들 수 없는 맛'의 치즈를 먹은 추억입니다! 500부터 시작합니다!"

순간 머릿속의 무언가가 뚝, 하고 끊어지는 느낌을 받았다. 가슴이 산산이 조각나는 것 같다. '기계로는 만들 수 없는 맛의 치즈'라니. 그런 치즈를 파는 곳이 두 개씩이나 있을 리가 없잖아. 틀림없다. 저 추억은, 우리 농장과 관련된 추억이다. 순간적으로 엄청난 양의 생각이 머릿속에 밀려 들어왔다. 대체 왜 우리 농장과 관련된 추억이 이 경매장까지 흘러 들어온 거지? 누가 팔았을까? 그 치즈를 먹은 기억이 추억으로 남을 만큼 좋았다면 대체 왜 우리 농장을 찾아오지 않은 거야? 결국 추억으로 남을 만큼 좋았으면 대체 왜 팔아 버린 거야? 우리 농장에서 치즈를 샀다면 분명 HP였을 텐데 왜 추억을 팔고 있는 거지? 차라리 팔지 말고 간직하고 있지. 적어도 꼭 이 경매장이었어야 할 이유는 없잖아.

내 머릿속을 누군가가 검은색 색연필로 검게 칠하는 것만 같다. 참을 수 없는 분노가 올라왔다. 귓가에 사람들이 가격을 제시하는 소리가 웅웅거린다. 숫자 몇 개가 적힌 저 나무 팻말을 불태우고 싶다는 충동이 강하게 일어났다. 그냥 좀 험악하게 생겼다고 생각했던 사회자의 얼굴은 마치 악마 같았다. 그곳에 있는 모든 사람들이 더는 사람으로 보이지 않았다. 그들은 인간이 아니었다. 혐오스러웠다. 토기가 올라온다. 아까 내 머릿속을 검게 칠하던 것이 어느새 내 몸을 전부 검은색으로 색칠해 버렸다. 아니, 이 느낌은 단지 색칠을 한 수준이 아니다. 검은색 색연필을 내장에 모두 찰 만큼 가득 삼킨 것 같다.

그 농장은 우리 가족에게는 마지막의 보루였다. 몇 마리 없는 젖소들과 소의 발에 밟혀 제대로 자라지도 못한 잔디들, 낡은 기계 몇 개가 우리 가족의 전부였단 말이다. 우리 엄마에게는 인생의 전부였던, 우리 가족에게는 그 무엇보다 소중한 보금자리였던 농장을, 소를, 기계를, 땅을 당장 먹을 음식을 살 돈이 없어 팔아 버렸을 때 우리 가족은 모든 것을 버렸다. 둘뿐인 가족의 이사는 그냥 집을 옮기는 것이 아니었다. 삶을 이어 가는 것만으로도 벅차 도망을 간 것이었다. 어떻게든 생을 이어 나가고 싶어서, 배가 고파서, 먹을 게 부족해서 살기 위해 떠난 것이었단 말이다. 그런데, 그렇게 아무것도 쥔 것 없이 도망친 우리를 그 누구도 보아 주지 않았다. 우리는 도태되었다. LP, low class people. 하층민이었다. 이제 와서 우리 농장이 소중한 추억이었다고? 무엇이 달라질 수 있을까. 농장은 이제 공장이 되었고 엄마는 이제 소똥 냄새와 풀 내음 대신 바닷가의 소금 냄새를 맡으신다. 소들은 이미 다 죽었을 것이고 기계는 다시 녹아 새로운 기계나 로봇의 부품이나 되어 버렸겠지.

"2800 나왔습니다!"

내 옆에 자리한 스피커에서 딜러의 끔찍한 목소리가 터져 나왔다. 참을 수 없이 화가 난다. 아니, 정확히 이 감정을 무슨 단어로 표현할 수 있을지 잘 모르겠다. 애초에 글자 몇 개로 이 감정을 표현하는 것이 가능하기는 할까? 그냥 라이터를 들고 와서 단상 위에 던져 버리자. 스프링클러가 작동해서 경매장 전체가 타지는 않겠지만 그 정도면 저 추억을 경매하는 것은 불가능하지 않을까? 아니면 지금이라도 당장 가서 모든 것을 엎어 버리자. 적어도 우리 농장의 추억을 가지고 가격을 매기는 인간들의 얼굴을 뭉개 줘야지 제정신으로 돌아올 수 있을 것 같다. 정말, 머리가 터질 것 같다.

맨 앞자리에 앉은 사람이 3000이라고 적힌 팻말을 들었다. 그래 3000, 3000, 3000. 아까 그 청춘의 추억도 3000에 낙찰되었지. 이 추억 경매장에 추억을 판 사람들은 대체 무슨 생각으로 추억을 팔 수 있었던 거지? 자신의 추억이 가격이 매겨지고 판매가 되는 것을 보면서 대체 무슨 생각을 했을까? 우리 가족이 마지막 보루였던 농장을 판 것과 다름없었을 것이다. 사람은 과거가 있어서 살 수 있다. 미래가 있어서 살 수 있는 거라고? 현재를 위해 산다고? 그런 게 가능할 리 없다. 세상은 과거로 이루어져 있다. 미래는 없다. 내일이라고 말해도 내일은 평생 오지 않는다. 하루가 지나면 내일 역시 하루 더 뒤로 간다. 내일은 없다. 현재도 없다. '현재'라고 말하는 순간 자체가 이미 과거가 되어 버렸는데 현재 어떻게 존재할 수 있지? 우리는 과거를 그리워하면서 살아가는 것이다. 과거의 행복했던 기억을 더듬어 연료 삼아서 말이다. 그런데 그런 과거를 팔아 버린다고? 자동차의 엔진을 팔아 버리는 것과 다름없다. 엔진을 팔아서 돈을 얻고, 그다음에는 어떻게 할 건데? 다시 엔진을 그 돈으로 살 것인가? 그게 무슨 의미가 있지?

그 추억을 사는 사람은 또 뭔가. 미친 게 틀림없다. 한 사람의 이제껏 쌓아 온 그 인생을 고작 돈 몇 푼으로 살 수 있을 리가 없잖아. 이 경매장은 미쳤다. 추억을 경매한다니, 추억에 가격을 매긴다니.

휴대전화를 들었다. 바닷가에서 무기류를 수입, 수출하는 사람과 친해진 적이 있었다. 아마 폭탄이나 권총류 하나 정도는 구할 수 있을 것이다. 그걸로, 이 미친 세계를 부수자. 천장을 뚫어 숨구멍을 만들자. 온통 금빛으로 장식되어 있는 이 벽을 무너뜨리자. 화려한 가면을 쓰고 팻말을 올리고 내리고를 반복하는 저 사람들을 벌하자. 나의 이 우스꽝스러운 금색 옷을 찢자. 온통 금빛이 가득한, 인간이 없는 이 경매장을…….

"!"

그 순간, 딜러의 망치 소리가 울려 퍼졌다. 우리 농장의 추억이, 낙찰되었다. 딜러는 있는 힘껏 입꼬리를 올리고 있었다. 경련이 올 정도로.

아, 그 얼굴을 보니 알겠다. 그 망치 소리를 들으니까 알겠다. 고개를 올려 위를 올려다보았다. 내 눈에 보이는 것은 우리 농장의 높고 파란 하늘이 아니었다. 바닷가마을의 짠 내 나는 하늘도 아니었다. 금빛 페인트가 군데군데 벗겨진, 나무 천장이었다.

방금까지 끓어오르던 감정들이 거짓말처럼 가라앉았다. 그래, 내가 만약 이곳을 터트린다면. 불을 지른다면. 망가뜨린다면 우리 농장의 추억은 팔리지 않을 수도 있다. 하지만 나의 그 행동은 여기 있는 인간 아닌 것들에게 또 다른 추억을 만들어 주겠지. 그들은 자기 전 자신의 안방 천장에 달려 있는 샹들리에를 보고 오늘을 생각할 것이다. 특별한 경험이었다고 생각하면서.

엄마가 보고 싶어졌다.

발걸음을 돌려 걸었다. 단상이 아닌 문으로 나아갔다. 5000이라니, 5000이라니! 누군가가 중얼거리는 목소리가 들렸다. 발을 구르는 건지 바닥이 잠시 진동했다.

병신들.

나는 조용히 읊조렸다. 경매장의 무겁고 큰, 금칠인지 순금인지 모를 문을 닫았다. 문의 위쪽에는 검은색으로 간판이 쓰여 있었다. 'Memory Auction'. 이 문 안에는 오직 인간 아닌 것들만이 가득했다.

제29회 대산청소년문학상 수상 작품집

설탕으로 만든 영구치

1판 1쇄 찍음 2021년 12월 10일

1판 1쇄 펴냄 2021년 12월 17일

지은이 이수아, 김가연 외

발행인 박근섭, 박상준

펴낸곳 (주)민음사

출판등록 1966. 5. 19. 제16-490호

주소 서울시 강남구 도산대로 1길 62(신사동)

강남출판문화센터 5층 (우편번호 06027)

대표전화 02-515-2000 | 팩시밀리 02-515-2007

www.minumsa.com

www.daesan.or.kr

© 재단법인 대산문화재단, 2021. Printed in Seoul, Korea

ISBN 978-89-374-5460-8 (03810)